Czesław Miłosz

Dolina Issy

# 伊萨谷

[波兰] 切斯瓦夫・米沃什 著
赵刚 易丽君 译

广西师范大学出版社
・桂林・

著作权合同登记号桂图登字:20－2014－065号

**图书在版编目(CIP)数据**

伊萨谷/(波)切斯瓦夫·米沃什著;赵刚,易丽君译.—桂林:广西师范大学出版社,2023.7
(文学纪念碑)
ISBN 978－7－5598－6266－2

Ⅰ.①伊… Ⅱ.①切… ②赵…③易… Ⅲ.①儿童小说－长篇小说－波兰－现代 Ⅳ.①I513.84

中国国家版本馆CIP数据核字(2023)第149356号

伊萨谷
YISA GU

出 品 人:刘广汉
策划编辑:魏 东
责任编辑:魏 东
助理编辑:程卫平
装帧设计:李婷婷

广西师范大学出版社出版发行
(广西桂林市五里店路9号 邮政编码:541004
网址:http://www.bbtpress.com)
出版人:黄轩庄
全国新华书店经销
销售热线:021－65200318 021－31260822－898
山东临沂新华印刷物流集团有限责任公司印刷
(临沂高新技术产业开发区新华路1号 邮政编码:276017)
开本:890 mm×1 240 mm 1/32
印张:9.75 字数:200千
2023年7月第1版 2023年7月第1次印刷
定价:72.00元

# 目 录

# 一

我们应该从托马什居住的千湖之国开始说起。欧洲的这一带地区曾长年为冰川覆盖，景观上充满北方的严酷。这儿的土壤一般含沙量大，且遍地石头，只适宜种植土豆、黑麦、燕麦和亚麻。于是可以解释，这儿的人为何不毁森林，因为森林可以略微调节气候，抵挡从波罗的海吹来的寒风。森林中绝大部分树种是松树和云杉，也有桦树、橡树和千金榆。完全没有山毛榉，它们生长范围的边界要向南延伸很远很远。这里可以在森林里漫游许久，绝不会让眼睛感到厌烦，因为如同人类的城市，树木社会拥有自己不可重复的特点，构成岛屿、地区、群岛。这里的沙土地上有车辙标出的道路，间或可见一座护林小屋，古老的焦油作坊，它那眼看就要瓦解碎落的火炉被植物团团包裹。几乎从任何一座山丘的顶上都可以俯瞰湖泊蔚蓝色的水面，水平如镜，上面有勉强可见的斑斑点点的鹛鹛，还有成排的野鸭翱翔在芦苇上方。在这里的沼泽地上，有大量的鸟儿破壳而出。每到春天,在这儿苍白的天际便响起来回翻飞的田鹬的长串啼鸣,哇——哇——哇——在进行那表示发情的单调技巧表演时,它们便靠尾羽操纵飞行方向,并发出这样的声响。黑松鸡纤细的唔唔声和喃喃声,仿佛出现在远方的某处地平线上,又像大草原上成千上万的青蛙发出的蛙鸣(青蛙的数量取决于茅舍和仓房屋顶上搭窝的白鹳数目)。这些都是这个季节此地特有的声音,这时冰雪骤然融化,驴蹄草和狼皮草开着花,灌木丛尚未长出叶子,点缀着浅紫色的小花。对这个国度而言,真正具有意义的是两个季节,仿佛是为它们立国的,这两个季节便是:春天和秋天——漫长的秋,绝大多数时候天气晴朗,浸透了亚麻的气味、打麻机的咚咚声和远方传来的回声。鹅群表现得惴惴不安,笨拙地腾起,想学那些在高空召唤它们的野鸭的样子展翅高飞。偶尔有人将一只折断了翅膀的白鹳带回家:它死里逃生,因为无力飞往尼罗河差点没被家族里那些"法律捍卫者"啄死;它说,那里,那里有条狼叼走了某人的一头公猪;从森林里可以听见猎犬的音乐:猎犬在追逐野兽时奔跑着、狂吠着,唱出女高音、男低音和男中音,经过变调之后就能领悟它们是跟踪兔子还是狍子。

这里的动物品种混杂,还不完全是北方的。偶尔出现柳雷鸟,更常见的是灰山鹑。松鼠在冬天皮毛发灰,但并非完全是灰色。野兔有两个品种——一种是普通的野兔,冬天和夏天看起来一模一样;另一种是雪兔,冬季毛色由灰变白,无法跟积雪区分开来。这个品种的共生性给学者提供了思考的材料,但问题还会进一步复杂化,正如猎人们所说,普通野兔又有两个变种:

田野兔和森林兔,两者有时还跟雪兔杂交。

直至不久以前,这里的人们生活中所需要的一切都是在自己家里做。他们穿的厚亚麻服由妇女铺在草上,往上面浇水,为的是让太阳晒白。在童话和歌谣的时代,晚秋时节,配合纺车脚踏板从容不迫、富于节奏的叩击声,妇女的手指从线轴里牵出毛线。主妇们用这种毛线在家庭织布机上织出呢子,同时守护着令人羡慕的纹样的秘密:松针纹、网格纹、经线的颜色和纬线的颜色都属保密范畴。汤匙、木桶,一切家用器具都是靠自己的双手削出来的,脚上穿的木鞋也是如此。夏天,多半是穿椴树皮编的凉鞋。直到第一次世界大战后才出现牛奶合作社,粮食和肉类收购站,而乡村居民的需求才开始发生变化。

这里的房舍用木头建造,屋顶上盖的不是麦草而是木瓦。水井上的辘轳是由一根横向的竿子搭在分岔的木柱上,竿子的一头坠上重物便于从水井里吊起水桶。女主人的梦想是在房屋入口的旁边有个小小的花园,在里面种上大丽花和锦葵:种植那种挨着墙能高高地蓬勃生长的东西,而不仅仅是点缀隔着篱笆看不见的土地。

从这个总体画面我们转向伊萨河谷,无论从哪个角度看它都是这千湖之国的一个特殊存在。伊萨河是黑色的,水很深,懒洋洋地缓慢流淌,河边密密麻麻长满了柳丛;水面上有的地方为睡莲的叶子所覆盖,水面只依稀可见;这条河沿着牧场蜿蜒曲折地流淌,在它的两岸田野铺展成斜坡,土壤肥沃。河谷受到上天的祝福,拥有我们这儿少见的黑土,拥有成片的果园,果树欣欣向荣,枝繁叶茂。或许正是由于与外界隔绝,世界对于这里的人而言从来就不是令人烦扰的。这里的村庄与别处相比更显得民康物阜,不是坐落在沿河唯一的一条大道旁,就是坐落在高于大道的台地上,傍晚时分,隔着一片酷似锤子的敲击声、犬吠声、人声共鸣箱的地域,村舍窗口的灯光彼此遥遥相望——或许正因如此,那首自古传唱至今的歌曲才如此闻名,这里的人唱那首歌的时候从来不是齐声合唱,总是力图通过更优美更舒缓的旋律战胜对面村庄的竞争对手。民间口头创作收集者们在伊萨河畔收集了许多远至多神教时代的情节,例如有关月亮(它在我们的语言里是阳性)从婚床上起身的故事,跟它同睡在一张床上的妻子是——太阳。

## 二

伊萨谷的奇特之处在于这里的魔鬼比别处多得多。或许腐烂的柳树、磨坊,河岸上茂密的灌木丛,都是那些精灵特别感到恬适惬意的藏身之所,它们只是在愿意出现的时候才出现在人们眼前。见过它们的人都说,妖魔不大,个头相当于九岁儿童,说它们身穿绿色小燕尾服,百褶雀屏领,头发梳成辫子,白色的长筒袜,竭力借助高跟鞋隐藏它们羞于示人的蹄子。对这些描述应保持审慎态度。可以设想,妖魔深知民众对德国人——善于经商,具有发明创造和科学头脑的人的盲目欣赏——竭力给自己增添庄重,穿着打扮像哥尼斯堡的康德。并非徒然的是伊萨河畔不洁势力还有另一个名字——

“德国人”——这意味着妖魔是站在进步的一边。但是难以设想平常日子它们也穿着这样的服饰。如果它们喜爱的游戏是在谷仓、空空的打麻棚(通常是在农舍边上)里跳舞,它们又怎能穿着燕尾服腾起成团的尘土和麻秆屑而毫不担心自己的仪表呢?因此,如果说它们被赋予了某种永生不死性,它们会不会选择十八世纪的服装?

其实并不知道,它们的形象变化达到了哪种程度。当一个姑娘在圣安杰伊节①的夜晚点燃两根蜡烛去照镜子,她可能看到未来:一个她将与之共度一生的男人的面孔,有时是死亡的面孔。是妖魔如此变幻多端,还是别的什么魑魅魍魉在这里活动?如何将那些随着基督教传播而出现在这里的鬼魅与很早以前就已存在于本土的妖魔区分开来?本地的妖魔:从森林出来换掉人家摇篮里的孩子的女巫,或是夜里走出自己在黑丁香树根下宫殿的小矮人。这些妖魔跟别的各种各样的精灵彼此之间达成了什么契约,还是像松鸦、麻雀和乌鸦那样,简简单单地生活在一起?当坦克的履带碾压着土地,当那些要被枪决的人在河岸上为自己挖掘浅浅的墓穴,而当人们沐浴着历史的光环在鲜血和泪水中进行工业化的时候,那些精灵无论是前者还是后者到哪里去寻藏身之所呢?我们是否可以想象,岩洞里存在某种议会,深深埋藏在大地深处,那里由于地球内核的火焰已是很热,议会上成千上万的小鬼身着

① 波兰民间习俗,在圣安杰伊节时将熔化的蜡油滴入水中,然后将凝固的蜡油放在光源附近,根据其投射在墙壁上的形状进行占卜。(此类脚注除特别说明皆为译者注,下同,不另标出)

燕尾服,神情严肃而忧郁地倾听代表地狱中央委员会的演说家的演讲?演说家们宣告,为了事业的利益,在森林和草原嬉戏撒欢的日子已经结束,当前要求一些别的手段,受过高级技能训练的专家的行为方式将会使普通人的头脑不会怀疑他们的存在。掌声响起,却是被迫的,因为在场的人都明白,他们只是在准备时期才被需要,进步将把他们封闭在阴暗的深渊里,他们将看不到夕阳西下,看不到翠鸟飞行,看不到繁星闪烁,看不到不可思议的世界的一切奇迹。

伊萨河畔的农民常在茅舍门口放一碟牛奶,喂那种不害怕人的温和的水蛇。后来这些农民都成了虔诚的天主教徒,魔鬼的存在让他们想起为夺取对人的灵魂的最终统治权而进行的斗争。明天他们会成为什么?讲故事的不知道选择哪种时态,现在时还是过去时?似乎过去的并没有完全过去,还停留在一代代人的记忆中——或者留在一个编年史家的笔下。

魔鬼喜欢伊萨河或许是由于它的水?据说,伊萨河的水有一种特性,能影响在河畔出生者的气质。那里的人往往表现得乖张古怪,一点也不驯顺,而他们的蓝眼睛、浅黄头发和略显笨重的身子只不过是北欧人种欺骗性的健康表象罢了。

## 三

托马什出生在伊萨河畔的吉涅,他呱呱坠地之时正值成熟的苹果在午后的寂静中叮叮咚咚掉落到地上,房屋的过道上立着一桶桶褐色啤酒,这里总是在秋收后酿造啤酒。吉涅首先是一座长满了橡树的山丘。山上建了一座木教堂,可能隐藏着人们对昔日宗教信仰的敌视,或是希望不经震荡就能从昔日的宗教信仰过渡到新的宗教信仰:当年在这个地方多神教的祭司们曾举行祭拜雷神的仪式。从教堂前的草坪,背靠着岩礁组成的篱笆便可看到下方河的回流,看到载着一辆童车的渡船沿着跨河的缆绳缓缓移动,船夫的手从容不迫地拉着那根缆绳(这里没有桥梁),看到道路和隐藏在树木之间的屋顶。略微靠边的地方立着神父私邸,木瓦盖的灰色屋顶酷似画上的海船。走上一个小台阶,按门把手,进屋迈步走在斜拼出冷杉形花纹的已磨损的砖砌地面,而阳光透过那令孩子们不胜惊诧的绿的、红的和黄的小玻璃照进室内。

橡树中间,在斜坡上是坟场,坟场中由连着小石柱的链子围成的四方形墓地里躺着托马什母亲家族的先人。从进入坟场的一个方向毗连着椭圆形的高地,夏天蜥蜴在这个高地上的香薄荷中间做爱。这块高地被称为瑞典壕沟,是从海外来到这里的瑞典人堆建的,还是那些反抗瑞典人入侵的人堆建的,不得而知。有时这里会找到铠甲的残片。

防护堤后面便是公园的树木,道路擦着公园的边缘延伸,非常陡峭,化雪的时候道路就会变成溪流的河床。道路边上从神秘的乌荆子丛中伸出十字架的两臂。走到那个十字架得沿着草地踏上残余的台阶,然后便可看到泉水井的圆洞,一只青蛙在水井的边缘下瞪大了眼睛,蹲下来拨开浮萍,可以久久地望着井底打着旋的水花。抬起头时,长满了青苔的木质基督肖像就显露出来。他是坐在小礼拜堂的那种样子,把一只手放在膝盖上,另一只手托着下巴,因为他很忧郁。

离开大路有一条林荫道通往房屋的方向。林荫道上的椴树如此稠密,感觉就像在地道里行走,顺着林荫道往下一直走到粮仓附近的小池塘。池塘名为“黑塘”,因为太阳永远照不到它。夜里在这儿行走能把人吓破胆,在这里时常能看到一头黑猪,哼哼唧唧,用蹄子刨小道上的泥土,对它画个十字,便瞬间消失。到了小池塘后面,林荫道又开始上升,明亮的草坪突然展现在眼前。房屋是白色的,它是如此之矮,屋顶上的木板长满了苔藓和青草,仿佛要把它压倒似的。野葡萄娇艳得引人垂涎欲滴,葡萄藤缠绕着窗户和外廊的两个小石柱。从屋后又加盖了侧房——冬天所有人都搬到那里,因为前面的建筑物由于从地板下冒出来的潮湿正在腐烂垮塌。这个侧翼有许多房间,存放着纺车、织机、烫呢绒的设备。

托马什的摇篮放在房屋原先建造的那个部分,窗户朝花园,首先欢迎他来到这个世界的音响肯定是窗外的鸟鸣。学会走路后,他花了很多时间访遍房间的每个角落。在餐厅他不敢靠近漆布蒙面的长沙发——小部分原因是一个男人的肖像,那男子身着带紫红色镶边的戎装,眼睛威严地望着前方;但主要是因为架子上两张泥塑的面孔扭曲得实在可怕。至于那个人们称之为“沙龙”的部分,他从来不曾进去过。甚至后来已长成大男孩,待在那里仍然感到不自在。“沙龙”在过道的后面,总是空着,镶木地板和家具在寂静中会发出咔嚓的响声,就知道有什么人进去了。托马什最渴望的是进入储藏室,这样的机会很少。每当外婆的手转动漆成红色的门上的钥匙时,总会闻到香气扑鼻。首先是挂在屋顶横梁下边的熏香肠和火腿的气味。但是跟它们混在一起的还有别的各种气味。那是从一些小抽屉里冒出来的。挨着墙安装了许多小抽屉,一个摞在另一个上面。外婆拉出一个个小抽屉让他闻闻,同时对他解释说:“这是肉桂,这是咖啡,这是调料丁香。”更高一点,在只有成人才摸得到的地方,立着一些闪闪发亮的引起托马什欲望的乌黑色瓦罐、研钵,甚至还有磨巴旦杏的小机器,一个捕鼠器:白铁皮做的小盒子,老鼠可能顺着削成梯级的小桥往那里爬,当它去偷盒子里的猪油时,梯级小桥的口就突然敞开,于是老鼠便掉进水里。储藏室的窗户小,安了窗栅,除了香气这里还有阴凉。托马什也喜欢过道上挨着厨房的一个房间——“存衣室”,那里是晾制干酪的地方,也是经常搅奶油的地方。他也跟着搅过奶油,因为用一根棍子上下翻动,听搅奶油后余下的乳浆在洞里咝咝响是件好玩的事儿;当然他很快就放弃了,因为那需要工作很长时间,然后才能揭开盖子看到棍子末端的十字上已经缠着黄色的一团。

房屋,屋后的果园,屋前的草坪,这是托马什最早知道的东西。草坪上有三棵龙舌兰,大的一棵在中间,两棵小的在两边,花盆撑破了,在它们的散板上留下了痕迹,高一点和矮一点,盆箍锈迹斑斑。在公园下方生长的松树冠达到了那些龙舌兰的高度,而在它们之间是世界。顺着斜坡往下走,到达河流和村庄。起初只有安东尼娜这么走,当时她拎了一筐衣被去洗,柳条筐紧靠大腿,筐上放着捶衣服用的杵,它的另一个叫法是:棒槌(kijanka)。

# 四

托马什的先人是贵族。至于他们是怎样成为贵族的,早已被人遗忘。他们戴头盔佩宝剑,周围村庄的居民为他们耕种田地。他们的财富多半是根据拥有的灵魂即农奴的数量,而不是根据占有土地的面积来计算的。很早以前,那些村庄只给他们缴付实物地租,后来发现,把粮食装上平底船通过涅曼河出海会带来很大的利润,砍伐森林开辟小块土地播种粮食也很合算。后来,被迫劳作的人暴动,屠杀贵族,而领导他们的是仇恨贵族和基督教的长老,基督教的到来伴随着自由的结束。

托马什出生的时候,庄园已经没落。剩下一块不太大的土地,由几个府邸农奴的家人耕作、播种、收割;他们得到的主要报酬是土豆、谷物,这种年度份额作为惯例记入账簿。除了他们还有一定数量的仆役由"庄园主餐桌"供养。

托马什的外公卡吉米耶日·苏尔孔特无论如何不会想到,他是属于昔日主要为选择骏马良驹忙得不亦乐乎,为兵器质量优劣吵得面红耳赤的那些人中的一个。他个子不高,略显笨重,最爱坐在自己的椅子上;一打瞌睡,下巴便垂到胸前,粉红色的光头上梳好的一缕缕白发便滑落下来,而夹鼻眼镜吊在丝绳上摆动。他有儿童的肤色(只是他的鼻子常常由于寒冷变成紫李的颜色),蔚蓝色的眼睛带一点血丝。他容易感冒,宁可待在自己房里也不愿去敞开的空间。他不喝酒,不抽烟,虽说他理应穿上长筒皮靴，甚至佩马刺，以表明自己随时准备上战场，但他却穿着膝盖上絮了填充物的长裤子和系带子的便鞋。整个府邸连条猎犬也没有，虽说院子里马厩附近有四条大小不同、无所事事的黄狗在那儿挠痒痒、抓跳蚤。府邸也没有任何枪支，老爷子苏尔孔特看重的首先是平静以及有关植物栽培的书籍。他待人也有点像对待植物，人们的激情难以使他失去平衡。他竭力理解他们，而且他为人“太好”，加上不爱玩牌，不爱热闹，往往开罪了和他等级相同的邻居。他们每每提到他的名字总要耸耸肩膀，无法对他提出什么明显的指责。凡是到他家里来的人，苏尔孔特老爷总是客客气气地接待，完全不考虑在级别和职位上是否与之相称。众所周知，对待贵族应不同于对待犹太人或农民，而他甚至运用这个原则对待可怕的哈伊姆。每隔几个礼拜哈伊姆就会出现在这里，他乘着自己的轻便四轮马车，手里拿着鞭子，身着黑色的长上衣，垂落到鞋筒上的带皱褶的长裤，径自登堂入室。他的胡子翘着宛如一块烧焦的劈柴。他开始谈论燕麦和牛犊的价格，而这只是爆发的序幕。他大喊大叫，起劲地打着手势，跟着房子里的人跑遍了所有房间，他揪扯自己的头发赌咒发誓，说如果按照卖家的要求付款，他就会破产。似乎不演出这绝望的一幕就走，他会感到没有完成他自认为是个好商人的任务。令托马什感到惊讶不已的是，狂呼乱叫突然中止。哈伊姆嘴角已露出笑意，跟托马什的外公坐在一起，友好地交谈。

苏尔孔特对人友善，绝不意味着他甘于让步。吉涅村和府邸之间的怨恨已经熄灭，土地分配使得彼此失去了争吵的理由。河对岸，森林附近的波吉里村就不同，他们为夺取牧场的所有权和府邸争斗不休，这对他们也非易事。他们聚集在一起，研究事情的严重性，越说越生气，于是就派遣了一个族长代表团。可是当族长跟苏尔孔特一起坐在桌旁，摆上烧酒和一片片切好的香肠，事先准备好的所有话题全都失去了目标。他用手心抚摸手背，从容不迫，推心置腹地解释着。他胸有成竹，说他只打算消除误会，让事情得到公正的解决。族长们频频点头称是，态度软化，签订了新的和约，直到走在返程的路上，他们才想起所有不曾说出的话，不禁怒火攻心，他再一次迷惑了他们，让他们在全村人面前丢脸。

苏尔孔特年轻时在城里念书，读过奥古斯特·孔德[①]和约翰·斯图亚特·穆勒[②]的作品，有关这两个人物的事迹伊萨河畔很少有人知道。从他所讲的关于那些年代的故事里，托马什记住的主要是男人们穿着燕尾服参加舞会。外公和他的同学共用一件燕尾服，他们中一个去跳舞，另一个就在家里等着，几个钟头后他们再把衣服换过来。

苏尔孔特有两个女儿，大女儿海伦娜嫁给了附近的承租人，小女儿泰克拉嫁给了一个城里人，她就是托马什的母亲。有时她会到吉涅来住上几个月，但很少来，因为她要陪着丈夫满世界跑，他先是找工作赚钱糊口，后来是战争。对托马什来说，她的美貌和高贵让他不知所措，出于内心的爱，他望着她

---

① 奥古斯特·孔德（Auguste Comte，1798–1857），法国哲学家、社会学和实证主义的创始人。

② 约翰·斯图亚特·穆勒（John Stuart Mill，1806–1873），英国哲学家、心理学家和经济学家，十九世纪影响力很大的古典自由主义思想家。

时总不免咽下口水。父亲他几乎不认识。至于他身边的女人,在他很小的时候主要是波拉,而晚一点的时候是安东尼娜。他感受到波拉洁白的皮肤,像麻,软软的,后来他把自己的喜爱跟一个国家联系在一起,这个国家的名字听起来与波拉相近,就是:波兰。安东尼娜挺着肚子,穿条纹印花布罩褂。腰间挂一串钥匙。她笑起来像马的嘶鸣,而她心里却藏着对所有人的善意。她说话时两种语言夹杂在一起,立陶宛语是她的母语,而波兰语则是后天习得的。她的波兰语发音可用这个慈祥的叫喊为例:"托马什,各来,格你米浆苹果"(托马什,过来,给你蜜饯苹果)。

托马什非常喜欢外公。外公身上散发出一种好闻的气味,常用嘴巴上方的硬胡须在托马什的面颊上呵痒痒。在他住的小房间里,床头上方的墙上挂着一幅版画,展示的是一些人给绑在柱子上,另一些半裸的人往柱子下放火把。托马什学习阅读的时候最早的练习之一就是按音节读出版画下方的题词:尼禄的火柱。残酷的君主就是叫这个名字——但是托马什给一条小狗崽起了同样的名字,因为在给它看嘴的时候,大人们都说,它的上膛发黑,这意味着将是一条恶狗。尼禄长大了,表现得并不凶恶却很机敏;它常吃从树上掉下的李子,在地上找不到李子,就会把两条前腿搭在树干上使劲摇。外公的桌上放着许多书,在书中的图画上他能欣赏植物的根、叶子和花。有时外公把托马什领到"沙龙",揭开那架栗色钢琴的盖子。似乎有些肿胀、末端变窄的手指在琴键上移动,这个动作令他惊奇,弹出的一串音节更叫他惊叹不已。

托马什经常看到外公在跟管家商量什么事。管家名叫沙提拜乌科，蓄着两撇连鬓大胡须，说话的时候他把胡子抚平，又分开。他个子矮小，走路时膝盖弯曲，从过大的皮靴里伸出两条腿。他抽的烟袋跟他的身量比较太大。烟斗拐弯向下，而烟锅有一个带窟窿眼的金属盖子盖着。他的住房在楼的末端，那里通常是马厩、马车房和仆役住的地方。花盆，而甚至铁皮茶杯都种满了老鹳草，绿意葱茏。墙上挂满了圣画，他的妻子帕乌琳娜用纸花点缀。小狗莫普西克到处跟在沙提拜乌科身后奔忙。当它的主人坐在外公房间里的时候，莫普西克就在院子里等着，忐忑不安，因为在众多的狗和人中间它随时随地需要关照。

客人们——除了像哈伊姆或是来办各种事情的当家人之外——一年来一次或者几次，主人既不盼着他们来，也不因为他们来而不高兴。然而几乎他们每一次出现都会让外婆苏尔孔托娃兴高采烈。

## 五

托马什从米哈丽娜，即米霞外婆的手上从来没有收到过任何礼物，她也完全不曾照顾过他，不过这才是个了不起的人物。把门关得砰砰响，对每个人都破口大骂，对所有人都满不在乎，也不管别人怎么想。她一生气，就整天把自己关在房里。当托马什来到她身边，她总乐得不可开交，跟他在灌木丛中遇到松鼠或林貂时感到的欢乐是一样的。就像松鼠和林貂一样，她是属于森林的造物。跟它们的嘴相似的是她那两颊之间笔直的大鼻子,向前凸着,再前一点,就会藏到两颊之间。她的眼睛像核桃,深褐色的头发梳得很平整,显得健康、干净。五月末她开始向河流探索,夏天她每日要在河里洗几次澡,秋天她用脚踩破河上第一次出现的冰凌,到了冬天她把许多时间花在形形色色的沐浴礼上。同样她也关心家里的整洁,但实际上只是关心她认为属于自己的窝的那一部分。除此之外她没有任何需求。外公外婆很少和托马什一起坐到桌边,因为外婆不认同常规的一日三餐制,认为那是很蠢的习俗。她想吃的时候,便跑进厨房,狼吞虎咽地来一罐酸牛奶,啃一条腌黄瓜或者是醋拌腌辣椒,一句话,她热衷于所有辣和咸的东西。她对使用盘碟仪式所持的否定态度——躲在一个角落偷偷地吃,让谁也看不见更加爽快——源于她的信念,认为注重仪式是白费时间,而同时也源于吝啬。至于客人之所以令她恼怒,是因为自己不仅没有心情,还必须陪他们玩,也因为必须给他们弄吃的。

她不穿紧身短上衣,毛织衬裙,也不用紧腰带。冬天她喜欢做的事是站在火炉旁边,撩起裙子烤屁股——这个动作意味着,她准备跟人交谈。那种挑战习俗的姿态令托马什肃然起敬。

米霞外婆的愤怒大概都留在表面,内心深处藏着某些笑破肚皮的事,留给了她自己。她被漠视所隔离,不得不自娱自乐一定是非常开心的。托马什猜测,她是由硬度很大的物质构成的,有某种无需上弦的机器——永动机在她身上嘀嘀嗒嗒地响,外部世界对它而言是多余的。她用尽巧计,为了能够在内心把自身蜷缩成一团。

她感兴趣的首先是妖魔、鬼怪和阴世的生活。书她只读圣徒行传,但恐怕并不寻找书里的内容,而是语言,虔诚文句的音韵本身令她陶醉,引她浮想联翩。她不曾给托马什灌输过任何道德文章。清晨(如果她从自己散发着蜡和肥皂气味的洞穴里钻出来)和安东尼娜坐在一起,解梦。得知有谁看到了鬼,或是邻近什么房屋不能居住,因为有什么东西在里面把铁链拖得叮当响,或者啤酒桶在滚动,她听了便喜笑颜开。来自另一个世界的任何印记都能使她兴高采烈,证明人活在世界上并不孤独,而是有伴儿。在形形色色细小的事件里她猜出魔力的警告和指示。因为归根结底,要善于保持自己应有的行为举止,这样围绕我们的魔力就会为我们效劳,帮助我们。米霞外婆对环绕我们在空中翻滚的那些妖魔是如此好奇,我们随时都能触及它们,同时并不知道它们对知道秘密和咒语的妇女的态度完全不同于对待别的妇女。她甚至一会儿送它们一块衣料,一会儿给它们一圈香肠,同时想方设法套它们的话。

外婆很少操持家务,至多是监督外公别把什么东西送给受自己"保护"的人,因为他害怕吵闹常常偷偷送。她不曾为任何人效劳——别人的需要挤不进她的想象——她感觉不到良心责备,也不考虑对亲人有什么责任,她对简单的生活很知足。如果托马什去看她,适逢她躺在帷幕遮盖的壁龛里的床上,旁边是带雕刻靠背和红色天鹅绒枕头的跪祷台,他便坐在她的脚旁,把头靠在她用毛毯遮住的膝盖上(她忍受不了棉被),她的眼睛周围起了褶皱,两边脸蛋比平常颤动得厉害,说明此时她有心情讲好笑的故事了。有时托马什调皮惹她生气,她就把他称作龌龊鬼和小丑,但他并不在乎,因为他知道,外婆喜欢他。

礼拜日她打扮整齐上教堂,穿一件黑衬衣,脖子下面别着扣花,领子上挂着一条金链子,上面点缀着发簪头大小的颗粒,可以打开的圆形坠饰盒(里面什么也没有)藏在腰带后面的小口袋里。

## 六

形形色色的妖魔在阳光里和绿荫中观察托马什,根据自己的知识评判他。它们中那些注定要消失在时间之外的妖魔忧郁地点了点透明的脑袋,因为它们能控制会神魂颠倒的人,而他正处于这种狂热状态。这些妖魔熟悉那些竭力表现幸福的音乐作品,但你只要蹲在孩子的床边,看他在夏日清晨醒来,听窗外传来黄鹂的啼啭,院子里响起嘎嘎鸭叫、咕哒鸡鸣、咯咯鹅声的大合唱,所有声音笼罩在似乎永不消失的亮光里,就足以体会那种音乐上的努力不过是徒劳。触摸也是一种幸福——托马什赤着双脚奔跑,感受到镶木地板的光滑,跑进走廊触到铺地方砖的寒气,踏着小径上滚圆的小石头,感到露水已经干透。有一点应该考虑到,他是这个王国一个孤独的孩子,王国任他随心所欲千变万化。魔鬼见到他跑上来迅速变小,爬到树叶下面,酷似受到惊吓的母鸡,伸长脖子,瞪着满眼的愚蠢。

每到春天,草坪上便会出现一种名叫“圣彼得的钥匙”的花。托马什看得心旷神怡,因为清一色的绿草中间突然出现淡淡的黄，光秃秃的茎秆上顶着一串小钥匙似的花，而在每朵花上都有一个小小的红圈。下方的叶子起了褶皱，摸起来很舒服，像麂皮。每逢花坛上芍药盛开的时候，他便和安东尼娜一起剪下花朵送往教堂。他把眼睛埋在花中，整个人都想进入这个粉红色的宫殿；太阳光透过镂花的院墙照射进来，而在墙的底部，小甲虫在金色的花粉里奔跑。有一次他使劲地闻了一只小甲虫，竟然把它吸进了鼻孔。安东尼娜到花园一角的储物地窖里拿肉的时候，他单脚跳着跟在她身后跑。他们踏着梯子往下走，托马什靠脚指头领略到伊萨河撒了一层麦草的冰面的寒冷。上面是炎热，下面却不同，而谁又能从外面猜到呢？他不敢相信，这个地窖延伸得并不远，只是到渗有水渍的墙那儿就结束了。还有那些蜗牛。它们穿过雨后湿漉漉的小径，从草坪的一边爬到另一边，身后拖着一条银色的痕迹。拿在手上它们便立刻缩进硬壳里，但如果对它们说“蜗牛，蜗牛，伸出你的角，给你三分钱买饺饺”，便立刻又会伸出来。所有这一切如果能给成年人带来略有点羞怯的愉快，又怎能说是魔力呢？比方说对蜗牛硬壳上的白色环想得出神就不是成年人该做的事。

伊萨河对托马什来说奇大无比。河上总是响起回声：捶衣棒敲出的声响——嗒-嗒-嗒；别的什么地方又响起了另外的声音，仿佛达成了协议，第一个声音和第二个声音互相应和。整个乐队和洗衣服的妇女从不失手，一旦开始一支新乐曲，立刻便会跟原有的节拍融合。托马什或钻进灌木丛，或爬上柳树，听着，眼睛注视着水面，一待就是好几个钟头。蜘蛛在水面上相互追逐，滑动的脚决定吃水的深度，脚的周围许多金龟子——像一滴滴金属,是那么滑溜,以至于身上留不住水——跳着自己的圆圈舞,一直是转着圈地跳。在阳光的照射下看到水底的植物森林,植物中间立着产卵期的鱼群,鱼儿一会儿四散开来,靠尾巴的几个动作重新聚拢,靠尾巴的几个动作加快速度。有时一条较大的鱼从深水来到亮处,托马什便激动得心跳加快。每当河中央扑通一声响,有什么东西闪闪发光,水面上一圈圈波纹越扩越大,托马什便在自己待的树干上跳将起来。如果有条小船驶过,那就很不一般:它的出现和消失都是那么迅速,很少让人注意到。打鱼人坐得那么低,几乎是坐在水上,他摇着有双叶片的桨,身后拖着一根绳子。

托马什很早就学着做钓鱼竿了,他有耐心,但钓不着鱼。直到阿库洛尼斯夫妇的孩子尤久克和奥努泰教会他怎样把鱼钩挂在钓线上。他开头是偶尔到他们位于村庄边上的茅舍去待一会儿,后来逐渐习惯了,如果他没有回家,也知道他在哪里。正午时分他手上常拿一把木勺,跟所有人一起坐在桌旁,像其他人一样从一个汤盆里舀带奶油的夹馅面包。阿库洛尼斯身材高大,宽肩背,背直得令托马什惊讶,他从未见过一个人腰板挺得这么直。棉布裤子在小腿上用树皮带子一直绑到膝盖。捕鱼是他的爱好,最重要的是,他有条独木舟。在苹果树后面,粮仓附近,土地下降成河湾长满了菖蒲,独木舟在菖蒲里挤出一条过道,就停在那里,一半给拖出了菖蒲。不许孩子们把它推入水中,所以孩子们只能假装是在乘船走,同时不停地在船尾摇晃。独木舟不稳定,是由一节树干挖出来的,配上两翼为了平衡。阿库洛尼斯驾着它用带亮片的鱼饵捕狗鱼。他把身后散开的绳子搭在耳朵上，为的是能够立刻感觉到有东西在拉扯。夜里他下了渔网，还把一个渔网给了托马什。钓鱼竿旁边连着榛木草叉，叉子上绕着一根绳子，把绳子塞进分岔的地方，接着在没有塞进去的那一段挂一个双面鱼钩。小鲈鱼最适合做鱼饵，因为从侧面给它安钩子，钩尖划破鱼皮，它还能游一整夜，别的小鱼没那么强的生命力，很快就会死去。渔获应归功于阿库洛尼斯，是他选择的地点，是他投下的钓竿。托马什无法入睡，早早就爬了起来，黎明的雾霭尚未消散，他就跑到了河边。平静水面粉红色的上方，雾气翻腾，他看到鱼叉——空无一物。他还不肯相信，拉了拉，很沉，有什么在扑腾。他顺着斜坡往上奔跑，满心欢喜，要将整个手那么大的一条鱼拿给所有人看。果然大家都来了，也都看了。这不是狗鱼，而是另一种什么鱼，阿库洛尼斯说，这种鱼很少能钓到。托马什还从未有过这样的运气。这件事他自豪地讲了好几年。

他乐意接近像波拉一样白的阿库洛尼索娃，去寻求她的爱抚。他们在茅舍里说立陶宛语，不经意间会从一种语言滑到另一种语言。孩子们说的是两种混杂的语言，当然不能用在自古就有的呼喊召唤某人的地方，比方说当一群赤身裸体的男孩奔跑着要扑通一声跳进水中，他们叫喊的不会是别的什么，只能是："Ej，Vyrai"，也就是"嗨，男人们"。Vir 这个词，就像托马什后来知道的那样，拉丁文意义跟立陶宛文意义一样，但是立陶宛文多半比拉丁文还要古老。

然而夏天过去了。秋雨绵绵，鼻子顶在窗玻璃上压成扁平，年长者都感到百无聊赖。晚上姑娘们聚集在厨房围绕着安东尼娜，或纺纱，或剥豌豆，期待有新故事可听，如果有什么破坏了她们的游戏，厨房里便会笼罩着失望，而这种事也时有发生。托马什听着歌曲，特别是其中一首引起了他的兴味。因为安东尼娜表现得神秘莫测，她说，这不是为他唱的。当着他的面她只唱了副歌：

小裙子，啦啦啦，
你不感到害怕吗？

剩下的他只听懂些片段。这首歌描写一个骑士去打仗，战死沙场，而后来他的幽灵回到爱人身边，让她骑到马背上并把她带进自己的城堡。实际上他没有城堡，有的只是墓地里的一方坟茔。

一个来自波涅维耶日方向的姑娘经常重唱这支歌曲，以托马什的想象，她唱的是一个盖房子的木匠：

木匠师傅，要求付账
不再为活计奔忙，
把我该得的付给我，
因为我要走的路很长。

这最后一个字拖得很长，为的是表明，路很长。

我的箱子已准备停当，

立在过道的门槛旁。
我的雅欣卡已经亲吻告别，
在第二个房间里哭得悲伤。

有些短的副歌要比这支歌谣欢快得多，例如：

酒壶和酒杯把酒装，
骑着马儿去格伦场。
从格伦场再去瓦依沃地，
给自己找个年轻的新娘。
摇摇晃晃骑在小马上，
麝香葡萄酒送给教堂。
本姑娘将来谁也不嫁，
只选小米哈乌做新郎。

或者是：

姑娘们爱跳舞跳吧跳吧，
别把新鞋子给跳坏啦。
——我有个兄弟叫孔德拉达，
修补破鞋他自有办法。
我有条小狗，蓬松的卷毛，
谁丢了鞋子让它去寻找。

滴蜡算命最令人激动的瞬间，是熔成液体的蜡在冷水中嗞嗞作响形成命运的蜡像的时候。然后在背阴处观看，同时旋转它，直到在场者叫喊着“哎”和“哦”，同时辨认出花环、动物、十字架和山。再说由于在圣安杰伊节算命的缘故，托马什饱尝了恐怖。照镜子应该仅仅是姑娘们的事，而且做得严肃——夜半三更把自己关在房间里。托马什却想开个玩笑，当着大家的面做这件事，结果是自己吓哭了，因为他看到了一些红色的角。也许是衬衫上的绣花在他背后晃了一下，但不能肯定，后来很长一段时间他老远就绕开每一面镜子走。

某年冬天(而每年冬天都有这样第一个清晨，夜里大雪纷飞，早上出门一脚踩到雪上)，托马什在伊萨河上看到了貂和银鼠。天气寒冷，艳阳高照，河对面陡峭的堤岸上的灌木丛看起来宛如金色的花束，这里那里涂上了一层灰色或靛青的颜料。出现了一个异常轻盈优雅的芭蕾舞女，一弯洁白的新月，举手投足袅袅婷婷，一屈一伸柔情绰态。托马什，呆若木鸡，张大了嘴巴，瞪大了眼睛望着她，忍受欲念的折磨。假如他手中有管枪，也许他就会开火，因为不能这样持续下去，一旦对什么心醉神迷，就会受其召唤，就会渴望将其永远据为己有。但接下来会发生什么事？既无银鼠，也无惊奇，只留地上的一件死物，最好还是仅仅瞪大眼睛去看，除此之外什么也不能做。

春天，丁香花开的时候，脱掉了皮鞋，扭歪了脚掌，因为每块小石头都像钉子一样扎人。不过皮肤立刻就会变粗，直到霜冻，托马什一直是光着脚板踩在石铺的小道上，所以礼拜天穿上的便鞋竟然烧他的脚，上完教堂他就立刻把鞋子脱掉了。

## 七

并非每个人都是帕凯纳斯遇到的故事中的主人公。托马什总是带着一颗虔诚的心接近他。帕凯纳斯长得像鲈鱼,尖鼻子,闪闪发光。他在一个大作坊做纺织工作,还附带管理一台压力机,在两张硬纸板之间放进家庭手工织的呢绒——把那些由于长期使用和吸收染料而发黑的衣物压烫平整。左邻右舍经常把自己的呢绒送进府邸去滚轧、烫平。虽说上面提到的故事发生在许久之前,但留下了对它的记忆,还有一个活证据,这不是在某个地方听到的某件事,因为帕凯纳斯在任何时候都可以把它讲出来(虽说并不乐意)。

这件事跟波雷克有联系,也就是离伊萨河不远的一片松树林。秃鼻乌鸦在松林里搭窝,哑哑叫着在树梢头上方盘旋。波雷克名声不佳。在它的中央曾经埋葬一位老牧人长。他吃干酪噎死了。怎么噎死的?——托马什问。喏,他在牧场吃自己的午饭时给噎死了,大概是由于这不寻常的死,没有把他埋在坟场。此外在波雷克躺着一支拿破仑的部队埋在那里的箱子。好像是当年给牧人长挖墓坑的时候碰到了铁盖子。但是在这种情况下为什么没有把箱子取出来呢?找不到它的边缘,缺乏时间和力气——各种解释仍不清楚。

帕凯纳斯参加青年娱乐晚会从河对岸回来,已经很晚,接近午夜。他找到先前藏在灌木丛中的独木舟渡过了河。可是后来他刚走出几步,就感觉有个蒸汽柱从波雷克的方向向他接近。他加快步伐,柱子跟在他身后。他毛发竖立,奔跑起来,而柱子始终保持同等距离。帕凯纳斯像兔子一样跳跃着从山坡跳到公园,恐怖地号叫着,拼命去擂沙提拜乌科的门寻求救援。

帕凯纳斯带着某种惭愧的心情回忆起这件事,事件或许在青年娱乐会上就已解释清楚了。在牧人长的灵魂显现里他看到了惩罚和表记,也就是说他犯了迷信罪。假如,能像他的兄弟那样移民美国,在布鲁克林一条空荡荡的街道上的什么店铺里烫裤子,有关那一夜的记忆也许就会迅速消除,首先他不会在别人面前讲,而后也不会对自己讲。假如让他参军,情况也是一样。而波雷克的松树梢帕凯纳斯每天从他在粮仓的房间到作坊的路上都会看见,始终都在提醒着他。不妨顺便提一句,展示出现在视野里的所有人物形象的细节不是编年史家的责任。任何人都渗透不进这种生活,这里只是顺便说说,为的是确定,曾经有过一个帕凯纳斯。他生活的年代比许多写文章坚称世上无鬼亦无神的智者所生活的年代要晚得多。我们可以说,疑虑和羞涩阻碍了他结婚,而当姑娘们和安东尼娜指责他是老光棍时,他总是嗤之以鼻,什么也不说。

背心和白衬衫领子之间是个三角形,脖子下面的衣领带红色的刺绣。面部表情一副心不在焉的样子,他的织布机上要是断了一根线,他的动作便显得烦躁不安。除此之外,在帕凯纳斯权限之内的还有一把奇大无比的粮仓钥匙。他出门的时候把它藏在木头门槛下面的缝隙里。走在粮仓里面——托马什学会了打开钉了许多铁鼓包的门——会踩到散落的麦粒和黑色的老鼠屎，坐在谷仓里，可以把脚埋在凉凉的谷物中。在顶层阁楼上透过一个小窗口（外墙如此之厚，窗口感觉像个隧道）可以看到下方的景色，看到整个谷地。帕凯纳斯的卧室里有几袋面粉，一张床（床的上方挂着十字架），装圣水的锡盆，十字架一臂挂着圣水洒水器。

托马什跟尤久克和奥努泰一起在田野玩耍，鹅也在田野放养，有时他跑到波雷克的边缘。上方风声萧萧，鸦声哑哑，下方是寂静、神秘，令人不快。有一次，他们相互鼓劲，一直跑到了牧人长墓。墓上生长着茂密的荨麻丛和野覆盆子。从这一派绿色中升起受到月光引诱的白蒙蒙的汽柱，在树木之间游荡。是不是荨麻的叶子在摇晃——托马什思忖道。

## 八

上教堂要通过瑞典壕沟。穿着家织粗呢短上衣，隔着衬衫还扎肉。托马什观察穿着白色法衣的助祭的动作。他们能登上台阶走到金光灿烂的祭坛前，他们摇晃着香炉，不害怕回答神父的提问，递给他嘴酷似新月的罐子。这是怎么了？这还是那些吵吵闹闹泡在水里抓螃蟹，彼此揪着头发打架，让父亲挥着皮带狠揍的男孩吗？他妒忌他们，一个礼拜有一次能成为不同寻常的人，大家都看着他们。

吉涅每年都会举办几次集市。城里来的买卖人在下方的大路附近，紧挨着从坟场槲树林出来的石铺小道摆放自己的棉布鞋。他们出售心形姜饼，泥土捏的公鸡形哨子，但是特别吸引托马什注意的是那些紫色、红色和黑色的方形护身小香囊和一串串念珠——以及细小物件的色彩和繁多。任何节日都比不上复活节，不仅仅是因为那时会用陶缸研磨罂粟，从马祖尔卡饼里抠出核桃仁。在耶稣受难周，教堂里服丧的帷幕遮住了彩色绘画，干巴巴的梆子声取代了钟声，去给主耶稣扫墓。地穴前面站岗的卫队戴着插有鸟冠和翎毛的镀银头盔，手持长矛和斧钺。耶稣躺在高台上，跟带有耶稣受难像的大十字架上的模样相同，只是十字架的两臂给常春花的叶子覆盖了。

人们急不可待地等候着受难的礼拜六的演出。一群十五六岁的男孩子早前就已花了许多时间策划和准备，他们呼啸着冲进教堂，举着棍子，上面绑着死乌鸦。虔诚的老妇人祈祷了好几个钟头，加上严格的斋戒，已是疲惫不堪，头垂得越来越低——男孩子们把她们从瞌睡中惊醒，将乌鸦塞到她们鼻子下边，或者用死乌鸦追打拎着一包袱鸡蛋去教堂祝圣的人。他们在教堂门前的草坪上演出自己的喜剧。托马什最喜欢的是折磨犹大。犹大拼命逃跑，他们转着圈儿穷追不舍，对他恶言恶语破口大骂，终于他被吊了起来，伸出了舌头，把他从树上放下时他已经“死”了，但这么一个坏蛋能让他轻松溜走吗？给他翻了个身，让他腹部着地，一阵又揪又掐，他发出呻吟，终于拉下了他的裤衩，一个小伙子往他的屁股里塞了根麦草并通过麦草把灵魂吹进他体内，直到犹大跳将起来，叫喊着：他还活着。

托马什稍许大点儿的时候，安东尼娜和外婆苏尔孔托娃带他去参加复活节晨祷。在忧伤的圣歌和连祷文之后喷涌出欢乐的合唱：哈利路亚，圣像巡行开始，所有人都往大门口挤，门外天色尚暗，风把烛光吹得摇曳不定。上方树枝也在摆动，寒冷，天要亮了，女人的花头巾闪变出各种色调，男人们都光着头，圣像巡行围着教堂建筑物转圈，顺着岩石堆的小矮墙走，托马什习惯于将这一切视为春天的开始。

然后到来的是节日昏昏欲睡的嘈杂，糖果甜食，小白面包和复活节撞蛋游戏。孩子们用草皮铺设轨道，内部略成凹形，为了提高速度还盖上一些小块白铁。没有两只鸡蛋会一样滚动，这就需要根据鸡蛋的形状猜测；如果让它从右边躺在溜槽的边上，看它怎么走；如果从左边，看它怎么走；如果放在中央，看它怎么走。嚯，不错，不错，已经很好，就要赶上别的那些散放的像牛群似的鸡蛋了，只要一碰撞，就让主人发财了，然而，不，在鸡蛋来得及接触之前，根据本人自己的某种愿望摇晃一下，便会离开一指从旁边过去，或者停住。

在圣体节，教堂用槲树叶和槭树叶编花串装饰。花串还从天花板的方木上吊下来垂到头顶上。从五月开始就已在圣母塑像下摆花，而此刻花已遮盖了整个祭坛。把孩子们都集中到圣器室，给他们装玫瑰花瓣或芍药花瓣的小篮子。苏尔孔托娃外婆希望托马什参加圣像巡行。走在他身后的是华盖，华盖下面是举着圣餐盒的神父，这就要十分注意，千万不能绊在石头上跌跤。过圣体节的时候几乎总是大热天，大家都汗流浃背，抬着活动祭坛，举着旗幡心里着急。但这是个欢乐的节日，阳光明媚，莺歌燕舞，叮当铃声响彻四方，白、红、金多彩闪耀。

# 九

世界大战爆发，千湖之国在大战之初就不再属于军队被打垮的俄罗斯帝国了，托马什只见过一次德国人。他们一共是三个，骑着漂亮的高头大马。他们直接冲进了庭院——托马什当时就坐在格热戈茹尼奥身边，老人年事已高，不能干重活儿，只是用柳条编编筐子。年轻的军官，细腰，像大姑娘一样红扑扑的脸蛋。他跳下马，拍了拍他的脖子并喝了一罐牛奶。下房的妇女们聚集在他周围，只有格热戈茹尼奥坐在原地，手上的小刀没有离开柳条。一个男人穿颜色如此鲜艳的服装——像青草——本身便足以令人惊诧了。而他腰间还有一把巨大的手枪别在皮枪套里，枪托上的金属从套子里探出来，长长的枪筒垂在下边。托马什几乎爱上了他灵活的身手和其他某些未明的东西。军官交还了牛奶罐，跳上了马背，抬手行了个礼，带领自己的士兵踏上归程，走到了牛栏附近，进入椴树林荫道。

还有什么好说的呢，剩下的就是他的命运，它从来没有超出概率学的范畴。在吉涅他绕着教堂走了一圈，靠着矮墙埋头在笔记本里画着什么。也许他回忆起自己战前在挪威见过的类似的木质教堂。当他骑上马，脚伸入马镫，伴随着马肚带的嘎吱声，他闻到伊萨河上牧场的芳香，不由想起了自己不久前打过仗的地方，在西线，在法国受蹂躏的土地。他没有注意到托马什，不只是现在，也不只是二十年以后(为什么这不可能?)当他乘坐将军的小轿车驶过被元首的军队征服的许多东欧城市中的一个城市的街道,轿车里塞满了方格毛毯和热水瓶,他那肥胖的双下巴支在制服的领子上。托马什(我敢打赌?)当时插在衣袋里的手捏成了拳头,他没有在这个征服者身上认出自己昔日昙花一现的爱恋。

战争对于吉涅而言只留下一个后果,那就是不值得到小城镇去,因为那里什么也买不着。由此产生许多与托马什有切身关系的活动。例如煮肥皂。在果园里燃起篝火,三脚架上放口锅,里面用根一头尖的粗棍搅拌棕色的半流体混合物,同时要捏住鼻子。臭气熏天,少不了一阵忙乱,叫嚷,商量,看肥皂是否煮好。然后混合物凝固,将大块切成小块。或者做蜡烛。做这件事需要切掉小玻璃瓶的瓶颈,瓶子里装满油脂,在瓶子中央塞根灯芯。切割玻璃瓶可以用煤油浸过的绳索:如果把它缠绕捆紧,再点火烧绳子,玻璃正好在需要的地方断开。还买过两只电石灯,那形状和气味都令托马什激动。苏尔孔托娃外婆晒干草莓叶子泡茶,用蜂蜜代替白糖,也就是那时她发现了糖精,从此她再也不曾用过白糖,因为糖精同样甜,而且更便宜。

托马什该读书了,但是家里没有人能教他,于是送他到村子去找人称"老黑"的约瑟夫。他的确是黑——眉毛像厚的粗线条,面部瘦削,额上发间已露出银丝。他住在自己兄弟家里,帮忙干些农活,还干各种各样的杂事。从某处收到书籍,在木板截断的报纸碎片中间晒干农作物,代别人写信,谈论政治。他曾经因为那政治而坐过牢,也在一些城市工作过,但不曾按城里人的服饰打扮过,通过衬衫上的刺绣依旧能让人认出他是个农民。他所属的群体享有我们当代那些编年史家笔下赋予的民族主义者的称号,也就是渴求名望与光荣的人。麻烦也在他这里,他伤心的原因也在这里。他关心的显然是立陶宛,可托马什要学习读写的首先是波兰文。至于说自认为是波兰人的苏尔孔特一家人,在他眼里则是背叛者,因为很难找到比这更加本土的姓氏了。他仇视贵族(首先因为他们是贵族老爷,其次因为他们改变了语言,为的是更彻底地和民众隔绝),而仇视苏尔孔特的困难在于,老人把外孙托付给了他,也希望他让外孙睁开眼睛看到家族名字背后的荣耀——这种混杂的感情饱含在托马什在他面前打开读本时他发出的一声咳嗽中。外婆对这些功课和跟"乡下佬"称兄道弟十分不满,她也不同意存在什么立陶宛人的说法,尽管她的照片大可为一本说明自古以来是什么人居住在立陶宛的书作插图。不过她还是觉得专门请一位女教师到家里来授课是多余的开销,于是她一边抱怨孩子要变成乡下佬了,一边被迫接受了约瑟夫。托马什不明白这些错综复杂和紧张的事,而到他弄明白了的时候,又认为是某种特殊情况。遇到在爱尔兰生长的小英国人,或者是在芬兰生长的小瑞典人,他也许就会发现诸多类似之处,但是伊萨谷以外的土地笼罩着浓雾,他所知道的事恐怕都是听外婆讲的,说英国人早上吃早餐时吃糖水水果——所以他对英国人有好感——说俄国人把爷爷阿尔图尔流放到西伯利亚,说应该热爱那些坟墓在克拉科夫的波兰国王。克拉科夫对外婆而言仍然是世界上最美的城市,她还向托马什许诺,说他长大了会去那里。由于她那安置在远方某处的爱国主义,由于不把民族问题当回事的外公的宽容,也由于约瑟夫开口闭口"我们""我们的国家",这些在托马什心中引起疑惑,后来每当有人当着他的面提起什么国徽和国旗,提起某种双重的忠诚,他就不由心生怀疑。

约瑟夫的授课持续了许久,源于过渡年代的混乱,这些年代里诞生了小小的立陶宛共和国。在约瑟夫的努力下吉涅开始建造第一所学校,他成了这所学校的教师。

但直到这时战火才渐渐熄灭,战争的进展可以站在公路上往下观察到,例如从公园边上朽烂的长凳可以看得出。经常有些流浪汉去那里,他们从远方,从湖泊的后面,即城市的方向漂泊而来。他们从那里逃亡是躲避饥饿。他们背着绑在背上的袋子和包袱,而经常用木头车子拉小孩。一个这样的家庭,母亲带着两个男孩,在安东尼娜的劝说下收容于府邸,已经成年的大儿子斯塔谢克迷住了安东尼娜,因为他口琴吹得漂亮,会唱城里的歌曲,但主要还是由于他说波兰语一口马祖尔地区的口音。"他有德国调!"她叫嚷说,带着喜爱之情眯起了眼睛。斯塔谢克一对招风耳,脖子又细,一点也不能吸引托马什,虽说给他做了弩弓,带有枪托,像真正的卡宾枪上的一样。傍晚姑娘们在椴树下嘿嘿笑,而当斯塔谢克单独和安东尼娜坐在一起的时候,托马什也在那儿转来转去,终于离开了他们,心中烦躁不安,不知是什么令他烦恼,像是正午时分太阳躲到了乌云后面。

## 一〇

至于说到魔鬼,它们选择的折磨对象主要是巴尔塔扎尔。这件事令人难以想象,因为他看起来是个为欢乐而生的人。茨冈人的肤色，洁白的牙齿，差不多两米高的个子，脸上的胡须——像李子上的绒毛。他出现在府邸的时候，在自己的衬衫上捆了一根皮带，深蓝色的帽子歪戴着，帽子下面露出前额，托马什叫嚷着跑出来欢迎他，或者是欢迎一筐蘑菇——牛肝菌和蜜环菌，这种蘑菇的色调从上面看像砍断的赤杨，从侧面看是白蒙蒙的小花点或者是动物——田鹬或是眼睛上方带有红色条纹的黑松鸡。巴尔塔扎尔是个护林员，虽说不完全是。任何人都不给他薪水，他也不给任何人薪水，他待在森林里，盖房子他得到不花钱的建筑材料，他自己吃的土豆和燕麦撒在林中旷地上，每年耕一次地。每次他来，门关得砰砰响，钥匙在柜子上的锁眼里转动的嘎吱声特别响，苏尔孔托娃外婆便经常犯偏头疼。托马什偶然听到她对外公抱怨说："你的宠儿来了！你要是敢把东西偷偷送给他！"

许多人妒忌巴尔塔扎尔，理所当然。他刚当上护林员时一无所有，而现在他有份家当，有几头奶牛、几匹马，住的不是茅舍而是房子，带有镶木地板、门廊、四个房间。他娶了吉涅殷实的庄户人的女儿为妻，生了一双儿女。苏尔孔特对"亲爱的巴尔塔扎尔"可谓有求必应——可以手指额头担保。他没有给自己树敌，因为他善于行动：他看守着，不让人砍老椴树林的树，但他不会反对波吉里村民放倒一棵松树或千金榆，只要在树墩上铺好苔藓，以免留下痕迹。

快乐！巴尔塔扎尔喜欢带着一罐家酿啤酒懒洋洋地躺在自家门廊，酒罐立在他身边的地板上。他时不时倒进杯子里喝上几口，吧嗒吧嗒嘴，伸伸懒腰，挠挠痒。一只吃饱了的猫——而恰好在这时他脑子里发了疯。外公不时把托马什塞进轻便马车放在自己身边,祖孙二人一起驱车往林间小屋走,那屋子位于不属于府邸的田地之外,路程相当远。那轻便马车是平常出行用的,日用的还有长方形的敞篷马车——这是一种装了四个轮子的竞赛用马车,像骑马一样爬上去。车库里当然还有别的一些车驾,例如盖满了尘土和蜘蛛网的四轮轿式马车,装上了滑木的敞篷雪橇和"蜘蛛"——黄灿灿的,长形多座马车,前轮大后轮小,车上给马夫或仆人设有高座位——而在"蜘蛛"(其实更像黄蜂)的第一部分和第二部分之间只有木板,如果在上面跳动板子会往上翘。外公和托马什坐在轻便马车里,如果车子有点倾斜,他就把托马什拦腰抱住;田地过后是牧场和养蜂场,垂下的青草掩盖了车辙里黑色的水,水里有许多看不见的坑,车轮经过,水往往会没到车轴。稠密的鹅耳枥树林背景下的袅袅炊烟表明,立刻就能听到犬吠,看到房子的屋顶和水井上的辘轳。托马什也许乐意住在这样远离尘嚣的地方,与野兽为伴,它们从密林中伸出脑袋,注视周围的动静。房屋散发着松香味,木头还没来得及变黑,铜铸一般闪闪发光。巴尔塔扎尔咧嘴笑了,妻子把食物摆到桌上,一再邀请客人尝尝熏肠:"请尝尝,请尝尝。"她身材瘦削,颌骨外露,除了这句话什么也没说。

托马什离开了大人们,跑去窥探松鸦或野鸽子,这里见到的鸟类繁多。他有次在养蜂的一堆石头里找到个戴胜鸟窝——伸手进去抓到一只幼鸟,还不会飞,只是张开头上的扇形冠毛吓唬人。他把这只幼鸟带回家,可是戴胜鸟什么也不肯吃,只好把它放走了。

巴尔塔扎尔当然不会向托马什吐露是什么折磨着他。再说他自己也不明白,只知道情况越来越糟。自打他盖了房子生活倒也马马虎虎过得去。后来有次他扶着犁站住,想卷根香烟,突然失去了意识,不知自己身在何处,醒后手指僵硬,烟草从指缝里撒了出来。唯一的办法是强化劳动,但是由于懒惰,很快便打发了每样工作,而当他端着一罐啤酒懒洋洋地坐在长凳上的时候,觉得浑身填满了可恶的绵软,内脏缓慢地转动,处于一种类似瞌睡的麻痹状态。他咬紧牙关叫喊——要是他能够这样叫喊,但是不能。他感到,需要点什么:把腰伸直,挥拳擂桌子,跑到哪里去。去哪里?他悄声叫唤,跟那种绵软合成了一体。有时巴尔塔扎尔扔出杯子砸那个一会儿钻进他体内一会儿从远处戏弄他的折磨者,而这时妻子便脱下他的皮鞋,让他睡到床上去。巴尔塔扎尔向妻子屈服了,但就像向所有事屈服一样,带着苦闷,带着深信这不是应该有的无可奈何的心情。她的丑陋令他厌弃;这在黑夜尚可容忍,但在白天呢?梦给他慰藉,但并不长久,夜里他从梦中惊醒,觉得自己是躺在高墙环绕的洞底,永远无法爬出来。

往往,他挥拳擂桌子,他奔跑,仅仅是为了真正灌醉自己。持续时间不少于三、四天,喝起来不要命,有一次白酒在他肚子里烧得那么厉害,以至镇上一个犹太女人不得不骑在他身上往他嘴里撒尿——这个办法有效,但会让他丢人现眼。消息迅速传开,说巴尔塔扎尔又不行了,一些人说是由于生活太肥甘厚味,而另一些人则表示惋惜,说好好一个人给毁了,因为他跟魔鬼混到了一起,这不仅仅是他们的臆造,因为巴尔塔扎尔喝醉了酒时哭着讲过各种各样的怪事。

托马什离开吉涅许多年后想起巴尔塔扎尔，把听到有关他的童话和非童话串联了起来。记得当时他那肌肉发达的臂膀绷紧得像石头（巴尔塔扎尔是个大力士），一对长睫毛的像羚羊的眼睛。任何成功、任何天佑都不能预防灵魂的疾病——托马什每次想到他都为自己的命运而担忧，为自己将面临的一切惴惴不安。

## 一一

小胡子，游移不定的目光，温和地把双手交叉起来，胳膊肘儿靠着桌子，大夫先生，德国人——巴尔塔扎尔见到的他就是这副模样。“滚！”他嘟囔道，并试图画个十字，但没有画成，只是在胸口抓了一把，而那个人的话带着枯叶的沙沙声洒落下来，以一种劝说的口吻。

“可是，亲爱的巴尔塔扎尔，”他说，“我只想帮助你，你总是担心着急，完全没有必要。你担心自己的产业，说土地不是你的，好像你有土地，而同时又没有。土地来得轻松，去得也容易，是这样吗？上天见怜，明日就会有别的什么人把吉涅拿去，同时把你赶走？”

巴尔塔扎尔发出呻吟。

“而你这么关心的真是土地吗？喏，你坦白承认吧。不是，你心灵深处装的是别的什么东西。此刻，你躺在这里，你怀着一种渴望,从这儿逃跑永远不再回来。可世界很大,巴尔塔扎尔,许多城市,夜夜笙歌,语笑喧阗,你或许就在那里的河岸边睡着了,茕茕孑立,自由自在,一无所有,一个生命结束了,第二个生命刚刚开始。你不会羞于罪恶,也许要在你面前揭露那种会永远掩盖的东西。永远。因为你害怕,你舍不得土地,舍不得自己养的猪。怎么会这样?难道我又会一无所有——你问。好,在你身上有一个巴尔塔扎尔,还有第二个,第三个,而你选择了最愚蠢的那一个。你永远也不愿体验一下,另一个巴尔塔扎尔是什么样子。难道不是吗?"

"啊,耶稣!"

"什么也帮不了你的忙。秋天,冬天,春天,夏天,又是秋天,就这么转着圈儿地季节轮回,把你埋在地里,你再喝点吧,这是你的全部美味。在夜里?你自己不知道。要知道在你不愿意成家的时候,又不是我劝你结婚,还娶一个最丑的女人,只因她的父亲是富翁。吓死人,巴尔塔扎尔,一切都是由此而起。你是给自己保了险。你什么时候感觉更好点儿呢,是你二十岁的时候还是现在?你还想得起那些晚上吗?你的手挥得动斧头,你的脚跳得动舞,你的嗓子唱得了歌。还记得你和你那些朋友怎样往篝火上添木头吗?而今天你是孤家寡人一个。当家人。虽说我不否认,他们可能给你夺走这幢房子。"

巴尔塔扎尔如瘫痪一般。内里是一袋锯木屑。那位立刻看透了。

"早上你爬到屋前,露水未干,鸟儿在歌唱,可这是为了你吗?不是,你计算着。给你剩下的还有一天,还有一天,还有。

只要能拖下去就好。像匹骟马。而这是自何时开始的？当年你根本不在乎计算。你曾纵情欢歌。如今怎么啦？你观察椴树，可它们像是麻屑做的。也许它们不存在？在书里聪敏地描写过。你不会发现，是怎么描写的。如果谁脑子里装了这么一堆糨糊，还是立刻去上吊更好，因为那样他就不会知道，他在地上行走的时候是不是在做梦。这话书里有。你会上吊吗？不会。"

"为什么别人能过得好，而我不能？"

"因为，我亲爱的，每个人都给了这么一条命运之线，要么他能抓住线的一端，他就会高兴，说他成功了。要么他抓不住。你不成功，你没有去寻找自己的那条线，你左顾右盼，看看这个又看看那个，期望跟他们一样。但是对于他们是幸福的事，对你就是不幸。"

"怎么办？你说！"

"没办法。晚了。晚了，巴尔塔扎尔，光阴似箭，乌飞兔走，勇气越来越少。既没有勇气上吊，也没有勇气逃跑。最终烂掉拉倒。"

啤酒混浊的细流从杯子里淌出来。他喝着，可内心一直在燃烧。那位粲然一笑。

"关于这个秘密你没有必要苦恼。谁也不会揭穿。它将留在你我之间。难道不是每个人都注定要死吗？早点死或晚点死难道不是一样吗？那人年轻，不错。但他很长时间都在外面打仗，在他村子里大家已经有点忘记他了。他老婆还会哭哭，不久就会找到宽慰。他的儿子，胖乎乎的，常抱着他的脖子，但太小，不记得父亲。只是你没有必要喝醉了酒就在人前胡说八道,说你良心上压着什么罪过。”

“神父……”

“不错,不错,你是忏悔过。但是你还没有愚蠢到不明白在那忏悔室你不会说出任何实情。你在那里撒谎。无疑,得不到恕罪你会恼火。于是你撒谎,说他举着斧头朝你跳了过来,就在那时你杀了他。他跳了起来,不错,可是后来呢?后来怎样巴尔塔扎尔?当时他坐在灌木丛中吃面包,你朝他开枪。你把带血的面包干跟他一起抛进了洞里,就这么把他埋了,对吗?”

这时巴尔塔扎尔咆哮了起来,扔掉了杯子。德国人的出现也解释了他后来怎样在小酒馆里闹事,推倒了桌子、凳子,砸坏了灯。

## 一二

在小盆地走近冷杉之间的那个地方并不难,当时巴尔塔扎尔用铁锹铲开一块草皮,稍后又重新放上去。他通常都是傍晚到这里来,坐着,听松鸦的噪鸣,看鹈东张西望四处觅食。内心的折磨有所减轻,在这里比从远处思考这件事让他更容易承受。他几乎羡慕躺在这里的这个人。宁静,白云从树木上方飘过。而在他前方还有多少年月呢?

他把小卡宾枪塞进椴树窟窿里,再也没有动过。那是由军用卡宾枪改装的,截短了枪筒以便藏在长袍内,使对方推测他没带武器来。那人举着斧头从小径边稠密的灌木丛跳向巴尔塔扎尔,高声叫他举起手来。棕红色的胡须,破旧的俄国军大衣,从德国的战俘营里逃跑在森林里流浪的囚犯。他要什么?抢夺便服还是杀人,或许已精神失常?巴尔塔扎尔偷偷把卡宾枪转到大腿上,那一位拐了个弯,在灌木丛中打了个呼哨,就这么逃走了。但所有的狭窄小径和通道都不是他所能知道的。野兽哪怕是转着圈原地打转转,总该有个地方做根据地。于是巴尔塔扎尔不慌不忙,开始巡查。开动脑子思考,如果那一位朝那个方向跑,跑出林子跑到养鹿场,在那里休息。是什么怂恿巴尔塔扎尔?是报复心还是恐惧?怕那个囚犯有同伙,夜里对他突然袭击?或者只是简单的猎人欲望?跟踪野兽,它这么走,我就这么走?他偷偷来到一个凸起的坡地,眼前闪过灰色的军大衣,或多或少在预料的地方。他留下对方不管,又沿着一片幼林转圈,钻进幼林可以爬得更近些。这时枪筒对准了弯着的背部(他坐着的姿势是侧身对着巴尔塔扎尔),对准了脖子,对准了戴着没有帽舌的帽子的脑袋。后来他拼命回忆,自己到底为什么扣动扳机,可有时他觉得肯定是这个原因,有时又觉得完全是另一个原因。

俄国人脸朝地倒下了。巴尔塔扎尔等待着,四野静悄悄,鹰在高空鸣唳。没动,一动不动。他用眼角的余光看了看被杀者,确信是死了。他将死者翻了个仰面朝天。浅蓝色的眼睛望着春日的穹苍,跳蚤在军大衣的边缝里爬,装面包干的袋子打开了,袋子上有血迹。皮鞋底彻底磨穿了,他从遥远的地方,从普鲁士奔波而来。翻检了他的衣服口袋,只找到一个小折刀和两个德国马克。所有这一切和斧头连同尸体塞进了冷杉的窟窿里,因为他傍晚必须带着铁锹回到这里。

正是在这个地方,他思忖道,他曾想过找人帮忙。他几乎肯定,这个决定在某种意义上是源于那个俄国人。或许杀他并非无缘无故。这一夜他睡得很香。天刚亮他就起身上路了。

巫师马修利斯养了许多羊,打开一道又一道大门,才能进入庭院。巴尔塔扎尔掏出他的礼品:一小桶黄油,几圈腊肠。老人调整了一下铁丝边框的眼镜。皮肤像被熏过似的,从鼻孔、耳朵都伸出斑白的茸毛。他们起先是谈论邻居的各种新闻。一旦时机成熟,理应深入新的主题,说明此次来访的目的,巴尔塔扎尔却有口难言。他只是指着自己的心,仿佛想把它掏出来,嘴里像狗熊那样哼哼:"它们折磨我。"巫师一言不发,点了点头,把他领到果园,在蜂房的后面,那里在苹果树中间立着从前的铁匠铺,长满了青草。他取下挂在长竿上的小袋子到果园的一角收集干树枝,将它堆成四堆,他让巴尔塔扎尔坐在中央的木墩子上。他点着了干树枝,嘴里念念有词,从袋子里掏出草药往火堆上撒。烟很大,呛人,戴着眼镜的那张脸时而出现在这一边,时而在另一边。嘟嘟囔囔似乎在祷告。然后叫他起来又把他带回屋子里。在巫师的注视下巴尔塔扎尔垂下了眼睛。仿佛已承认了许多罪过。

"不行,巴尔塔扎尔,"老人终于开了口,"我帮不了你。国王对国王,皇帝对皇帝。每个力量都有自己的力量,但那力量不是我的。也许你会遇上某个人,他得到了需要的力量。你等着吧。"

希望就这样烟消云散了。洁白的牙齿闪亮,对那些任何事都不肯去猜测破解的人而言,他的微笑是开朗的。

## 一三

神父很少到府邸来,托马什同神父私邸的交情是从他和安东尼娜站在台阶上,望着神奇的窗玻璃,而安东尼娜用不自然的动作抚平遮住脸颊的头巾褶皱的那一天算起。教区神父是个饱经风霜的驼背老人,他被人称作“那个-那个”,不管有无必要,他经常在话里插入这几个字,渐渐就成了他的口头禅。他让托马什念“我们的天父”,“圣母马利亚”和“我深信”,还送给他画片。画片上的圣母像在马厩上方,甚至在马厩里边,燕子在收干草的小梯子上搭窝。深蓝色的裙子,脸上的铜色和环绕她一圈的真黄金。他把这张画藏进年历,翻开书页,瞧见那色彩总是很开心。

教义问答他学起来容易,只是自己的好感不能平均分配。上帝天父留着大胡子,威严地皱着眉头,高高升到云彩之上。耶稣温和地望着世人,手指着那颗光芒四射的心,但他回到了天上,也住在遥远的地方。圣灵就完全是另一回事。这是一只永远活着的鸽子,并把一束光射进人们的头脑。每次他准备忏悔,总祈祷圣灵的光照射到他,因为罪恶确实难以对付。他掰着手指数,很快便数错,又重新数起。他将嘴巴触到忏悔室光滑的窗栅上听到神父的喘息声,匆匆念出自己一长串罪过。可是当他走到瑞典堑壕,心中便充满了疑惑,走得越来越慢,以至在林荫道上大哭起来,带着绝望之情跑去找米霞外婆问她怎么办,因为他忘记了一些罪恶。外婆劝他回去,他哭得更伤心了,因为羞愧。别无他法,安东尼娜只好牵着他的手把他领到神父面前,有她在场多少让他平静一些,也许不好看,但比他独自来要好。

所以说托马什从一开始就有一种素质,保持着神学家所说的"疑惧的良心",据他们所说,这也是魔鬼经常胜利的原因。在力图不遗漏任何事的同时,不在罪过清单里放入任何一个秘密。他无法从外部看它,他从未想象过它既是他自己的,是他和奥努泰·阿库洛尼斯的——而同时它又存在于他们之外,在他们之前别的人已发明了它。语言和行为的不洁,例如,这完全是不应该的——说脏话,偷看肚脐下有只黑乌鸦的姑娘洗澡或者在周六晚会的间隙吓唬她们,她们通常在两组舞蹈之间休息的时候出来,蹲在果园里,撩起裙子。

他跟奥努泰一起在某处撇开他们的玩伴,溜到了伊萨河上方那个只是属于他俩的地方。除了四脚爬没有办法到达那里,要爬过悬垂的黑刺李下面的通道,这通道弯弯曲曲,必须很熟悉它。在那里面,在小小沙石山坡上,他们安全了,压低了声音讲话,任谁也发现不了他们,而他们却能从那里听到鱼的扑通声,船桨的敲击声,路上车轮的辚辚声。他们赤身裸体,脸冲脸地躺着,树荫落到他们手上。在这不可接近的宫殿里,他们又创造了一个更小的"内殿",在此保持神秘,悄声讲故事——讲什么?奥努泰就像她的母亲(就像波拉),黄头发,编成了辫子。要讲的是这么回事:奥努泰仰面朝天躺着,把托马什拉到自己身边,用膝盖挤压他。他们就这样躺了许久,太阳照到了伊萨河上游,他知道,她想让他摸摸她,心里也不免甜丝丝的。可要知道这不是随便哪个姑娘,而是奥努泰,忏悔时对他和她之间发生的事他将如何说得出口。

早上行领圣餐礼时他感到轻松,也由于是空腹,他的肚子隐隐作痛。离开时他双手交叉放在胸前,眼睛望着自己的皮鞋尖。贴在上颚的圣饼,他胆怯地用舌头舔了下来,说那是耶稣的肉体,他不能想象。说领圣餐使他发生了变化,至少一整天他安安静静,彬彬有礼,这是显而易见的。特别触动他想象力的是神父说的一席话,说人的灵魂就像一个房间应该打扫得干干净净,布置得漂漂亮亮准备迎接客人。他心想,也许圣饼会融化,但在灵魂深处会重新长好,立在那闪闪发光的圣杯里的绿色之间。他,托马什身上就有这么一个房间,使他充满了自豪,因此他谨言慎行,为的是不玷污它、损毁它。

慢慢接近了当初许诺他当助祭的时间,他甚至开始学习费解的拉丁文教义问答,但此时老神父离开了,变化很大。新神父年轻,体态端正,高大魁伟,他下巴突出,在鼻梁上方,眉毛连在一起,每有激烈的动作往往使人畏惧。他留下了原来的那些助祭,对于选拔新的助祭漠不关心。再说他感兴趣的是更重要的职责。

他的布道跟吉涅的听众迄今为止习以为常的夹杂着咳嗽和没完没了的“那个-那个”的单调谈话没有丝毫相似之处。托马什虽说不太善于观察,但也看得出所有人沉默等待神父出现在布道台上的意义。他首先是低声拉家常,就像日常谈话那样。

后来每隔几句话就有一句说出的声音很高,听起来仿佛音乐。终于他举起双手,大声叫喊,震得墙壁都在发抖。他以雷霆之威抨击罪恶,他伸出的手指指向群众,每个人都在瑟瑟发抖,因为每个人都觉得抨击的是自己。突然——一派寂静。他带着一副烧红的面孔站立着,望着听众;他探身靠着布道台的边缘,用勉强听得见的温柔亲昵的声音,推心置腹地劝说听众,揭示等待被拯救者的幸福画面。此时听众开始抽抽搭搭。佩伊克斯瓦神父的名声很快传到吉涅之外,传到邻近的村庄,有人从别的教区前来找他忏悔,他身边总环绕着低垂的花头巾,他的那些女崇拜者力图亲吻他的法袍或是他的手。

阿库洛尼索娃崇拜他,做仆役的姑娘们崇拜他,首先是安东尼娜("他清除罪恶"——她感叹道,"反正都一样,像把铁刷子在心里抓")。甚至还有米霞外婆,尽管原则上反对以立陶宛语布道,但听了他几次波兰语的演说之后完全信服了他。但整个热情保持得并不太长久。一个大荣耀落到了吉涅,妇女们在外人面前承认这一点,不过已是带着酸溜溜的脸色。她们立刻把谈话引到了别的什么事情上。托马什和村子里的孩子们不久便都知道,最好不要到神父私邸去。

## 一四

在圣母升天节的前几天运回了玛格达莱娜的灵柩。她躺在一辆大板车上,棺材下面垫了麦草,上面盖着花毯。驾车的马匹站在椴树投下的阴影里，低垂的脑袋伸进了麻袋，啃袋子底上的燕麦，昏昏欲睡地驱赶着苍蝇；消息传播得那么快，以至那个随遗体一起来的人刚把缰绳系到篱笆上，人群已开始聚集，站成一堆，等待将要发生的事。在上方，在小径扁平的石头上出现了佩伊克斯瓦神父的身影。他站着一动不动，仿佛在考虑，是不是下去，或者是在鼓足勇气。终于，他开始慢慢朝下走，又站住，掏出手帕，揉皱，缠在手指上。

跟玛格达莱娜的堕落持续了约莫半年之久，之所以发生这种事是由于她的过错。没有他照旧会发生。佩伊克斯瓦遇到她时，她已是神父私邸的女管家，谁也不在乎他们之间发生了什么事：神父也是人。可她却开始表现得不成体统。趾高气扬，走路时，下巴冲前，摇摇晃晃，几乎是跳舞。显然让她乐不可支的是能这么对待他，或是说点什么，让别的妇女明显地领会到：你们亲吻他的手和法袍，而我却拥有他整个人。这令人不难想象，他，一个在祭坛前道貌岸然的人，和赤身裸体跟她躺在床上的竟是同一个人，他们彼此说些什么，又做些什么。众所周知，在这类事情上许多是可以谅解的，只要不出现令人厌烦的又难以驱散的画面。

考虑到玛格达莱娜平时的一般表现（她在老神父家里干过两年），吉涅的居民们在冗长烦琐的谈话中确定，先前跟她有关的一切也不是都应该发生的事。如果说她的婚事没有成，未婚夫立刻娶了别的姑娘，那不仅是由于她的年龄——她大概已有二十五岁——或许也不完全是由于她穷，她是贫农的女儿，一个外来户。可当初怎么劝说都不管用，未婚夫宁可违背双亲的意志也要娶她——这里应该注意到她特殊的才能。但是在最后一刻他仔细思量,不禁吓了一跳:她太热情,不知分寸。还有其他类似事件现在以新的方式出现,互相佐证。而对于迄今为止仍有可能心存疑惑的人,现在有那具棺材作证。

托马什,因为安东尼娜在提到她的名字时吐了口唾沫,便对玛格达莱娜不怀善意,虽说没有任何理由。“那个-那个”神父还在的时候,他每次到神父私邸,她都在厨房诱惑他,给他点心吃。当时他对她实在是赞许有加,在她面前总感到嗓子眼发紧。她的裙子窸窣作响,裙子上的扣钩在腰间挤得她生疼,当她俯身在炉灶上尝杓子里的菜肴的时候,耳旁的一缕头发散落下来,而从侧面看,衬衫下面两个乳房悠悠地抖动。联结他俩的是,他知道她的模样儿,而她不知道他知道。他忏悔了自己的罪过,但是他已经看到了。他可以爬到一棵低垂到水面的树上,藏在树叶之间。心在怦怦地跳动:她来还是不来?伊萨河已给夕阳染成了绯红色,鱼儿跳出水面,飞来一群野鸭,他看得出神,而她已用脚板试过,水是不是暖和,并从头顶上脱掉了衬衫。她入水的姿势不像那些娘儿们要下蹲几次把水打得噼啪响。她是慢慢地、一步一步地进入河中。乳房裸露在两侧,而腹部下面并不太黑,只有一小块。她潜入水中,游“狗刨式”,脚时不时打起水柱,一直游到睡莲的叶子盖住河面的地方。然后她游了回来,用肥皂洗了澡。

托马什耳朵听到的东西对他而言虽不清楚,却非常可怕。不可理喻:怎么一个以地狱之火威吓他人的人自己竟然是个罪人。如果他这个给人恕罪的人跟其他所有人一样,那恕罪又有什么价值？再说他并没有向自己提出明确的问题，当然也不敢拿这事去缠磨大人。玛格达莱娜为他取得了被禁之物的魔法。而大人们却生她的气。大人们能划清界限，托马什不会；她是一回事，而神父穿上法袍的时候是另一回事。但是她破坏了协议，搅乱了平静，毁掉了他们听布道的乐趣。

佩伊克斯瓦向下走去，所有人全都感到好奇：他会吩咐怎么处置棺材。当他来到板车旁边，那些人都开始转过脑袋。因为他哭了。泪珠顺着他的脸颊滚落，一滴接着一滴，嘴唇在颤抖，他咬紧，又张开，为了说，他请求把遗体抬上去送进教堂。他为自杀者准备了基督教的葬礼。有人揭去了盖棺的花毯，露出白松木的棺材。四个人抬起它沿着陡峭的斜坡往上爬，这样玛格达莱娜几乎是站立着的。

## 一五

用耗子药毒死自己的人，一定是失去一切希望，同时也受自己的想法所支配，遮蔽了一切，除了自己的命运看不到其他任何东西。玛格达莱娜本可以认识许多城市，许多国家，许多人，许多发明创造，许多书籍，经历人所能经历的不同化身：她也许能办到，但是向她解释这一点不过是徒劳，或者借助某种魔杖，向她指出跟她相似和跟她一样受苦的妇女有千百万，也将是徒劳。在她赐予自己死的一瞬间即使想得到与此同时那些为生而奋斗一个钟头、一分钟的人的绝望，或许对她也无济于事。一旦思想已经退让,肉体面临最后的威胁,便为时已晚。

应该明白,在老神父离开不久之前她已陷入非常糟糕的状态。正是那时未婚夫跟她断绝了关系。在那桩爱情惨败之后,她心中留下冰冷和确定,将来永远会如此。她心中一切都在抽搐,都在抗议,她不能这样下去,日子一天接着一天,一个月接着一个月,一年接着一年过去,转眼之间,瞧吧,她已经是个老女人,该如何对待这份确定?黎明时她醒来,睁着双眼躺在床上,可是爬起来,开始每日的工作她觉得太可怕。她坐在床上用手掌抱着双乳——双乳像她一样被抛弃,将和她一样过着独身生活,然后毫无用处地枯萎。接下去怎么办?到娱乐晚会上去抓男孩子,让他们跟她一起去干草房或是牧场,然后让他们讥笑?因此在佩伊克斯瓦神父接任教区神职的时候,她正陷入彻底的绝望。

打秋千的时候有个暂停的瞬间——而后飞速向下,让人喘不过气来,突然天旋地转,同一棵树,她从窗口看到的已是另一种样子,天上的云彩不像过去的云彩,所有的东西都在动,仿佛塞满了活的黄金,放射出万道金光,她从来不曾设想,竟会是这样。受苦是有所回报的,即使之后还要受苦百年,那也值得。她的欣悦没有一点来自虚荣心的满足:她,一个几乎不识字的穷苦女人,她,一个找不到丈夫的女人,却给他,一个无与伦比的学者选中了。

正是那时——应该明白这一点——她被剥夺了一切赶进了寒冷之中,这一次永远留在了寒冷里。

佩伊克斯瓦意识到面对丑闻必须做出选择,把她送给远方的一个教区神父当女管家，送得那么远，彻底决裂对每个人而言都明白无误。在一栋湖畔的房子里，独自跟一个唠唠叨叨的老人生活，玛格达莱娜没有待多久——正好待到她体验过的幸福时期之前的那个漆黑的夜晚回来。她服下了毒药，当时风在芦苇丛呼啸，河水的浪头冲击着系在独木桥边的船的底部，在河边的砂砾上留下一片片白色的泡沫。

那里的教区神父不想埋葬她。宁可拿出自己的板车，两匹马和马夫，只要能摆脱麻烦就万事大吉。

玛格达莱娜最后的旅行——在她进入那个远去年代的高贵夫人迎接她的王国之前——一大早就开始了。在如絮的白云之下，马匹精神饱满地一溜小跑，几个男人在磨镰刀，磨刀石碰到金属发出铿锵的响声。然后走的是瓔珞柏之间的沙土路，穿过松树林，越走越高，一直到达十字路口，从这里看到绿色串联在一起的水的三个平面，宛如明亮的宝石项链。再往下走，进入森林，往前进入村庄的街道，正午时分玛格达莱娜望着一棵老枫树的叶子，直到树影开始拉长，炎热已不再折磨马匹，便可以继续往前走了。大车行驶在圆石块铺设的堤坝上，车轮跳动，尽管马匹溜蹄慢行，传来了傍晚鸫鸟的音乐会，繁星密布的天空铺展开一片移动的星体和宇宙。无限的平静，蔚蓝色空间，谁从那里观望？是否看到小小的造物，能自己停止自己心脏的搏动、血液的循环，以自己的意志把自己变成一动不动的东西？马匹的气味，在她身边懒洋洋地对它们讲话的人，就这样直到晚上很晚的时候。而清晨，经过小山丘，栎树林，已经不远了，下坡就是伊萨河谷，那里能看到柳丛中河水波光粼粼，神父佩伊克斯瓦在那里念每日祈祷书。

夏天尸体腐烂得很快，人们惊诧的是为什么拖延，仿佛不想把她交给土地。然而当他们终于把她抬了起来，并没有闻到任何令人厌恶的气味——后来人们回忆起这个事实。神父叫人把她埋葬在墓地边缘，斜度从那里开始，那里树根打了无数个结，守住松散的土壤。

圣母升天节这一天的布道不长，声音均匀而平静。他介绍说，像她那样生前没有缺陷的女人，死后进入天堂，不只是灵魂，而是整个灵魂和肉体，就像在活人之间行走一样。起初她的脚已是凌驾于青草之上，慢慢越升越高，脚却一动不动，微风嬉戏着她的长裙——以这副模样把她抬到犹大国，已经只是云彩中的一个点，我们这些有罪之人将来如果有幸在约沙法谷分到的一切她已经拥有：靠人世间的感官生活，永远年轻，看到万能的主的面孔。

不久之后佩伊克斯瓦便离开了吉涅，从此杳无音信。

## 一六

女邻居们胳膊肘靠着篱笆议论着这件事。男人们沉默着，眼睛盯着手里一小撮烟草，吐口水把小片纸打湿，装作整个注意力都集中在这个动作上。不安在慢慢强化，虽说暂时只是在寻找原因，小心翼翼地避免提到危险的词语。

促成谣言传播的主要是新神父，孟凯维奇，一个圆咕隆咚、秃顶、神经质的人。他很害怕,又不善于长久隐瞒这一点。不停地响起敲墙(每次敲三下)的声音,他找不到任何自然的理由。他知道了那些事后待在屋子里就感到很不自在,敲墙或门把手慢慢转动的声音让他感觉周围有什么东西,这令他无法忍受。他跳起来去开门,可是门外没有人。他曾希望,这些迹象会消失,但是相反,变得越来越厉害了。圣器室仆役被召唤到神父私邸去睡觉,从这一刻起就不必限制种种猜测了。再说孟凯维奇神父自己毫无办法,不久便请求那些当家人帮忙。他们召集了几个人,夜里在厨房值班。

玛格达莱娜可怜的灵魂不肯离开她品尝过幸福的地方。看不见的砍刀劈出一片看不见的林中旷地,点着了火,像真火一样熊熊燃烧,烧得噼啪响。平底锅架到了火上,打鸡蛋,煎鸡蛋饼,虽说炉灶是凉的,空的。使用了什么工具?难道这只是音响,一种模仿自然音响的沙沙声的广泛音区?还是说另外给了幽灵一个配了全套设备的厨房,带有共同的水桶,带有共同的煎锅,共同的柴火,就像提取了现实中存在的所有水桶、煎锅、柴火的精华?这个问题无法解答,只能谛听,最多是相信自己的感官。圣水没有效果。神父洒了圣水,中断了一会儿,但没过多久,然后又开始了。每天夜里越来越大胆,敲击的吵闹声,摔锅的声音,哗哗的水声响成一片。更糟的是类似活动还移到了卧室里。除了敲击,门把手的响动,如今又响起了脚步声,纸张和书籍飞到了地板上,还出现了一件事——某种被压抑的笑声。孟凯维奇神父画了个十字,往一个角落撒了圣水,没用,往第二个,没用,往第三个,没用,但当他走近第四个角落时,响起了哧哧的笑声和吹口哨的声音,宛如吹一个掏空的核桃。

有关这些事的消息迅速传遍邻近的村庄,要不是吉涅的人认定这是他们自己的事,外人不应掺和,那么坐在厨房里守夜的就不是三个人,而是有三百个人要挤到那里去了。在不能积极参与的时候,至少他们会议论,夸大的流言震动了整个教区。

是巴尔塔扎尔极力说服众人相信玛格达莱娜的鬼魂已经长出了神父的私邸。假如不是一个细节,也许对他的整个奇谈大可一笑置之,或者像听醉汉说话那样,为了不冒犯他们而假装认真。巴尔塔扎尔证实,说他,不多不少,只有一次见过玛格达莱娜骑着白马从坟场的方向下到河中。她当时一丝不挂,她和马都在黑暗中闪闪发光。在他岳父的茅舍聚集了许多人的时候,他照样转着圈地重复了好几遍。如果他们把他逼得无可奈何,他就发脾气,于是他们便小心谨慎地提到也许这是他的幻觉。当时有人出了个主意,到教区神父的马厩去看看他的枣红马是否在那里。枣红马在——但是大汗淋漓,仿佛有人骑着它奔驰过。

府邸里自然是炸开了锅。安东尼娜每天带去一个新消息。米霞外婆反复说"太可怕了!"她为来自阴间的笑话而兴奋不已,请神父到家来,让他出出怨气,他大口喝着草莓茶,神色忧郁地承认自己健康不佳,如果这事不消停,他只好请求换到别的教区——因此,米霞外婆完胜,在她那表示不相信的惊叫"神父您在说些什么?"的声音中听得出兴奋,因为她爱打交道的是灵魂而不是人。可是不久前发生的事就完全近在身边。托马什被允许来到沙提拜乌科的床前,那位的情况已略有好转,他却感到背上像有蚂蚁爬。病人用虚弱的声音回应他的问候，胡须散落在棉被上，小狗莫普西克蜷缩成一团躺在小块地毯上；这家伙表现得不光彩，它曾夹着自己被砍断只剩一小块的尾巴逃跑，不过它的主人并不在意。现在来细述所发生的事：外面有人在给粮食脱粒，锅驼机立在仓屋附近的棚子里，工作结束后宝贵的传动皮带就藏在这棚子里加上了锁。这天晚上沙提拜乌科穿着柔软的便鞋坐在自己的办公室里，抽着烟斗，突然感到不安，他记不得钥匙是否在锁眼里转动过，他无法确定自己是否尽了职责，这令他十分痛苦。生怕有人偷去皮带，最终他生气地唠叨着穿上了皮靴、皮袄，提起了带罩的灯笼，走出温暖的地方来到寒风冷雨中。外面一片漆黑，只看到灯笼照亮的一小片地方。棚屋确实是没有关。他走了进去，沿着墙壁和锅驼机的锅炉之间的狭窄过道检查，皮带躺在它该在的地方。可是当他返回的时候，一个巨大的怪物爬到了他身上，像一块厚木头，会水平移动。木头上落着三颗脑袋——鞑靼人的，就像他说的那样，令人极其厌恶，鬼脸上龇牙咧嘴。怪物步步进逼，而他在胸前画着十字，后退——但他发现，他是在以这种方式切断自己的逃路，他试图摇晃着灯笼溜过去。就在这时，他用皮靴踩到了怪物的躯体：软软的“像一袋糠秕”。他好不容易到了外面，他想跑，但不敢掉头。一步一步倒退着走完从农用建筑物到自己家门的整个路程，而那三个令人憎恶的可怕脑袋始终盘旋在这个没有脚的低矮躯体上方，就要，就要挨着了。他好不容易吸了一口气，摔倒在门槛上。立刻就发起了高烧，须知整个事件从头到尾顶多一刻钟，此前他可是钢筋铁骨，年富力强。

可能,就像米霞外婆推测的那样,是一个伊斯兰教徒的亡灵,山丘那边就是鞑靼人坟场。假如不是留下了这个名字,对于很久以前曾在吉涅劳动过的鞑靼俘虏的记忆恐怕早已被人忘到九霄云外了。可是为什么他正好是现在出现?是谁鼓动他,命令他制造混乱?只能是玛格达莱娜,现在她恐怕是地下势力的头头。

所有这些事情逐渐导致整个村庄和孟凯维奇神父之间的冲突。在对原因取得一致的认识之后,他们做出了合乎逻辑的论断:应该消除原因。最初他们对他是胆怯地、一般地围绕实质问题转着圈地说说,做比较,说轶事。当这一切都没有结果的时候他们就直说这件事得解决了,说有办法。他挥动双手,叫喊说,他永远不会同意,永远,永远,还骂他们是异教徒。他执拗起来,无法说服。有人建议,不用问他是否允许,但心里都知道,他们同样不敢。因此没有采取任何措施。其间第二个神父到神父这里来住了几天并做了驱魔祈祷。

## 一七

托马什天黑后不敢待在外面,直到他进入梦乡之前。那是极其甜蜜的梦,富有威力的梦,同时也是恐怖的噩梦,或许难以确定在这梦中哪种成分占主导地位。无论是那夜过后的早晨还是以后,这梦都无法用片言只语概括。语言无法捕捉气味,也无法捕捉那种把我们吸引到某些人身边的东西,更不用说捕捉潜入水井,穿过它飞到我们所知的存在的另一面了。

他见过玛格达莱娜在泥土里,在无垠大地的寂寞里,她在那里已经待了多年而且永远留在了那里。她的衣裙已经碎落,衣料的碎片同干枯的骨头混在了一起。俯身灶台时,从面颊上滑落的那缕头发黏在了她的头骨上。而与此同时她离他很近,她看起来跟那天他看见她蹚进河水时的样子一模一样,这种重合包含了对另一种时间的认知,不同于我们平常可能掌握的时间。喉咙发紧的感觉穿透了他的全身,她的胸部和脖子的形状仿佛留在了他身上,她的触碰变成一种哀怨,成为某种挽歌:"啊,为什么我在流逝,为什么我的手和我的脚都在流逝,啊,为什么我是我又不是我,我,一次,只有一次。我从世界的开头活到世界的结尾,啊,天空和太阳将存在,而我将永远不再存在,我身后将留下那堆骨头,啊,没有什么是我的,没有。"托马什跟她一起掉进了土层以下的寂静深处,土里滑动着小石头,蠕虫在为自己开辟道路,他如今也变成了一把腐烂的骨头,他用玛格达莱娜的嘴巴哀怨,他独自发现了这些问题:为什么我是我?怎么可能我在有躯体、温度、手掌、手指的同时必须死去,不再是我?这也许甚至不是梦,因为他躺在许多现实现象表面下的最深底层,感觉到了肉体自我,注定分裂瓦解,而自己也在参与这种毁灭,与此同时还能意识到他无论在这边还是在那边都是一模一样的同一个人。他大叫一声,从梦中醒来。但是物体的轮廓构成了噩梦的一部分,根本没有作为确定的东西分离出来。他立刻又陷入同样的昏昏沉沉,一切都在不停地变化着新的形态。直到曙色降临他才得到解放,在惶惶不安中睁开了眼睛。他从远方回来。

渐渐地，光线照出了桌腿横梁、凳子、椅子。心中感到多么轻松，醒着的时候世界是由木头、铁、砖构成，它们有凸起，粗糙，他欢迎那些昨天还瞧不起的家具，昨天几乎没有注意到它们的存在，如今却视为珍宝。审视线条、疤痕、裂纹。然而在那场梦之后留下了令人愉悦的渣滓，对那些迄今为止从未猜到过的国度的回忆。

从此以后，假如玛格达莱娜在昏暗的林荫道上向他走来，他决不叫嚷，因为她不会对他做任何坏事。他甚至渴望她能出现在他面前，虽说他一想起这件事身上就起鸡皮疙瘩，但并非不舒服的那种，更像是当初抚摸天鹅绒的飘带时的那种感觉。至于那个梦，他没有向任何人说起过。

## 一八

事情是秘密完成的，托马什并没有很快获悉这件激起他莫大悲哀和恐怖的事。

只有村庄里的长老，十几个当家人被允许参与。黄昏时分他们聚在一起，喝了许多烧酒。不管怎么说他们中每个人都不怎么清醒，都在极力给自己增添勇气。他们得到了许可，说得更准确些，是孟凯维奇神父说了句“你们想干什么就干什么吧”，但这意味着毫不掩饰地承认他在职权范围内掌控的那些手段都惨遭失败。他的上一任走后不久——这天夜里神父私邸恰好除了教堂仆役和一个年老的女管家之外什么人也没有，似乎玛格达莱娜在驱魔之后安静了下来——卧室里传出一声叫喊，孟凯维奇身着几个地方给撕破的长睡袍出现在门槛上，撕破的地方棉布一块块吊着。玛格达莱娜从他身上扯掉棉被开始撕扯他的睡袍。他生了病，得了丹毒，大家，包括他本人，都把病归咎于受到的惊吓。由于惊吓，且患丹毒没有有效药物可治，除非念咒驱魔。于是找来了巫婆，她在他上方嘟嘟囔囔念了自己的咒语。这些咒语包含命令疾病离开病人躯体，伴随着威吓，包含基督教祈祷文和某些古老祈祷文的片段，但是命令用过一次便会失去威力，而且知道这些命令的人死前只能传给一个人。神父很不乐意地接受了处置。既然问题涉及恢复健康，就不宜表示怀疑：也许能行呢。类似的反抗减弱，脆弱的希望，以为那些折磨人的现象会停止，促使他默许了另一件事，即在黑暗中做。也许这不是强制的规定，但须显示虔诚，主要是保持沉默。这意味着没有看热闹的人。在严肃可靠的人物圈子里进行。他们试过铁锹是否锋利，点着了灯笼，一个一个或三三两两穿过果园悄悄地溜了出去。

刮起了大风，橡树摇着干枯的树叶簌簌地响。村庄的灯火已经熄灭，只有一片漆黑和这簌簌声。当所有人走到教堂前的小广场集合好，接着便向目的地走去，来到陡峭的山坡他们尽量围绕山坡排好队，带金属条防护的灯笼，圆形玻璃罩里火光跳动，阵风袭来火光乱窜。

首先是十字架。早前竖立的十字架，靠木头的质量坚持了许久，经过这么多年，十字架埋在地下的部分慢慢腐朽烂透，歪倒在一边；他们小心地将它拔了出来放在一边。接下来用脚又踢又踹几下就推倒了墓穴上的坟堆,没有人在坟墓上种花,他们开始匆忙地干起活来,因为这毕竟是件可怕的事。把人埋进地里是为永世长眠,过了几个月又打开看看里面出了什么事是违背自然的。这就像种下橡实或栗子后又翻开土壤,为的是看看里面种的东西是否发了芽。但是也许他们要干的那件事的意义恰好在于,需要一种意志、一种决心,用一种反常的活动来对抗另一种违反常规的活动。

砾石嘎吱响,是时候了。铁锹敲了又敲,他们看了看,照了照,不,这还仅仅是石头。直到终于露出了木板,挖得越深,露出的部分越多,可以抬起棺材盖了。确实用得着烧酒:它给人内在的热,足以使活着的自己能对付别的看起来不怎么有活力的东西,尤其是树木、石头、大风的呼啸、夜的幽灵。

他们找到的东西肯定了所有的推测。首先是遗体根本没有腐坏。他们说,那样子就像是昨天刚埋的。这提供了足够的证据:只有圣徒或幽灵的身体具备这一特点。其次玛格达莱娜不是仰面躺着,而是翻了身,脸朝下,这也是一个信号。然而甚至没有这些信号他们也会弄出需要的信号。因为他们有了证据,干起这件事来就更轻松,没有疑惧。

他们把遗体翻过来,仰面朝天,用最锋利的铁锹飞快地砍,他们中的一个砍下了玛格达莱娜的头颅。由杨树干削尖的橛子已准备好了。将它靠在她的胸口用斧子钝的那一头锤击,钉得那么深,以至钉穿了棺材底。接下来他们拎着头发,把头颅放在了她的脚旁盖上了棺材盖,现在大家轻松地填土,甚至带着笑,就像平常经历了巨大的紧张时刻之后那样。

或许玛格达莱娜是如此害怕肉体崩溃，如此绝望地抗拒进入另一种对她而言非常陌生的永恒时间，以至她随时准备付出任何代价，作为幽灵游走于活人之间，从而获得保存不可侵犯的肉体的权利？也许是。她的嘴唇，就像他们起誓担保的那样，一直保持着鲜红色。砍掉她的头颅，粉碎她的肋骨，终结了她肉体的清高，终结了她对自己嘴巴、手和肚子的异教的依恋。她像钉在发针上的蝴蝶，穿着佩伊克斯瓦神父给她买的小皮鞋的双脚触到她自己的头顶，现在她不得不承认，她将融化，像所有人一样成为土地的汁液。

神父私邸的不安立刻停止，从此再也没有听说过玛格达莱娜什么方式的表演了。但或许她进入了托马什的梦境，比通过在看不见的厨房烹调，比敲墙和吹口哨的把戏更有效地延长了自己的生命，这并非不可能，因为他永远没有把她忘怀。

## 一九

玛格达莱娜吓唬人的那个秋天，果园大丰收，因为没有地方卖水果，在摘下来家用的同时，拿它们喂猪，储存下来的只是最好的品种。青草里有成堆烂掉的苹果和梨子，黄蜂在烂水果中间嗡嗡地飞来飞去，还有大量的胡蜂。一只胡蜂蜇了托马什的嘴唇，他整个脸都肿了；并非总是能够注意到它，因为它们通过狭窄的小孔钻进了很甜的梨子里面，直到使劲摇梨子才露出搏动的有条纹的腹部。托马什帮着在果园采摘，爬上树，很是自豪,说大人们不会像他那样以猫的方式爬到甚至细小的树枝上挠痒痒。新品种不断成熟:“糖梨”“老实梨”“椴树梨”“萨佩让卡梨”“香梨”。

夏秋间歇期托马什好不容易进了藏书室。此前他对这个墙角上的房间从未产生兴趣,这个房间是用油画颜料漆的墙,非常冷,外面已是酷热,这里冷得打哆嗦。如今他乞求到书柜的钥匙,总能从书柜里掏出点什么有趣的东西。在其中一个镶了玻璃的书柜里他找到几本红封面的书,封面上有烫金的装饰,书里有许多插图。书里的签名他不会读,因为是法文,在这些插图中有个小姑娘名叫索菲,穿着镶有花边的长裤衩。在另一个书柜里,在靠墙的地方,在蜘蛛网和几卷发黄的纸之间,他挖到一部莎士比亚的《悲剧》,他带着这本《悲剧》坐在草坪上度过了许多时间,在草坪的紧边上靠近绿色的灌木墙散发着苔藓和香薄荷的气味。除了他,那些红色大蚂蚁也喜欢这个角落,不止一次他发疯地用一只小腿去蹭另一只小腿,只因给蚂蚁咬了很疼。

在松树梢之间的空隙处隐约闪现出蓝天,沿着河谷的另一边,小小的车队拖起尘土飞扬。书里人们穿着甲胄或者是短打扮(他们是光着腿还是穿着紧身裤?),他们斗剑,在地上翻滚,用匕首相刺,带有锈迹的书页散出一股霉味。他用手指顺着一行行字移动,虽说是用波兰文写的,可他还是丧失了兴趣,认为书里涉及的是成年人的问题。

那些描写旅游的书给了他更多欢乐。在那些书里黑人赤身裸体,手持弓箭站立在芦苇编的小船上或者拉着绳子牵的河马,这河马跟历史书上写的一模一样。它们身上布满条纹,托马什暗自思忖，是它们的皮肤本来就布满条纹，还只是人们把它们画成这样。他经常梦见自己跟黑人一道走水路进入越来越难通行的藏在比人还要高的纸莎草中间的港湾，他在那里给自己建了一座小村庄，外人一概不准入内。这些书籍他从头至尾读完了两本，因为都是波兰文（实际上他靠它们学会了阅读，只因它们引人入胜），也就在那时他进入了一个全新的阶段。

做射箭的弓他选择了榛树，但不是那种在太阳底下生长的树，这种树大多数长歪了。他爬进灌木丛下边的阴影里，那儿没有青草，只有层层杂乱的干树枝，其中不时闪现出胆怯地吱吱叫的凤头鸡。在那里，榛树为了见到阳光拼命向上生长，所以树干完全是笔直的，没有枝杈，是做弓最好的材料。在这样一个幽暗的地穴里，他给自己布置了存放兵器的密室。

他带着弓箭去狩猎，为了使箭飞得更好，他还钉上了公火鸡毛做的拨风羽，而飞禽走兽却是他自己想象出来的，比方说这可能是圆圆的一丛荼蘼。他常坐在独木桥上，把水从小池塘舀进喷壶，不是从“黑塘”，而是从另一个，位于房屋的一翼和果园及庄园建筑之间的小池塘舀水。他站在桥上，假装是站在一条独木舟上开始向鸭子射击。还引起了一番调查，起因是在池塘中央发现了一只死鸭子，但他不肯承认是他射的。其实也可能是别的原因死的。印第安人用弓箭捕鱼，因此他也在河里水浅的地方观察鱼（为的是不致丢失箭矢），可鱼总是及时溜走了。

每逢阴雨天他就在过道里趴在一张钉死在地板上的桌子上画剑、矛、钓鱼竿。这儿让我们留意他的某些性格特征。有一次他画弓，但突然停下并把纸撕得粉碎。因为他爱弓，而不知怎么地他忽然想起，凡是他所爱的东西都不应该展示出来，而应绝对保密。

有一次米霞外婆带他上了阁楼，给他看了一只装满破烂儿的箱子。其中有些旧书的封皮！他读到一个男孩子的奇遇，那个男孩偷偷溜进轮船，在船甲板底下靠面包干生活，而耗子成了他莫大的威胁。那儿他在桶里找到了水：甜水。难道这意味着，加了糖？托马什就这么想象着，也是这么给自己解释的，那男孩在桶上钻了个洞，享受着喝到甜水的欢乐。

特别是厕所有助于对已读故事的各种幻想。有一条小径通向厕所，小径上方悬垂着黑醋栗丛。厕所的门用挂钩从中间关闭，通过门上挖出的心形洞孔可以观察到谁要来上厕所。太阳通过缝隙照进去，四周是苍蝇、蜜蜂和艽花蜂演奏的连续不断的音乐。毛厚而蓬松的艽花蜂嗡嗡地叫着，沉重地飞来飞去，有时从后面飞到粪坑上方，托马什带着快意把粪坑里的臭气吸进鼻孔。蜘蛛在各个角落织网。横梁上还有蜡烛留下的硬脂污渍。侧面墙上也有洞，虽说在这些洞里除了接骨木的叶子什么也看不到。

通过门上心形的洞孔托马什发现安东尼娜的身影闪过，他立刻停止思考迅速扣上内裤。小径的另一端，安东尼娜在泔水坑边宰鸡。她鼓起腮帮闭紧嘴巴，把母鸡放在了树墩上，准备用砍刀砍掉母鸡的头；那只母鸡吓坏了，但尚未惊慌失措，大约是在考虑这会引起什么后果，或者它什么也没有想。举起的砍刀一闪，安东尼娜的脸痛苦得痉挛了（但同时似乎也在笑），然后是母鸡扑棱扑棱抖动翅膀，蜷缩成一团羽毛球体在地上跳动。

托马什不由得打了个寒战,因为他也参与过这种事。有一次确实发生了一件离奇得令人瞠目结舌的事。公鸡——一只硕大的、竖起金光灿烂的羽毛的公鸡,已经没有了脑袋却猛然飞起,向前伸着脖子的红色残余部分。这无声的飞翔让安东尼娜惊诧得张大了嘴巴,仿佛是赞扬,因为公鸡一直飞到撞着了椴树干才掉下来。

托马什现在较少拿钓竿到河上钓鱼,也较少跑到阿库洛尼斯家里去,可能是由于玛格达莱娜的原因,也可能是由于书本的缘故。伊萨河畔那些偏僻的地方开始让他觉得可怕,至于背张弓去狩猎,似乎孩子们中间又没有人愿意去分享这种乐趣,很快也会显得可笑,这不是严肃的活儿,像捕鱼或者用柳树枝做木笛。他也宁愿没有人窥探他某些对于一个大男孩来说过于幼稚的游戏:他把插在沙里的木棍当作军队排成两排,这是一排,这是二排,让两排的士兵对打,彼此向对方士兵投射石头做的炮弹。

## 二〇

初冬,迪尔比诺娃奶奶从爱沙尼亚的多尔帕特来了,她住的房间特别吸引托马什。她比托马什略高一点,脸上红扑扑的,对所有事都操心,在这一点上正好与米霞外婆相反,她给托马什织补短袜和裤衩,还给托马什辅导功课,考他的宗教知识。然而最重要的是她的与众不同。她抽带长烟嘴的香烟,正如她自己所说,学抽烟是由于过多的忧虑,对此香烟多少有点帮助。在她随身带来的大箱子里有只扁平的盒子，掏出这只盒子，打开就能看到一些白铁的和木头的小箱子，用丝带系的小包，仔细地用报纸包的各种各样的小物件。开箱仪式并不经常进行，保持了自身的节日气氛。每逢开箱，托马什总能得到一份礼品，例如一块真正的中国墨；作什么用，奶奶给他解释清楚了，但令他着迷的是墨的形状、它的黑和边缘的尖锐。

他学到的有关世界的知识从来没有像现在这么多。奶奶在里加度过了青春年华，对他讲过游览马约伦霍夫的趣事，讲过怎样在真正的大海里沐浴，讲过有一次怎样差点儿让海浪卷走；讲她的父亲，他的曾祖父，利特泰尔医生给小孩子治病，如果孩子父母贫穷，他就不收医药费；说大家是多么爱他，说他是个多么出名的滑稽大王，经常会编些不伤人的滑稽短剧，他换了衣服，做出可笑的表情，有一次甚至她的妈妈把他当成了乞丐，把一枚硬币扔进了他的礼帽——他就是这样出色地改变了外表。托马什还听说过有关剧院和歌剧的事：天鹅轻盈地走上了舞台，摇摇晃晃，简直让人可以赌咒，说它真正是在水上游。奶奶说出女歌唱家的姓氏——阿德琳娜·帕蒂——叹了口长气。当她回忆起聚集了很多年轻人、欢声笑语、充满活力的里加晚会时，她也会长叹一声。还有另一个乡村：迪那布尔格附近的伊姆布罗达田庄，属于她母亲家族的莫海尔夫妇。乘四轮轿式马车旅行，经过满是强盗的森林，跟强盗串通一气的偏僻小酒馆，断头台似的床，床顶夜里会掉下来砸死旅客，然后床便会带着尸体深深陷到地板下面，机关就是这样设立的。马车拉到渡轮上摆渡过河，马匹受了惊所有人都淹死了。伊姆布罗达田庄的女仆喜欢在镜子前梳妆打扮，男孩子们就在镜子后面放根长烟袋杆突然冲她喷烟，以这种方法吓唬她。曾经有人把她连同她睡的床抬了起来，放到湖上，而她竟然没有惊醒——直到后来她大喊大叫，不知自己身在何方。还有就是乘着白色帆船在这片湖上航行。这些都是从托马什的记忆里捞出的事件和名字。

有关扬名整个立陶宛的吃货和怪人比托弗特的趣事也是因为奶奶才知道的。一到夏天，比托弗特就吩咐准备一辆木头马车，车后装载马料；他坐在马夫身后的对面座上，出门旅行，一走就是几个月，因为一路走走停停，经过了沿途所有的田庄，到处受到国王似的招待，也是因为大家怕他嘴巴恶毒，不想让他说长道短。他坐在自己的马车里抽着雪茄烟，烟头随便往身后扔，有一次他勉强来得及跳下车，因为他身后的干草已经在熊熊燃烧了。曾经有一次在小镇的市场上，他走到一个卖橙子的犹太人跟前问道，一次能吃多少个，犹太人回答能吃五个，比托弗特说他能吃六十个，犹太人说谁能吃这么多，他就白送。比托弗特吃完了五十个，而犹太人已叫喊了起来："救命呀，他吃了六十个橙子，他马上就要死啦！"他在家里雇了个极好的厨师，却跟他有吵不完的架。晚上比托弗特把他叫到房间，呻吟着："坏蛋，我要开除你，你又做得那么好吃，我吃撑了睡不着觉。"可马上又把他唤了回来，问他明天午饭吃什么。

托马什通过跟奶奶的交谈多少学了点历史。从箱子里取出挂在她床上方嵌有圣母肖像的圆形颈饰，而挂在小桌子上方的，是一个大翻领上裸露出脖子的漂亮姑娘的小肖像。漂亮姑娘名叫爱米利亚·普拉泰尔，通过莫海尔家族，她和托马什之间有远亲关系,对此托马什理应感到自豪,因为她是作为女英雄留在了人们的记忆里。一八三一年她骑着高头大马在森林里统领一支起义军。在同俄国人的一次战斗中她受伤而死。颈饰属于阿尔图尔·迪宾爷爷,他在年轻时也选择了森林,那是一八六三年(你给我记住,托马什:一千八百六十三年)。起义者的口号"为了我们和你们的自由"也意味着为俄国人的自由而斗争,可当时沙皇是强大的,而他们反抗的武器只是双筒猎枪和马刀。沙皇绞死阿尔图尔爷爷的指挥官谢拉科夫斯基,而把他流放西伯利亚,直到许多年后爷爷才从那里挣脱出来并结了婚。托马什的父亲和叔叔如今都在波兰,都在军队里,也在跟俄国人打仗。

迪尔比诺娃奶奶在那些房间里走来走去,穿得就像要进城似的,甚至带着琥珀胸针。在衣服下面,就像他偷偷看到的那样,穿了好几条毛料衬裙,腰间用一种带鲸须的紧身胸衣束紧了。当米霞外婆按自己的习惯在壁炉前撩起裙子的时候,迪尔比诺娃奶奶那双浅蓝色的眼睛受了惊吓,嘴角无助地扭曲着。米霞外婆那种仿佛是嘲讽人类的情感或者是戏弄人的态度令她恼火。比方说,如果她谈到某个人,说那人爱上了某个姑娘,米霞外婆扭动屁股擦着壁炉上的瓷砖拖着立陶宛式的长音问道:"可为什么,夫人,他爱她?"而且总是要问:"可为什么?"仿佛人们渴望爱情,为爱颤抖、痛苦,这本身还不够似的。愤怒的耸肩,嘟囔"多神教的习俗"——是的,但是托马什并没有站在迪尔比诺娃奶奶一边,因为他识破了她身上的弱点。尽管也看到了她全部的善良。她为他的情况急得直搓手,说他被人忽视,穿着破衣烂衫,像棵野树苗长大。这样一来她就把他宠坏了,因为以前他认为用安东尼娜的针线自己缝纽扣是件寻常事,可现在他每件小事都要找别人,因为已经有人关心他随时准备为他效劳。

在迪尔比诺娃奶奶弯曲的滚圆后背里,在她太阳穴的血管中隐藏着某种脆弱的东西。托马什确信,只要在某个清晨,六点或五点钟的时候到她的房间看一眼,就会见到她坐在床上高声地几乎是叫喊着做祈祷,呆滞的目光凝视前方,泪眼蒙眬,两道泪痕像在脸颊上凿出了两条小溪流。米霞外婆冬天要睡到十点,醒来后还要像猫那样享受地伸个懒腰。晚上迪尔比诺娃奶奶的房间里长久响着脚步声。她边走边抽着自己的香烟。在房子里的寂静中响起的单调脚步声催托马什昏昏入睡。白天奶奶从来不会独自在果园里散步,需要他陪伴,因为她有头晕病;她常伸出双手站在小径中央叫喊说她要倒了,让他赶紧过来扶住。曾经有一次他们骑马去拜访邻居,那儿的道路在悬崖边上蜿蜒,她闭上了眼睛信马由缰,过了片刻她问是否已经过了这个深渊。

托马什总是想戏弄她,做点什么让她不快的事让她受到考验。听到她呼唤让挽着她的手去散步,他没有立刻回答,却藏在了树干后面,他通常都是这样蓄意挑衅,为的是从这个滚圆的粉红色的小球似的家伙嘴里逼出焦急的抱怨:“哎呀,哎呀。”

## 二一

莫海尔伯爵的女儿嫁给了利特泰尔医生,这对夫妇生了六个女儿,其中最小的一个布罗尼斯瓦娃日后就成了迪尔比诺娃奶奶。她在箱子里保存着自己十八岁以前那个充满温暖、爱和幸福的时期用小字写的笔记本。那时她写诗。几朵干花持续的时间比她亲人活的时间还要长。

孔斯坦丁钢琴弹得很好,唱男中音,在里加所有的青年晚会上他作为爱国诗歌的朗诵者名噪一时。但是双亲反对,因为他太年轻,太不切实际外加一文不名。他们分手后不久便出现了新的追求者,布罗尼恰体验到第一个独自哭泣的夜晚和决定命运时的恐惧。阿尔图尔·迪宾当时已不是青春年少,甚至年纪已经不轻,算得上仪表堂堂,举止端正方严,此外还有昔日殉道的光环使他熠熠生辉。因为参加起义他的家产被没收,但他的生活仍有保障,因为他管理着亲属的田产。他的追求被接受了,布罗尼恰离开了自己度过青春年华的城市搬到了偏僻的农村,岁月在跟仆役打交道的麻烦和在静夜凭借一盏油灯算账之间流逝,阿尔图尔就着这盏油灯抽他的烟斗。

这就是他的肖像:宽阔的额头,狭窄的面孔,眼神里流露出暴烈和傲慢,深陷的双颊突出了浓密的淡黄色头发。宽肩膀,严肃庄重,手插在有带扣的皮腰带里。他在庄园养了一群猎犬,空闲时都用于狩猎。他也热衷于套上挽具赛马的活动,这是考验骑手和他的马匹之间的力量,那时抻紧的缰绳会把骑手的手掌扯掉一层皮。他是个温文尔雅、思虑周到的丈夫,给自己的私生子的母亲支付款项总是在绝密情况下交割,让他的妻子不致发现。再说那些孩子绝大部分是在他单身时出生的。周围所有人都知道,阿尔图尔·迪宾在年轻时去见了伯爵夫人,使一个贵族之家免于绝后,而她的丈夫已彻底痴呆了。这些流言蜚语没有给他造成损害。他捋着胡子,每当他遇见年轻的伯爵总是对他偷偷一瞥,他已长成一个体貌魁梧望之甚伟的汉子。

接着是放弃游乐过平静的生活,承担职责。后来是孩子,布罗尼斯瓦娃把自己全部的爱慷慨地给了孩子们。在她的大儿子泰奥多尔七岁的时候,夏天她带着他到滨海的马约伦霍夫度假,但是她在那里已经找不到早年曾经体验过的美。小儿子出生的那一年阿尔图尔去世,他是狩猎时患感冒身故的。她给这个遗腹子取名孔斯坦丁。

无论如何倒推迪宾、利特泰尔、莫海尔家族的历史,搜寻这些家族的体格特征,也找不到孔斯坦丁跟家族祖先相似的痕迹。他黑眼睛,沥青似的乌黑发亮的头发覆盖着低矮的额头,南方人的橄榄油般的肤色,鹰钩鼻子。瘦削而过于敏感,近乎神经质。童年时他博得了所有人的喜爱,因为他有一颗金子般的心,只要有人对他有什么请求,他会立刻倾箱倒箧尽其所有相助,甚至脱下身上的大衣和夹克衫。他还表现出非凡的天赋。可是当布罗尼斯瓦娃搬到了维尔诺①,为的是教育两个儿子(这对于她并非易事,因为她只能靠自己决定一切),结果,孔斯坦丁表现出不愿意学习。最微小的尝试都使他疲倦,母亲跪在他面前恳求,许诺给他礼品,吓唬他。他知道,恫吓只是雷声大雨点小,不会有任何结果,至于礼品,没有什么东西是他不能从母亲那儿得到的。不久他就落入了坏人的圈子,跟一群赌棍,道德败坏、贪淫好色之徒为伍。他酗酒,借债,跟歌舞厅里的姑娘鬼混。终于在

① 即今天立陶宛首都维尔纽斯。

中学四年级的时候被学校开除学籍，他的教育也就到此为止。

这时布罗尼斯瓦娃的大儿子泰奥多尔在多尔帕特念兽医，而在他获得大学毕业文凭后供养母亲和弟弟。泰奥多尔的面貌和体格都像父亲，只是更加温文尔雅，喜欢浪漫的幻想。责任感和自己的诚实令他憋闷，驱使他去旅行，去寻找奇遇——迪宾家族所有人都带点冒险精神，他们中的一个曾在拿破仑的部队服役，参加过意大利和西班牙战役。还娶了泰克拉·苏尔孔特为妻，那是他在离吉涅不远的表兄家里度假时认识的姑娘。他就是托马什的父亲。战争的爆发作为变化的先兆受到他的欢迎：预告了近百年来旨在摧毁北方暴君强权的“各民族的战争”的来临。

开始的时候布罗尼斯瓦娃·迪尔比诺娃总是一个人偷偷抹眼泪，接着越来越难以自抑，任泪水顺着面颊畅流。她祈求上帝怜悯孔斯坦丁，宽恕他由于她的原因而犯下的罪过，如果他为这些罪过已受到惩罚。她在早晨的祈祷骤增，因为她得知有人发现孔斯坦丁在支票上伪造兄长的签名，后来他应征入伍到了俄国军队，分配到了士官学校并从那里直接派往了前线。他在前线作战的时候，母亲为他的安全提心吊胆，而不担心泰奥多尔，他作为专业人员被安置在后方某地。终于她得到消息，说他受了伤，当了俘虏。从那时起，就有缠着帆布、胶合板做的包裹寄往红十字会，在德国某个不为人知的终点到达他的手中。她的日子是从寄出的一个包裹到寄出下一个包裹计算的，她缝制装糖果和可可粉的小袋子计算着怎样往包裹塞进最多的东西。她这样一直做到一九一八年，直到她收到他来信的那一天。他在信里告诉她,他因炮弹片击中受的伤只在胸口留下了一道疤痕,说他曾试图挖地道从集中营逃跑,但是给抓住了,不过他已获得自由,参加了波兰骑兵。

战争还在继续,在波兰和俄国之间进行,在俄国,沙皇给人暗杀了。泰奥多尔带着妻子在多尔帕特看望了她,他是在途中看望母亲的,他从普斯科夫往南走去履行他的爱国义务。她数着一串念珠,想象夜行军的艰苦,想象她的儿子孔斯坦丁弓着背骑在马上,高举着战刀在暴风雪里,在淫雨和连阴天中奔驰在战场,他那已经被撕裂过一次的胸膛又暴露在弹雨里。死尸的幻象如影随形折磨着她,使她不得安宁:德国人占领多尔帕特后,枪杀了那里的布尔什维克人民委员,尸体抛在广场,不准埋葬。躺在那里经冰霜的摧残,变成玻璃状。

她祈求上帝饶恕孔斯坦丁的性命。但在这些黎明破晓的钟头,另一种恐惧攫住了她的心,对过去和未来纠缠在一起的神秘时间的恐惧。他曾说过的所有谎话言犹在耳。他曾在泰奥多尔的抽屉里乱摸,偷偷取走抽屉里的钞票,这一切她都看在眼里,当她不得不鼓起勇气对他说她已经注意到了这件事时不禁周身发抖。他羞得脸一会儿惨白,一会儿通红,她又怜悯起他来。后来总不免出现这样的瞬间:他愤怒地把头向后一仰,摆出一副蔑视一切的无耻架势。他在撒谎时竟然相信自己所说的话,这是最令人痛心的。他身上欠缺某种使他如实体验现存世界的能力,会用一些异想天开的东西装饰它,他总是信心十足地说他找到了夺取财富的新办法,并以此为那些偶然的小小卑鄙行径作辩护。她知道,让他痛改前非为时晚矣。召唤他洗心革面、浪子回头并非纯粹是咒语。她脑子里连续不断地闪过将会发生的事情的图像,这些事之所以定会发生,是由于他意志薄弱,缺乏坚韧不拔的精神,缺乏职业经验。大城市的某些破败地下室巢穴,男人跟靠在他们肩上的妓女玩纸牌,在这些人中间就有她的小孔斯图希。她的咒语不纯,她感到有罪,所以她抬高了嗓门,在背诵连祷文时身子前后摇晃,试图以这种动作袚除她的灾难。托马什隔着门听到的正是这些热切的短语,如"象牙塔啊""约柜啊"。

她的罪过。这一点谁也不得而知。可能只有深入她自身,到她血液的脉动,深入语言无法向别人转达的整个肉体存在,到那里去发现道德的瑕疵,发现自己存在本身,从她那里继承了疑惧的良心,惯于逢事都自我反省。再说在刺激她的同时也好像在平复他自己的内疚,在他心中唤醒了她的怨诉:"哎呀,哎呀。"

## 二二

春天就要到来了,池塘上的冰融化出一层水抹去了托马什的冰鞋留在上面的痕迹——他曾在上面滑冰或是在绿色的平板上重重地跺脚以此自娱自乐,厚厚的冰层里镶嵌着抓不到的冻僵的昆虫和水藻。积雪已显示出疲乏的迹象,正午时分从平顶房的屋顶滴滴答答往下滴水,顺着房屋凿出一条线的小洞。傍晚夕阳残照,淡淡的玫瑰色的光投射到白色隆起的斜坡变得浓稠,呈现出黄和胭脂红的色彩。人和动物的足迹由于积满了水而颜色变暗。

托马什热切地画着,受到迪尔比诺娃奶奶带回的带插图的德国杂志的鼓舞,他加快了绘画的速度。他在那些杂志里欣赏大炮、坦克、飞机,他特别喜爱的飞机是鸽式单翼机。飞机曾两次飞临吉涅上空,但是飞得太高,人们聚集到一起,伸手指着天空说明那嗡嗡的响声是从哪里来的。可现在托马什确信看到了飞机真正的样子。在他的画上能看到士兵们奔跑着进攻(表示腿的动作并不难,只要有根小棍在膝盖的地方使它弯曲就行),在地上打滚,从枪口画出一束直线,枪弹飞出——一排排断断续续的小点点。还有鸽式飞机在这一切上方移动。

跟他设想并在纸上画出的场面多少有些联系的事件发生之前,我们必须描绘一下房屋侧翼房间的布局。冬天只有这一部分住人,窗户朝向果园,它是给房子添盖的厢房,里面与老屋的一角相通。首先是织布房(帕凯纳斯在那儿工作),然后是存放羊毛和种子的库房,接着是迪尔比诺娃奶奶的房间,再往前是托马什睡觉的地方。接下来是米霞外婆舒适的窝,角落里住的是外公。

这天早上托马什早早就醒了,因为他觉得有点冷,他翻了个身,蜷缩成一团,但是没有用,寒冷刺骨的空气扑面而来。他翻身背朝窗口,把棉被拉到他的脖子上,望着墙上的阳光。墙下边有人把面粉倒在一块大幅粗帆布上晾晒。他的眼睛懒散地在那些面粉上漫游,突然他的兴趣来了,面粉上有个什么东西闪闪发光,好像是冰块或盐的结晶。他跳下床,蹲下身子用手去摸那发亮的东西：原来是一小块玻璃。他惊诧不已，转身朝窗户瞥了一眼。玻璃上有两个拳头大的洞，洞缺口周围的线条参差不齐，碎玻璃星星点点喷溅到各处。他立刻跑到米霞外婆那里叫喊着说，夜里有人从果园用石头击碎了窗玻璃。

可是那不是石头。大家找了许久，终于外公在托马什的床底下，在一个角落搜索到一个黑物件，他说千万别去动它。派人到村子里去找一个曾在军队里服役的人。那个黑物件，后来托马什可以从容不迫地看个够，它形状像个大鸡蛋，非常重，仿佛是锯齿形外皮缠绕着它把它包裹在中间。在果园里，房屋的窗户下边，他们找到了皮靴的印迹和手榴弹的导火管。他们回想起夜里狗叫得特别凶。

手榴弹没有爆炸，但有可能爆炸，假如爆炸多半就会把托马什埋在那些枝繁叶茂的橡树下，离玛格达莱娜的坟墓不远。世界会继续存在下去，燕子、鹳鸟和欧椋鸟会像往年一样从海外的定期移栖地展翅飞回，而黄蜂和胡蜂照样会吸食梨子里甜蜜的汁液。至于它为什么没有爆炸，不是我们在这儿所能判断的。它撞到了墙，弹了回来，朝托马什的床下滚去，爆炸还是不爆炸，临界线上的决定在它的内部成熟。

苏尔孔特外公忧心忡忡。听到关于袭击庄园的所有传言，听到往东不远就发生了类似的事，他总是温和地咳嗽一声清清嗓子，并把那些惊恐化为笑谈。甚至靠抢劫为生的大批俄国“战俘”成群结队出没于森林他也没有吩咐采取任何预防措施。而附近一带的居民中又有谁会袭击他呢？难道不是自打孩童时候起这里的人就认识他，难道他欺负过谁吗？除非是无意做过什么对不起人的事。至于波兰人和立陶宛人之间因袭的仇恨，他总是规劝波兰人说立陶宛人有权管理自己的国家，说他们，那些说波兰语的人，跟他一样，须知只是“立陶宛人(gente lithuani)”。可是手榴弹还是扔进来了。谁扔的，针对谁？数过了窗户：一扇是外公房间的，米霞外婆的房间两扇，托马什的房间两扇。假如干这件事的人非常熟悉房屋的布局，就不会瞄准一个孩子。因此要么是此人来自远方，要么是此人方向判别能力不强而失算了。

米霞外婆根本就不担心会有人不喜欢她到这种程度以至采取如此敌对的行为。她把惯有的指责和盘托出射向了外公，说他的立陶宛狂热、与农民的友谊如今得到了报偿。她似乎也不太关心自己的安全，再说也难以采取什么预防措施：她房间的木头百叶窗是从外面关的，只有迪尔比诺娃奶奶房间的百叶窗是上锁的，因为她确实害怕；自从托马什那次神奇获救，她对他更是宠溺有加，她从一只装满无穷无尽永远也弄不清财宝的大箱子底掏出一只方形盒子，里面装有真正的水彩颜料和画笔。他的第一幅水彩画是只红腹灰雀；因为这红腹灰雀(常常在房屋附近的灌木丛中啄开嘴里种子的外壳)羽毛上有大片红色斑点，红色上掺杂着混合了一点灰色和一点黑色的天蓝色调。红腹灰雀和杂色红脑袋、在高处啄木振落雪花似的白色碎木的啄木鸟是冬天最大的惊喜。

手榴弹事件没有进入托马什对旅游和战争幻想的领域。偷偷溜进来的势力，夜的黑暗，不是他的士兵和海盗。虽说雪地上的皮鞋印迹唤起了他对长筒皮靴、用腰带捆紧的短外衣和悄声商议的想象。他开始胆怯而多疑，每当遇见那些在军队里熏染过,带有几分恐吓神态的年轻农民,他就怕得退避三舍。不错,的确是夏天了,每当托马什走近伊萨河,总是带着印第安人的小心谨慎匿影藏形偷偷溜进河中,因为他们就坐在稠密的灌木丛中,他们的笑声、口哨声响彻河畔。他们用卡宾枪射击,子弹顺着水面跳动犹如打水漂的卵石。他们在村庄不太受欢迎,他们把自己跟别人分隔开了。阿库洛尼斯挥舞拳头威胁他们,骂他们是“饭桶”惊跑了鱼,有一次他们甚至用手榴弹炸鱼,引起了普遍的愤怒:这样捕鱼未免太容易了,不成体统。

所有安全措施中采用的其实只有一个。往织布房里放了一张床,帕凯纳斯从粮仓搬到了那里过夜,这算不上特别可靠的防御岗位。大家都说他是个不可救药的胆小鬼,这个名声可能还是来自早前他大喊大叫的那一天,当时他逃避牧羊人的亡灵接连撞到了大活人狂奔叫喊。再说人的相貌往往也会引起非议,他那双突出的眼睛转动起来就像龙虾。帕凯纳斯除了有一根多结疤的拐杖,还保管着一把老旧的手枪,但是少了填充它的弹药。

## 二三

约瑟夫·恰尔内奋力攀爬通向村庄的路。偶尔陷入混合着马粪的雪泥中。而在雪橇的滑橇磨得平光的车辙里淌着细小的溪流。他解开了自己厚厚的灰色家织呢夹克衫的纽扣。在路边的十字架前他脱帽致敬,炫目的光照使他眯缝着眼睛:白色的陡坡,陡坡之上在公园的边缘,庄园粮仓的墙闪着白光。在下方,在伊萨河湾,乌鸦盘旋在波雷克森林树冠之上发出早春的哑哑叫鸣。

他没有拐进林荫道,经过它的出口并沿着果园转向雇农屋。从前在所有立在道路两边的茅舍里都住着雇农,换句话说就是在庄园劳动的长工。现在这些茅舍中只有几间还住着长工,在余下的那些小屋里住着形形色色、到处打工挣钱糊口的穷人。约瑟夫礼貌周全地回应他们的问候,但是他太匆忙,未能停下脚步。过了雇农屋,靠近带镀锡铁皮遮阳板的十字架,他向右转,朝波吉里村和森林之间那条黑色边界线走去。

波吉里是个狭长的村庄,它的主街道延展超过一公里,还有另一条横向的街道。这是个相当富有的村庄,在这里不会见到麦草盖的屋顶,也不会遇到鸡窝似的茅舍。果园与吉涅村相比并不逊色。他们也养了许多蜜蜂,从荞麦、三叶草和森林牧场采集黑色蜂蜜。约瑟夫走过属于"美国人"巴乌奥迪斯油漆成绿色的庄院,在第三幢村舍边停下脚步,朝栅栏尖桩上方瞧了一眼。一个上了年纪的男人,身穿棕色毛织腰部束带的长袍(他在波吉里村主要是饲养棕色和黑色的绵羊),在院子里削平一根原木。约瑟夫推开栅栏门,握手的时候,他说那根冷杉木还不错。老人点点头,说它有用处,因为粮囤需要支撑物。这根冷杉多半是巴尔塔扎尔弄到这儿来的,但是约瑟夫对此并不在意,他脑子里装着别的事。

年轻的瓦茨科尼斯不知是从哪里爬出来的,仍然睡眼惺忪。他用手指梳掉头发里的麦秸和羽毛,并向约瑟夫表示略带几分羞怯的敬意,与此同时瞪着一双犹疑不决的眼睛打量来客。他身穿一条藏青色的裤子,一件军人的衬衫。当他听到约瑟夫表示有事要找他说说的时候,他那张宽阔的脸立刻布满了阴云。

约瑟夫放下带把的锡杯,用手背揩干胡须,默不作声地注视着他。终于他将胳膊肘支在桌子上,说道:

"啊,是的,这件事我知道。"

瓦茨科尼斯坐在长凳末端,一个角落里,眨巴着眼睛,但立刻又昏昏欲睡地垂下了眼皮。他耸了耸肩膀。

"这里没有什么好知道的。"

"或者没有,或者有。我到你这里来,因为你是个蠢货。你记得是谁教你读书的吗?也许你已经完全不记得了?"

"您。"

"哎哟,哎哟,那好,教你读书难道是为了让你冲人扔手榴弹?"

瓦茨科尼斯抬起眼来。此刻他的面孔像个成年男子,严肃,冷酷无情。

"即便是我,那又怎样?不是冲人,而是冲贵族老爷。"

约瑟夫把桦木鼻烟盒放在桌子上,给自己卷纸烟,塞进烟嘴,点着了。吸了一口,喷出一团烟雾。

"莫非你见过我跟贵老爷们混在一起?"

"没,从未见过,但现在看到了。"

"你父亲没有对你说,那就让我告诉你。你要听比你聪明的人的话,不要听跟你一样的人的话。你们这些人脑子里是空的。"

瓦茨科尼斯合拢双臂抱在胸前,两颊的肌肉抽搐着。

"贵族老爷们曾喝我们的鲜血,我们不需要他们。你杀死他们一个，两个，他们会逃回他们自己的波兰，而土地就是我们的了。”

约瑟夫嘲讽地摇着脑袋。

“在立陶宛我们不需要贵族老爷，土地就是我们的。你这是听谁说的？听我说的。可现在你却来教导我。你想杀人，放火，像俄国人一样？”

“他们那里没有沙皇。”

“现在没有，将来会有。你是立陶宛人，立陶宛人不是土匪。土地属于贵族老爷，有一天我们会把它夺回来的。”

“在那里谁能从他们手里夺走土地？”

“立陶宛会去夺回。而所有的斯拉夫人，无论是波兰人，还是俄罗斯人，都是一样龌龊的东西。我在瑞典工作过，我们该像他们那样活着。”

瓦茨科尼斯皱眉蹙额地听着，眼望着窗口。

“每个波兰人都是我们的敌人。”

“苏尔孔特家族世世代代都是立陶宛人。”

瓦茨科尼斯抿着嘴轻声笑了起来。

“苏尔孔特怎么是立陶宛人，既然他是贵族老爷？”

约瑟夫挪近啤酒罐，给自己注满了啤酒。问道：

“你——是想杀死他？”

小伙子表情漠然。

“不，对我而言杀死谁都无所谓。”

约瑟夫再一次摇了摇头。

“啧，啧，真不得了。你该感谢上帝保佑那颗手榴弹没有爆炸。你差点儿杀死了谁，他们对你讲了吗？”

“他们没说。”

“你差点儿杀死了小托马什。他们在他的床下找到了他。”

“迪尔比诺家的那个?”

“对了。”

他俩都沉默不语。瓦茨科尼斯嘴巴没有离开啤酒杯,说道:

“大家都知道,他的父亲在什么地方。什么样的苹果树,就有什么样的苹果,有其父必有其子。”

“蠢货。或许你还会去参加葬礼?”

“我去干嘛。”

约瑟夫的嘴唇上翘,露出两排牙齿。脸涨得通红。

“你,瓦茨科尼斯,你听着。是谁暗中教唆你,是谁夜间跟你站在一起,这我也都知道,我不怕你那些狐朋狗友,你的那些‘铁狼’。你们打仗会跟老娘们和小孩子作战。”

瓦茨科尼斯一跃而起。

“他教唆了还是没教唆,不干您的事。”

约瑟夫坐在凳子上屈下身子从下面打量他。

“你说什么?多半是波兰人中的一个,这么有气节!”他轻蔑地笑着说。

## 二四

伊萨河上的严冰炸裂带着火炮的轰鸣。然后流来浮冰,带着麦草、木板,成捆的干树枝,死鸡,而乌鸦在那浮冰上迈着细小的步子走来走去。母狗穆尔扎这时在粮仓里生了一窝小狗。它未能长久隐藏自己的窝,那些小狗崽儿吱吱叫,泄露了秘密。托马什喜欢把那些狗崽儿温暖的小丸子似的躯体贴到自己脸上,沉浸在凝视的欢愉中,探究它们蒙上了一层蔚蓝色薄雾的眼睛。穆尔扎赤褐色,突出的口和鼻子带有黑色斑点,不知是狗和狼还是狗和狐狸杂交的混血种,它打着哈欠垂下了舌头,平静地默许对狗崽儿的把玩。

帕凯纳斯把那些狗崽儿装进一只篮子,而把母狗穆尔扎连同留给它的一只最大最活跃的狗崽儿关进了木料间。托马什跟在帕凯纳斯身后奔跑,一直跑到俯瞰河的悬崖才追上他——陡峭的堤岸黄色的泥土闪闪发亮,被筑巢的燕子打得布满窟窿。浮冰已顺流而下,在涨起的深水处搅起小小的旋涡。

帕凯纳斯挥动手臂扔出一只幼犬。咕咚一声落水,然后便什么也没有。只有一个小小的水圈,圆圈迅速破裂,水流追赶向前,直到小狗的脑袋在远一点的地方冒了出来;用小脚爪划水,又突然消失不见,再次出现在河的拐弯处。这时帕凯纳斯从篮子里一次拿出两只小狗,扔出一只,把另一只紧紧抱在胸口。扔出的那一只仅仅沉没了一秒钟,冒出来坚强地与水搏斗,直到水把它带到河中央,托马什就这样一直目送着它。

离开温暖,离开它们还没有学会识别事物的世界,落入冰冷的水中,它们甚至意识不到哪里有这样冰凉的水。托马什若有所思地走回家。在他的好奇心中不知不觉潜入有关玛格达莱娜的那个梦的影子。他打开了木料间的门,爱抚穆尔扎,那狗不安地发出哀鸣,多疑地闻了闻气味,突然从他手中挣脱。

首次出现温暖的艳阳天。鸡群在堆木场刨食，老格热戈茹尼奥坐在长凳上削着什么东西。他的小刀，由于用得太久，刀口磨尖了几乎就像鞋匠的锥子。这把小刀在格热戈茹尼奥的手中稍一使劲就能割断树枝——不像在托马什手中那样，虽然用同一把刀，他必须先从树枝这边砍一下再从另一边砍一下，树枝才会断。

马利诺夫斯卡来见苏尔孔特外公，为的是要租赁果园。不同寻常的请求，但是她说，她想试试，因为她的儿子多穆尼奇奥已经十四岁了，说他们母子有办法一起经营，并将获得可靠的收成。外公答应了将果园租赁给她，她在这件事上之所以赢了是由于她来得早。几天后商人哈伊姆驾着轻便马车隆隆地驶进庄园，他来推荐他的亲戚充当租赁者。对哈伊姆有利的是他的职业保障和习惯，因为租赁者总是犹太人。但是一言既出，驷马难追，结果只是以司空见惯的扯头发，大叫大嚷，拳头在半空挥舞而告终。

马利诺夫斯卡是个寡妇，也是整个吉涅村最穷的女人。她没田没地，不播种不耕作不收获，属于她的只有渡口附近的一间茅舍。她是个宽肩膀、身材结实的矮胖妇人，扎起的方头巾的尖儿高耸在长满雀斑的额头上，几乎比她的屋顶还高。她这次拜访已为托马什新的友谊做好了准备。

几个月之后，他忙于探秘，跑到蜂房后边的那片果园（小径延伸到那里正是靠近蜂房，蜜蜂经常攻击人），看到一幢小屋，一幢真正的小木屋，而不是牧马人搭在草原上过夜的那种棚子。站在屋子中央无须低头，而用作盖顶的是整捆的麦秆，用木杆子托住。一眼看去，在那个倒 V 字形的尖角的地方，用钉子加固的入口处，燃着一堆篝火，篝火旁坐着个男孩，正把绿苹果穿在棍子上烤。他从里边将小屋的边边角角指给托马什看了个遍。

多米尼克·马利诺夫斯基，像他的母亲，脸上长了雀斑，但是个子高，一头浓密蓬松的红褐色头发，立刻就赢得了托马什的好感，托马什对他以“你”相称，同时也感到不好意思，因为对一个几乎成年的男子拥有这种特权令他感到窘迫。多穆尼奇奥[①]让他抽他自制的小烟斗：用一颗卡宾枪的子弹，在上面钻个洞，再装上个烟嘴。托马什还从来没有抽过烟，但这回他抽了一口，虽说喉咙里辣得怪难受的，却竭力使卷好的家制烟草叶烧着。他决心用一切办法——而且从此总是——竭力赢得那双冷漠的灰色眼睛的称许。

以前，如果托马什不见了，安东尼娜对询问的人总是回答“托马什又飞到阿库洛尼斯家里去了”，现在的回答是“托马什在小屋”。树木之间袅袅升起的炊烟不可抗拒的魅力，从内里开始腐烂的苹果和麦秸发出浓烈的气味。在篝火旁度过的那些时辰。多穆尼奇奥能把唾沫吐出几沙绳（一沙绳等于一点九米）远，他会用鼻子向空中吹出两条烟柱，会做抓鸟和貂的捕鸟器和捕兽夹子（在园林里貂围着椴树干追松鼠，但是安放这些夹子得等到下一个冬天），此外他还教会托马什诅咒术。而他向托马什提出的要求是给他讲书里写的东西。他自己不识字不

---

① 即多米尼克。

会读,却对书里的一切都感兴趣。开头托马什感到惭愧(就像跟迪尔比诺娃奶奶的亲属关系曾同样使他羞惭),他觉得从文字上获得的知识是比较差的知识,但是多穆尼奇奥一个劲儿地提出要求,从来不会轻易满足,总是问“这是为什么”,“怎么会这样的”,“如果是这样,那为什么”。他也未必总能解释清楚,因为他事先没有考虑过。

吸引,顺从。可能是对那种粗糙和恶毒的东西的吸引?多穆尼奇奥作为真理的大祭司出现,因为他的反讽意识,他含蓄的嘲讽是对托马什肤浅的知识的反驳,而在他知道的东西下面翻腾着丰富的现实生活。不只是那些长长的蜗牛,被收集来去掉外壳放在木炭上烤,任其抽搐;也不是马蝇,将麦秆绑在它们的腹部让它们像飞机一样飞行;甚至也不是大老鼠,多穆尼奇奥将它放进地道,两头塞上烧红的木炭。还有些影响更深更远。每次跑到果园的小屋都有望获得新发现。

他的直觉最终证明是正确的,因为多穆尼奇奥只是对他敞开了部分天性,而且对他态度慎重。他无需外界确认他在托马什之上,他宽厚地以恩赐的态度接受了托马什的效忠。除此之外他吝惜托马什。所以说托马什天真的信赖消除了他的疑惑,或者说更明智的想法是不危害自己跟庄园府邸的关系。每当托马什坚持进入不适合他的禁忌知识领域,多穆尼奇奥便发出“哼哼”的嘟囔,双手抱着膝盖坐着,其中包含了丰富的,正是小家伙所渴望的东西。然而如果这种拘谨的缄默突然被打破,究其原因必是伊萨河畔的魔鬼作祟,或者是托马什的愚蠢使然,他打破了一个原则,即一个人没必要总缠着那些他崇拜的人。既然他是活在自己的幻想中，又能从哪里知道待人接物的分寸，再说也没有人好好给过他一点教训。

玛利诺夫斯卡难得到小屋做客。中午她给儿子送饭，但也不经常，多穆尼奇奥给自己熬了一锅酸白菜汤，用一把大折刀从一个大大的黑面包上切下几块，加上几片咸猪肉便开始狼吞虎咽。自然不缺烤过的苹果和梨子——梨子在炭火上烤过之后是世上少有的美味，他们也给自己准备了土豆，烤过的土豆起一层松脆的皮，试试是否烤熟用小棍儿的尖头戳一下就行。偶尔，安东尼娜顺便来看看，拽住托马什的衣领把他拖走，或者拎着几只篮子来——“检查”，也就是说在收获季节从租赁的果园中摘下部分水果作庄院府邸家用——那时自有人帮她拎篮子。她常恶作剧地用 riapużuk 这个词称呼多穆尼奇奥，意思是所有癞蛤蟆的亲属。

## 二五

多穆尼奇奥，让我们在这里说句实话，他是个伪装的国王。他借助无声的恐怖进行统治，同时小心翼翼地守护着这份寂静。他凭借自己的力气和发号施令的才干登上了国王的宝座。那些尝过他铁拳滋味的人对他俯首帖耳，唯命是听，从来不敢回去向双亲诉苦。村庄牧场上环绕他的宫廷，像应有的那样，是由许多最亲近的心腹知己、大臣以及大量趋炎附势者组成，后者是些吹牛拍马之徒，被他使唤干一些次要的事务，例如当奶牛跑进田地损害庄稼的时候，让他们去赶牛。他做的重大研究只许心腹参加。

他有颗批判的头脑，不肯凭信念接受任何事物，要求科学的证实，他特别专注所有会跑、会飞、会跳、会爬的东西。切断他们的脚和翅膀，试图以这种方法对那些活机器的秘密进行深入研究。他也没有忽略人，这时他的大臣就会抓住十三岁的韦拉的双脚做试验样本。技术的发明创造同样引起他的好奇，他曾长久地窥视磨坊的构造，直到弄出完全一样的模型，甚至有自己的改良，将新造的模型安放在小河流入伊萨河的地方。

将自己的意志强加于同龄人，通过这种方式，多穆尼奇奥为自己报仇。他自幼体验到的只有屈辱：他和母亲在别人的田地里干活儿，最常做的是给拥有六十或八十公顷土地的富人卖苦力，而这些人最坏。得看他们的眼色，猜测他们的意愿，赶在他们发出命令之前的那一瞬间跑去把事情办好，还要摆出一副快乐和自愿的架势，提心吊胆，生怕他们一不如意就不给他们允诺过的一普特[①]黑麦或是一双旧皮鞋——由此仇恨不断增长，也会怀疑这整个世界是不是建立在某些谎言的基础之上。

在那个春末夏初的时节，在多穆尼奇奥搬到果园小屋之前，他的生活中发生了一件大事。在这以前他一直忙于满足别人随心所欲的要求，一直围着别人打转，直到有一天一个退伍老兵允许他时不时使用自己的卡宾枪。其实是以对某些事保持沉默作为交换的代价。

---

① 俄国重量单位，等于16.38千克。

持有卡宾枪的事恰好赶上村庄爆发狂犬病，村里有人怀疑一条狗给疯狗咬了。都说该杀死它，但是谁也没有采取行动，多穆尼奇奥卷了进来，自告奋勇去解决它。人们不太情愿地把狗交给了他，因为也许它根本就没有被疯狗咬过。这条狗——又大，又黑，翘着尾巴，嘴巴凸出，鼻子上长着灰色的毛，爱往多穆尼奇奥身边亲热，高兴解开了它的链锁，让它不是坐着抓跳蚤而是到田野上去走走。他给它喂了食物，然后把它带到一个俯瞰小湖的地方。这小湖位于伊萨河湾的中央，春汛的时候伊萨河通过沼泽的沟渠补水；那时狗鱼在它温暖的水浅处繁殖；夏天小湖干涸了，湖底剩下的淤泥多于水；适合在那里长期生存的只有小刺鱼。小湖周围长满芦苇，茂密得像道厚墙，高度像个骑在马背上的男人。紧贴着小湖一边的堤岸，在这芦苇圈的里边，生长着一棵梨树。多穆尼奇奥用根粗绳索把狗系在梨树上。他自己带着卡宾枪在不远处坐了下来。从弹膛里抠出子弹塞进一粒为此场合专门刻出的木头子弹。那狗冲着他顽皮地摇着尾巴，欢快地狺狺吠叫。决定性的一刻到了：开枪还是不开枪，他把枪靠在肩头，还在犹豫，面对两个选项难以抉择。确切地说，那条狗什么也猜不到，对一切都茫然无知，而他，多穆尼奇奥，手里掌握着选择权，他能决定一切。更有甚者，只要他动一根手指，那条狗肯定就会变成不同于从前的另一种东西，可会是个什么样子：应声倒下还是凌空一跃？不管怎么说，梨树下和周围一切都会发生变化。任何方法都不会比这种用子弹杀害的方法更好，因为一声枪响后留下的是平静，万籁俱寂，悄然无声，仿佛这里没有人来过，没有愤怒，不费力气，只须说声：结束了。

芦苇萧萧,潮湿的红色舌头从吠叫着张开的狗嘴里垂下。狗嘴带着牙齿的磕碰声闭上了;它逮住了一只苍蝇。多穆尼奇奥端起枪瞄准闪闪发光的皮毛。

结束了。一刹那间那狗受到电击似的剧烈抽搐着,仿佛发了惊厥。于是它立刻带着嘶哑的狂吠向前蹿,同时抻紧了绳索。给这种敌对态度惹恼了的多穆尼奇奥冲它射出了第二粒子弹。狗在地上打了个滚,又站了起来,突然有所领悟。它面对恐怖的幻象吓得鬃毛倒竖,连连后退。它不时受到子弹的攻击,之所以要相隔一段时间,为的是不让它死得太快,它感受到每一粒子弹击中的地方都不同,直到它不得不伸直两条后腿,狂吠变成了哀鸣,但见它侧身躺在地上脚爪痉挛地起伏波动。

多穆尼奇奥跟托马什一起坐在果园里燃起的篝火前,脑子里萦绕着对那个瞬间所作所为的回忆所唤起的神学性质的思考。如果说他比狗更有优势可以主宰狗的命运,想把狗怎样就怎样,那么难道上帝不是以同样的办法主宰人的命运吗?他感到自己对上帝心怀抱怨。主要是因为上帝面对最诚笃的求助无动于衷。曾经有一次,就在圣诞节前,家里甚至连面包都没有,他的母亲哭着跪在圣像前念祷文,恳求帮助,他希望能出现奇迹。他爬进顶层阁楼,双膝跪地,在胸前画了个十字并用自己的话说道:“要说你没有看到我的母亲怎样地焦急烦恼,那是不可能的,求你降奇迹,而我把自己献祭给你,你立刻就杀死我吧,只是求你允许我等到奇迹出现。”他对祈祷满怀信心,从梯子上跳了下来,安安静静地坐在长凳上等待着。但是上帝表现出的是绝对的漠然,这天夜里他们母子饥肠辘辘地上床睡觉去了。

除此之外手持雷霆的上帝，手持比卡宾枪更厉害的兵器的上帝，显然宠爱装腔作势撒谎骗人的伪善者。每到礼拜天他们一个个穿着最新式样的盛装华服，妇女们系上绿色天鹅绒紧腰带，脖子上围着从箱子里拿出来的光彩炫目的方头巾。他们夹在教堂的合唱队里引吭高歌，眼睛对着天空骨碌碌转，虔诚地十指交叉合拢双手。可是只要他们一回到家里！他们富有，可穷人哪怕是饿晕在他们家的门槛上他们也不肯赐一片面包，而他们自己吃着肉馅油煎饼，还浇满了鲜奶油和猪油。他们懂得在哪里打人是在人们听觉所及的范围之外，他们把人拉进粮仓，用皮带抽，让外面的人听不见。他们彼此仇恨，背后中伤别人像恶狗似的狂吠。他们既凶狠邪恶又愚蠢透顶，但每个礼拜有一天他们要装成既善良又虔敬的好人。他们不会受到天谴吗？什么天谴！既然上帝把村子里最大的财富赠给了跟亲生女儿睡觉的男人：他窥视他们，在缝隙里看那姑娘赤裸的膝盖，听那老人气喘吁吁和姑娘那性爱的呻吟。

神父教导人要温良敦厚，宽容博爱。可要知道每个动物都在追逐和杀害别的动物，每个人都在挤压另一个人。多穆尼奇奥小时候曾是所有人的替罪羊，所有人都侮弄折磨他。直到他长大了点儿，足够健壮，足够有力量，能让别人的牙齿和鼻子里流出血来，人们这才开始尊重他。上帝看到，强者兴，弱者苦。

他多想就这么飞到天上，抓住上帝的胡须！人类已发明了飞行机器，必定还会想出更好的东西。可是多穆尼奇奥却陷入了复杂的混乱如人迷津。魔鬼把谁劫持到了地狱？上帝也许只是伪装什么都不能惊扰他，也许上帝只是狡黠地转过头去，像猫故意放开老鼠,然后一个腾跃猛扑过去将它抓住。假如不是对地狱怀有恐惧,大可过完全另一种生活,过自己的日子,那是何等轻松愉快!谁胆敢反对,就赏他一颗卡宾枪的子弹。

多穆尼奇奥双手抱紧膝盖,以仁慈的态度听着托马什散漫的倾谈,眼睛在寻找迷宫曲折小道的出口。有一次他脑海里忽然浮现一个新思想。如果是神父们在编造童话,而上帝根本就不在乎这个世界呢?会不会说上帝什么都看在眼里根本就是个谎话,因为他自己根本就没有这种意愿?自然,某个地方是存在地狱的,但这是人和魔鬼之间要解决的事——那魔鬼就像透明的无定形的女巫拉乌梅不断地变幻着这种或那种外貌,专门猎捕随时准备跟他们厮混在一起的蠢人。甚至可能根本就没有上帝,没有人住在天上。但是这又如何使人信服呢?

多穆尼奇奥,就像已经指出的那样,他与众不同的是他那能赏识实验价值的头脑。他逐步作了下列逻辑推理:如果人对于狗而言就像上帝对于人一样,狗要咬人,人就会抓起棍子,而上帝一旦被人伤害也会愤怒并惩罚人。整个问题在于找到某种特别能冒犯上帝的东西,迫使他不得不使用他自己的霹雳。如果到那时什么事也没发生,就证明,不必把上帝当回事。

## 二六

尖锐的鞋匠的锥子。多穆尼奇奥把锥子装在衣服口袋里带在身边的时候,常用一根手指头去试锥子的尖。这个礼拜天太阳升起时雾气蒙蒙,后来雾消散了,碧空弥漫着夏末秋初晴和天气常见的闪闪发光的白丝。离伊萨河一侧陡峭的堤岸不远卧着一块长满苔藓的大岩石。石头表面扁平,宛如教堂里的圣坛。多穆尼奇奥的大臣们——都穿着鞋子和干净的衬衫,因为刚从教堂里出来——坐在这块岩石对面的草地上悠闲地抽着小雪茄,每个人都在别人面前装出一本正经的样子。绝对不能排除的是,他们身边已聚集了一些看不见的家伙伸长脖子张望,对预期的场景馋涎欲滴。

这时多穆尼奇奥却站立在河岸上陷入了沉思,默默将小石子投入河中打水漂。他还能后退。而如果神父说的都是真的呢?这种情况下会天降雷霆立刻将他打死。他抬头仰望。天空没有一丝云彩,艳阳高照,正午时分。但愿他至少能看到这样的晴天霹雳,可是,不能,那时他已来不及了。石子击起的小浪花一个追赶一个,形成越来越大的圈,水波摇曳着倒映在水面的茂密树叶,直到一个圈子变形弯曲,断裂了消失在碧绿的水中。怎么啦,他害怕吗?他把石子瞄得那么远,一直落到对岸的阴影里,他攥紧拳头塞进上衣口袋触着了锥子。

他走近那块岩石。这时他的那些大臣纷纷后退。他看着他们迅速撤离,距他越来越远,越来越远,他轻蔑地望着他们。他从上衣口袋里掏出皱巴巴的蓝色头巾小心翼翼地展开,在岩石的粗糙表面上抚平它的角。

弥撒刚结束托马什就想赶上他,却在拥挤的人群里从眼前跟丢了他。有人见过他朝牧场方向走了,托马什循着踪迹朝同一个方向飞奔而去。他不该这样做。像往常那样跟在身后走来走去就足以激怒多穆尼奇奥，更糟糕的是，他出现在一切都达到刻不容缓的紧张时刻，两道眉毛之间的垂直褶皱显示了坚定的意志——他的行为是不可饶恕的。多穆尼奇奥为什么要去关注他必须履行的责任之外的事呢？或者相反，在这种时刻不算旧账，比方说不显露表面的好感是勉强忍受某人的陪伴？多穆尼奇奥冲托马什大喊大叫，托马什什么也不明白，虽说他已经明白了自己这个人某种令人讨厌的可笑之处，他不受待见，这都写在那些男孩的脸上。多穆尼奇奥的大臣们听从首领的命令，向托马什猛扑过去将他摔倒在地，把他翻了个身骑在他身上。他使劲挣扎，而他们给烟熏臭的爪子把他压到了地面。他只能将下巴向上抬。他们命令他不准出声。

石头桌子稍微高过多穆尼奇奥的腰部。头巾的中央放着白色的圆形圣饼：上帝的圣体。他举行领圣餐礼，双手交叉放在胸前，圣饼含在舌尖，立刻又灵巧地吐到头巾上。现在他要进行裁决确认。他抓住锥子笔直向下，瞄准了救世主的圣体。他慢慢放低，又提起来。

狠狠地一砸。

他让锥子的尖头立在这伤口上，环顾四周，渴望惩罚。但是什么事也没发生。一群小鸟闪闪烁烁拍打着翅膀从收割过的留茬地上方飞过。晴空没有一丝云彩。他弯下腰，研究是否从那戳穿了的圣饼，在锥子下面流出了一滴血。没有。于是他开始戳，戳，把一个白色圆盘似的薄饼戳得支离破碎。

这时托马什获得了自由，他抽噎着拔腿就跑，啜泣堵塞了他的咽喉。他在逃跑，他觉得，他是在逃离世界所有的恶，觉得他给牵连进了渎圣罪,再也没有什么更坏的事是他不会遇到的。这不仅仅是害怕致命的滔天大罪。突然他认识到自己是多么多余,那时候他把他自己想象成多穆尼奇奥的朋友是多么自欺欺人。实际上他不是任何人的朋友。他永生永世都在逃跑。回到家他还在颤抖,不时拉着迪尔比诺娃奶奶的手臂不放,他现在需要帮助,而她反复询问他怎么了,但是除了痉挛的啜泣她什么也问不出来。夜里他叫嚷说害怕,不让熄灯。睡着了在梦里还胡话连篇,他的迪尔比诺娃奶奶不得不几次起来,忧心忡忡地把手放在他的额头上。

孟凯维奇神父没有等到下一个礼拜天就走进忏悔室听取托马什的忏悔,他只能勉强从托马什嘴里挤出一点有关暴行的描述,他难以忍受自己的教区发生渎圣的罪行,以至在忏悔室里坐立不安;他千方百计地套托马什的话为的是让恶能尽快根除。但是托马什不肯背叛从前的朋友,虽说神父向他解释,在这样的情况下说出来甚至是一个基督徒的责任。不知怎么地,这个名字不肯从他的嘴里说出来。经过忏悔他的罪过得到赦免,这才使他稍感平静。

自此以后他总是回避果园里的小屋,即便是果园采摘最忙碌的季节,当安东尼娜把篮子塞到他手上,他还一味支吾躲闪。总不知他隐伏到什么地方去了。如果他瞥见多穆尼奇奥的粗麻布裤子在树木之间隐约闪现,他便心跳加速,赶忙躲藏起来,而偶然遇到多穆尼奇奥的时候他的视线便低垂到地面,装作没有发现对方。

实际上伊萨河畔举行的领圣餐仪式无果而终。应该说小伙子们都很失望——假如当时天降霹雳或是至少出现一滴血，就是另一回事了——他们没有能力深化发现的科学意义，而认为最合适的工作是做抽笨蛋的游戏。多穆尼奇奥——这个细节值得注意——将薄脆饼的碎屑扒到一块吃了起来；戳碎圣饼是一桩事，把它撒在风中或踩在脚下是另一桩事。他耷拉着双腿坐在悬崖峭壁上，用脚后跟敲击泥土，抽着自己用卡宾枪子弹壳制作的烟斗。有种空虚感压在他心头。因为哪怕是跟父亲干仗，哪怕是在他身上打断棍子或是冲他开枪也要比没有人跟他打官司强。孤儿的悲哀压抑着他，双倍的孤儿状态。没有一个人可以求助。独自一人，茕茕孑立。

伊萨河的水面泛起涟漪。水蛇从此岸游到彼岸垂直地昂着头，在它途经之处掀起了触须般细小的波纹。多穆尼奇奥已用他的眼睛测量了这个距离，也用他的手臂猜中了投掷的目标。但是水蛇是神圣的，谁打死了它就会给自己招来不幸。

## 二七

每年秋天托马什都目睹了脱粒的情景。机器最有趣的是它在运动或者是从机器里往外喷蒸汽的时候。在它的锅炉上稍微靠边一点的地方，紧挨着燃烧炉，往里面扔劈柴的地方，两个大球在类似伸展的手臂的金属杆上滚动。这双手是不是在什么时候会抬起来，他永远也弄不明白。他瞪着双眼注视着球，忘记了周围的一切。如果运动缓慢发出啪嗒啪嗒的声响，他能清晰地分辨出两个球来,但是如果运动非常快两个球融合成一个旋转的圆圈,几乎是无形的模糊一片飞奔着发出突突的声响,勉强显示出自己的黑色。在漆成黄色的棚屋(锅驼机的烟囱伸出了它的屋顶)的一个角落摆着两条长凳。其中有一条是托马什经常坐的,在粮仓里干活儿的男人们也常在那儿稍坐片刻,抽口烟。在对面第二条长凳上通常躺着年轻的席普涅夫斯基,盖着一件羊皮袄,他是沙提拜乌科的侄儿,在这里看管锅炉。他蜷曲着两腿,双手抱头,陷入沉思——但他在思考什么,这是他的秘密。他时不时从长凳上爬下来,检查压力计,打开小门将少许橡木干柴扔进喷火的大口;有时用底部封闭的油壶给机器加油,虽说保养机器这件事是铁匠应负的责任。

带着一张烤得通红的面孔,塞满一鼻子难闻的油脂味儿,托马什终于冒了出来呼吸到一阵新鲜空气,微风吹动了白杨的树叶。在外面有另一种东西让他着迷:传动装置吸引了他的注意力。这是一条宽约一米的皮带,用厚厚的软兽皮做的,一头连着锅驼机的大轮子一头连着脱粒机的小轮子。用什么方法才能使皮带不从这个大轮子上滑落呢?托马什感到疑惑。的确曾掉下来过。如果减缓转动速度,它便会发出警告声,让谁也不要靠近,因为它停下时会轰隆一声碰撞,容易压断人的骨头。每次想暂停工作一段时间,铁匠和席普涅夫斯基立即将棍子放在皮带上(必须重重地压住)以削弱碰撞的冲击力,然后他们跳开,已经是无声的滑动。机器转动变慢的可靠标志是皮带转动时上面的补丁清晰可见。

粮仓里面尘雾弥漫,响声回荡,忙乱异常。麻袋挂在铁钩子上，迅速膨胀。托马什喜欢把手伸进从洞口涌出的凉丝丝麦粒的细流。铁匠把一个个装满的麻袋拉到一边，送到杨树下边过秤。打谷场上（尘土刺痛了眼睛，看东西都模糊不清有如幻影）飘着妇女的白色头巾，还有一张张大汗淋漓的面孔。干草叉叉着一捆捆麦子在空中画个弓形，而那时脱粒机气喘吁吁地张口吞下。粉红色的大手（脱粒机原来是红色的，经风吹日晒褪了色）从后面笨拙地前后一拉一推筛出麦粒，两手之间吐出麦秸。

要将锅驼机或脱粒机移动地方须用好几对马匹。有时，虽说并不常见，要把它运送到邻近的农庄，往往要伴随许多叫嚷声，鞭子抽打的噼啪响声，将树枝铺在轮子下边的忙碌。附近一带只有地主庄园和巴乌奥迪斯——波吉里村的"美国人"，才有这种机器。在其他地方都是用连枷脱粒。如果要把脱粒机借给什么人，绝不会借给住在河下游的人，因为下坡还可以用马运送，但是上坡对于马匹来说都过于笨重了。

托马什在打谷场通常就像在自己家里一样，自打跟多穆尼奇奥发生那次不愉快事件之后，他第一次感觉自己在这里是个局外人。那些睡意蒙眬、嘴里喷射出烟草的黄色唾沫的男人根本就没有把他放在眼里，他们的交谈把他跟他们区分了开来。每次他爬上打谷场总看到席普涅夫斯基郁闷的沉思，听到妇女们不耐烦的嘟囔，让他不要在这里碍手碍脚；其他那些跟他同龄的淌着鼻涕的脏孩子都给指派了专门的任务：拉出垫在脱粒机下边接瘪谷的防水粗帆布；这一切又把他推到了局外人的位置上。

也有可能，其他那些小小的不愉快事件如今都变得意味深长。比方说，在他尝试用长柄大镰刀割麦或驾犁耕地的时候，那些男人都带着恩人一般逗乐的神情打量着他。又比如敲钟——绳子上挂着一块铁板，沙提拜乌科每天早上用锤子敲打铁板——表明上工的时间到了，正午——吃午饭的时间到了，稍后，又是上工的时间，傍晚是离开田地的时间（在脱粒的场院做这件事的是锅驼机鸣笛，响声那么大，让人不得不用双手塞住耳朵）。沙提拜乌科在铁板上敲出整首轻快活泼的曲调，可是人们都笑他，说铁板唱的是“老爷-废物，老爷-废物”，人们的笑声并无恶意，却使托马什的自尊心多少受了点儿伤害。

在下房里安东尼娜经常和那些妇女议论主子们的事儿，谈他们从前是个什么样子，干过怎样艰苦的工作。他们的一种娱乐方式特别刺激托马什的想象力：他们命令一个姑娘爬到树上去，学杜鹃鸟咕咕叫，然后就朝她射击。托马什喜欢姑娘们爬到树上采摘樱桃或苹果，他常偷窥她们裙子下的暗处（自古以来吉涅的妇女都不穿裤衩）。姑娘们嘻嘻哈哈，给他取诨名，但似乎都还满意。

由于这样那样的原因，他开始往外公身边凑，点点头，双手叉腰，认真听外公讲植物怎么吸入二氧化碳，呼出氧气；讲过去怎么焚烧林木，然后年复一年地播种粮食，直到土地变得贫瘠，后来就想出了三圃制，以及三圃制是怎么回事。外公慢慢成了他最主要的伙伴，托马什翻看着外公的图书，书里的内容需要解释。他跨入了绿色的植物王国，当树叶变黄，纷纷飘落，他就又进入了与现实迥异的另一个王国。置身那里他是安全的，植物不会有恶意，在它们中间他不会遇到任何闪失。

在外公那里他也没什么可担心的。外公从来不会不耐烦，从来不会因为忙着那些大人们的事而忽视他的请求。他招呼托马什时总是一本正经，用他那带着诙谐和爱意的呼噜呼噜的嗓音。甚至在他洗澡或者抹完发蜡，梳理那寥寥无几的头发时，也总是有问必答。那个发蜡像是裹在纸筒里的一小块肥皂，托马什总是把它涂在手上，然后用鼻子闻它的味道。外公通常是用温水洗澡，他会把毛巾裹在身上，胸前和肚子上的毛发已经发白。

托马什没有如他该做的那样准备上初中，迪尔比诺娃奶奶为此感到很伤心，在约瑟夫·恰尔内那儿能学到什么呀，她自己也教过他，但跟从前比，变化太大了。她答应他，他妈妈会来把他们接走，但这一切迟迟没有发生。事实上，他的知识结构不太均衡。阅读能力很好，这是兴趣使然。字写得像蜘蛛爬，乱七八糟的一堆。说的是本地话，但穿插着一些立陶宛词汇（他后来在学校里因为这个而受到羞辱）。因为突然黏上了外公，他现在有着相当不错的植物学知识，而且他很开心，可以不当士兵，不当海盗，而是当农民。没有留下一张他那个时候的照片，因为根本就没照。那个时候，他开始喜欢照镜子，但还不会通过和别人比较来看待自己。用梳子和刷子来驯服自己的头发，他还想都没想过。一头浓密的深棕色硬发在额头直立着，他就挥舞着刷子，把头发往下压。圆圆的脸蛋，灰色的双眸，鼻头像小猪一样翘着（和祖奶奶那张淡紫色的照片上一模一样）。个子在他那个年龄算是高的。

“托马什的脸像鞑靼人的屁股。”他偷听到考莱伊瓦家的一个男孩对另一个的低语。这增添了他的仇恨。考莱伊瓦是住在伊萨河对岸的邻居，他家两个小子只跟着父母来吉涅做过一次客。游戏没有拉近他们的关系。他们想指挥他，而他们的阴谋诡计、纠缠骚扰和冷嘲热讽惹恼了他。

有人怀疑，他是不是从谁那儿继承了人际交往困难症：是苏尔孔托娃外婆的“不求人”还是迪尔比诺娃奶奶的“怕见人”。或者就是因为拘谨。有一次外公外婆带他出远门，主人家的小女儿他只敢偷眼瞧瞧，而当女孩儿拉起他的手，带他去果园玩儿的时候，他吓得浑身颤抖，脚步僵硬，气都喘不上来。她那裸露、瘦削的胳膊让他又激动又害怕。公园里的一条小溪上架着一座小桥，他们靠在白桦树做的栏杆上，他觉得她似乎期待着他，但他只是沉默。因为那些与奥努泰做的游戏让他胆战心惊。

举止：向客人鞠躬致意时，他会把双脚相互磕一下，脸上微微泛红。他去过镇上几次，但对于了解广阔世界来说，这显然于事无补。在集市上的时候，他一直守在大车边，帮助安东尼娜摆放她要卖的苹果。在这一河段，河水漫溢，镇上一些房屋几乎是浸泡在伊萨河里；街道上铺的都是大石头，走路常会崴脚；犹太人站在木台阶上，邀请行人进他们的商店看看。最高大的建筑是公爵的白色宫殿，矗立在漂满浮萍的池塘边，现在那座宫殿已经空了，内部改建成学校或是医院。由于比较靠近城边火车站的缘故，他宁愿选择那条虽然远一点儿但是穿越铁轨，且路况好一些的路线，因为这样他们就能看到火车。回程的时候他总是感到很轻松。安东尼娜把马缰递给他，他甩起马鞭。如果是他们自己出门，她总是确保要套上最好的马匹：有可能碰上汽车。

托马什把盖在稻草垫上的毯子扯过来,然后跑过去把马头裹上,避免它们受惊吓。

跟外公在一起时,不需要像跟别人在一起时那样讲究繁文缛节,也没有任何不期而至的强迫要求。他漫游在童话世界里,关于种子在地下发芽,关于枝干的攀爬,关于树冠、花瓣、花朵里的雌蕊和雄蕊。他决定第二年夏天掌握足够的植物门类知识,以便弄一个标本册。

## 二八

在他还很小的时候,他被放到熊皮上,他总是举起双手,以免碰到那毛茸茸的动物,待在那儿一动不动,半是因为惊恐,半是因为惊叹。那块被虫子咬得千疮百孔的皮毛,大概来自附近的最后一头熊,是在很久以前被猎杀的,还在外公小的时候。通过毛皮和图画了解到的熊,在托马什心里激起一种柔情。可能也不只是在他心里,因为老人们时常讲述它们。从前很多庄园都养着熊,而且人们会教它们干各种活儿,例如推磨、搬木头。还有很多跟它们有关的可笑的故事。在这儿,在吉涅,仍然保存着关于一头雄心勃勃的熊的记忆:它喜欢甜梨,如果主人允许它一起大饱口福,那分梨时得注意分得公平,因为如果它得到的是烂梨或者绿梨,这只熊就会生气,咆哮。托马什在听到另外一头狡猾的熊如何拍死母鸡的故事时,兴奋得在椅子上扭来扭去。那头熊不得不被锁到链子上,然后它想出了一个办法:坐在地上用前爪撒沙子，愚蠢的母鸡慢慢走近链子允许的范围，那头熊就一巴掌把母鸡拍死了，然后把战利品藏在自己的身下，露出无辜的表情，好像什么也没有发生。最精彩故事的主人公（这个故事是迪尔比诺娃奶奶讲的）是另外一头熊。一次，一辆马车停在一个庄园房屋的门廊前，车夫不知道去哪儿了，这头熊钻到了马车里。拉车的马受了惊，熊也很害怕，没来得及从车上跳下来。马车奔上了大路。十字路口立着一个十字架，马车翻了，而熊抓住了十字架，它用另一只爪子抓紧，把十字架拔了出来，然后举着它走到村里的街道上，吓得村民惊慌失措，因为那场面实在是有点儿恐怖。

一位伟大的绅士用一头熊来表示对俄罗斯人的蔑视。俄国总督去他那儿拜访，到门口时看到门廊前有两头持着长柄大斧的熊，而那位伟大的绅士站在台阶上，穿着俄国农民的褂子，深深地弯腰鞠躬。总督明白了，这意味着："我们，君主的野蛮臣民，半兽半人，在我们家里欢迎您。"他紧咬嘴唇，命人驾车离开。

在所有这些故事中，熊似乎都是与人类一样的智慧生物，也许它们不该受那些折磨，就像外公给他讲的斯莫尔贡学院里发生的那样。那里的地板是用铁皮做的，下边烧着火，给熊的后脚穿上木鞋，然后放到里边去。音乐响起，铁皮烧热，可怜的熊直立起来，因为前爪是光的。以后无论什么时候它们听到那个音乐，都会想起那烧热的铁板，于是就会站起来跳舞。

有助于激起人们普遍好感的是，它们如此强壮，性格却如此温柔，甚至有点胆怯。有个例子可证明这一点，有一次，在森林里还能时常碰到熊的时候，一个农民丢了一头母牛，那头牛总是不听话，经常离开牛群。农夫很生气，他发现那头牛躺在树莓丛里，就拿起一根棍子，用尽全力向它打去。发出一声咆哮，那是一头熊！农夫往一个方向跑，熊往另一边跑，树莓上全是它拉的稀。吓得拉稀甚至会被称为“熊病”。

外公记得，那只熊被打死，只剩下熊皮，用熊肉熏制了火腿，狗闻出熊肉的味道，吓得毛都竖起来了。

冬天，米霞外婆总是在床边放上一张驼鹿皮做的地毯。但是驼鹿的主要用处是，加工过的驼鹿皮很厚实，也很柔软，如果托马什的鞋底坏了，外婆就从壁橱里取出一块这样的皮子，测量好，用剪刀按照铅笔画的痕迹准确地剪下一块皮革。这还是很久以前的存货，因为现在驼鹿所剩无几了。森林里，大概离吉涅二十俄里的地方，偷猎者有时还能打到驼鹿。

这里提到皮革，与托马什的一段依恋有关。秋季的一天，巴尔塔扎尔来了，跟他说，给他带来了一件礼物，让他跟自己到大车上去。

车上有个木笼子，笼子里垫着稻草，稻草上有只猫头鹰①。

当然，苏尔孔托娃外婆少不了唠叨，说这只鸟会把全家弄得一团糟，但猫头鹰还是留下了。巴尔塔扎尔抓到它时还不会飞，是他把它养大的，所以它并非野性十足，可以让人抓着它的肚子，这时它就会发出小鸡一样细弱的唧唧声。因此托马什给它起了个名字叫“唧唧儿”。要让它发出这样的声音，简直难以置

① 原文特指雕鸮，一种体形硕大的猫头鹰。

信。尽管它比母鸡大不了多少,但如果翅膀展开,能比托马什展开双臂还宽,它的喙弯弯的,长着一双致命的鹰爪。从此,大家就开始从所有蜂房里抓老鼠给它吃。“唧唧儿”用爪子抓住肉,用喙把肉撕开。如果把手靠近木笼,它就会叩击它的喙,但从来没有叼过手指。黄昏时,托马什把它放到屋里。它飞行的声音很轻,只有一股气流,仅此而已。鸟屎都喷在屋子中间(犯罪现场都用抹布立刻清扫干净,免得老人们生气)。现在它已经在壁炉上发出低沉的叫声了。它飞够了,就会被重新装进笼子里。

它的羽毛柔软,眼睛呈现出红黄两色,抬头和低头的动作就像一个近视眼在阅读碑文。托马什很依恋它,并且观察了它的所有习性。如果把它放到驼鹿地毯上,猫头鹰的行为简直笑死人:它会紧张得浑身颤抖,爪子自动攒在一起,在身子底下一步一步地移动。显然,触碰比较短的皮毛唤起了它那些曾经撕碎狍子和野兔的祖先的回忆。而待在熊皮上时,它就没什么特别的表现。

托马什肯定会羞于承认自己一些不太清晰的联想。因为他时常考虑各种毛皮。

为什么人们说,他小时候在那张毛茸茸的熊皮上会举起双手?为什么所有人都认为熊很可爱?难道不是因为它们毛茸茸的?那时,玛格达莱娜在河里。猫头鹰在浑身发抖时,是不是跟他在梦里颤抖是一样的感受?有时在想象猫头鹰的感受时,他就慢慢变成了它,当它在驼鹿皮上颤抖时,他差一点儿就问它,是否也想把玛格达莱娜撕碎,或者说产生这种甜蜜的迷醉感觉是因为知道她已经死了。如果他没有问,那还更好些。

小鸡也会发出唧唧的叫声，但它们天性如此。而猫头鹰有双重的天性：没有防备，信任别人，在手指下跳动的心脏，笨拙地垂着的双脚，还有在抓住它的耳朵时从眼皮底下冒出的双眼——还有另一个它，深夜里的林中恶魔。也许它根本不是强盗？而如果这样，似乎并没有改变它的内在天性。也许每个邪恶都有一个隐藏的弱点——怀疑，只是思想的阴影。

春天时海伦娜姨妈来了，看到了猫头鹰，开始跟苏尔孔托娃外婆窃窃私语。然后决定卖掉它，因为猎人会给它出个好价钱：他们将它放在一根柱子上，自己藏在由树枝搭成的隐蔽处，从那里射杀所有飞过来跟猫头鹰厮打的鸟类。托马什乖乖接受了判决，仿佛意识到任何爱也不能超越它的界限。至于，承诺给他的钱他一分也没见着。

## 二九

去图书室时，他会穿上羊皮大衣，因为那里没有供暖，在那里，他的手会冻得发紫，当他翻阅那些旧的羊皮纸书时，他总是希望能找到一些关于动植物的书籍。他通常会取几本书，然后跑到暖和点儿的地方去仔细阅读。他取下一本书，书名是用蛇一样的扭曲字体写成的，拼起来很困难：关于使用宝剑的机关……接下来就拼不出来了。所以他去找外公，让外公给他解释那是什么书。外公戴上夹鼻眼镜，慢慢读起来："我主耶稣公会的信仰／在立陶宛／从圣经中简要摘写。这个故事是西蒙·布德尼[1]写的,是为了反对基督教这一教派的反对者的。就像从圣经中得出的显而易见的结论,一名基督徒可以对某些东西拥有赋予其自由与否的权力,只要他以遵从上帝的方式使用它们。耶稣诞辰后第一五八三年。"

他用夹鼻眼镜的皮套敲了敲发霉的书皮,翻了翻纸页。然后清了清嗓子说:"这不是一本天主教的书。你看,很久很久以前,有个谢罗尼姆·苏尔孔特。这本书大概是他留下的。因为他是个加尔文宗信徒。

托马什知道,"加尔文宗信徒"意味着非常坏的人,甚至是一种恶名。但是那些不虔敬的、不去天主教堂只去新教教堂的人,属于那个城市、铁路和机器的遥远世界。这里,在吉涅?他评估了一下,自己被置身于一个无耻的秘密之中是多大的荣幸。

"异端?"

外公用手指把夹鼻眼镜塞进皮套里,凝望着窗外的皑皑白雪。

"嗯,是的,是的,异端。"

"这个谢罗尼姆·苏尔孔特曾在这里住过?"

外公似乎惊醒过来。

"他在这里住过吗?可能吧,但我们对他知之甚少。他主要待在凯伊达内,在拉吉维乌大公身边。加尔文信徒的教会和学校主要在那里。"

---

① 西蒙·布德尼(Simon Budny, 1533–1593),波兰–白俄罗斯人文主义者、教育家、圣经译者、哲学家。

托马什在他身上猜出某种克制、抗拒,还有大人们那种闪烁其词,他们在谈到家庭中的某些人时会压低嗓音,在有人进入房间时就立刻闭口不语。那些人的面孔无法想象,消失在阴影中,就像变黑的肖像画一样——只能勉强看出眉毛的轮廓或脸上的斑点。他们的某些缺点大到让其他大人羞于提起他们,他们生活的时间、血缘关系,都消弭在窃窃私语之中,或者消弭在因为卷入无关事务而爆发的震怒之中。

“苏尔孔特一家是个德意志家族,也就是源自谢罗尼姆。大约三百年前,即一六五五年,瑞典人到了这里。当时,谢罗尼姆站到了瑞典国王卡尔·古斯塔夫一边。”

“他是叛徒?”

外公喜欢用两个手指捏住布满紫色静脉的鼻尖,在鼻腔里充满气,然后突然松开手指,就会发出“哼”的一声。

“是的。”他又弄了一次,“哼”。“只是假如他抵抗瑞典人,就会背叛他服侍的王公,所以也会是叛徒。拉吉维乌与卡尔·古斯塔夫结了盟。”

托马什皱着眉头,思考着这道复杂的选择题。

他终于开口说道:“这是拉吉维乌的错。”

“他。那是一个高傲的人。他认为自己将从卡尔·古斯塔夫那里获得大公的头衔,就不用再听命于波兰国王了。那样他就能统治立陶宛,并让所有人接受加尔文宗。”

“如果他成功了,那我们就会是加尔文宗信徒了吗?”

“大概是这样。”

现在他注视着托马什,他的微笑不知道意味着什么,也许是产生了一种想法，变成一系列又迅速消退的问题。你因何而成为你？它取决于什么？假如成为了别人，那会是个怎样的人？

“但是谢罗尼姆·苏尔孔特不是加尔文宗信徒，而只是个苏西尼派①信徒。这是那些不承认教皇的派别中的另一派。这一派给他讲了关于苏西尼信徒或者说阿里乌派信徒的事，这两派的信徒想出了一个新的学说：不能担任官职，不管是省督，还是法官或者士兵，都不行，因为这都是耶稣禁止的。另外也不能有奴仆。然而他们彼此也吵来吵去，争论不休，其中很多人说，圣经明确允许这么做，这本书看起来就是关于这个问题的。而谢罗尼姆·苏尔孔特在瑞典人被赶走后就出去旅行，再也没回来。他定居在普鲁士的哥尼斯堡附近。”

就这样抛下了一颗种子，外公不知道，这颗种子在所有种子的植物梦里要埋藏多久，那些种子都在耐心等待着自己的时间。脚步沿着书架移动，脚下的地板咯吱作响，咯吱声蜷缩成一个小结躺在那里。排列成行的暗色书脊上带数字的白色纸片，从书架上散发出光芒。双肘撑在桌子上，在绿色灯罩下边投射出的光晕里，还有铅笔——伴着思绪，手在空中让它保持平衡，那思绪一开始并不比迷雾好多少，没有线索，没有边界。没有谁是独自生活的：每个人都在与那些过往的人们交谈，他们的生活融入他的生命，他拾级而上，沿着他们的足迹，探索历史家园的每个角落。从他们的希望与挫败中，从他们留下的痕迹，哪怕只是

---

① 十六世纪欧洲基督教中的一个神学派别。

镌刻于石头上的一个字母中,将诞生出自我判断时保持的平静与克制。学会获得这些的人是非常幸运的。他们在任何时候、任何地点也不会感到无家可归。始终牢记那些像他们一样追逐难以实现的目标的人们,这给了他们强大的支撑。无论托马什是否将拥有这样的幸运,他与外公在一起的时光将在他的内心长久留存,同时期待着那个因距离而被压制的声音变得珍贵的年纪。

## 三〇

西班牙人弥贵尔·塞尔维特垂死挣扎了两个多小时却无法死去,只因周围堆放的木柴太少,他的呻吟声穿透火焰,控诉着日内瓦城的吝啬:"悲惨的我,无法在这火堆上死掉!他们囚禁我时从我身上拿走了两百杜卡特和一条金链子,足够多买些木柴,让我化为灰烬,我真不幸!"*

在昏暗的房间里,加尔文僵坐在椅子上读着圣经,只有他的助手威廉·法雷尔被浓烟呛得泪水直流,朝着被活活炙烤的异教徒高喊:"信仰永恒的上帝之子耶稣吧!"

弥贵尔·塞尔维特在法国匿身于教皇派中间二十年后,因

---

* 关于塞尔维特最后时日的报道是韦少瓦特根据后来遗失的资料来源提供的。见:斯塔尼斯瓦夫·考特"*L' influence de Michel Servet sur le mouvement antitrinitarien en Pologne et en Transylvanie*";"*Autour de Michel Servet et de Sébastien Castellion*"文集,1953,H. D. Tjeenk, Willink and Zoon, N. Y., Haarlem。——原注

为他信任的一个基督教复兴主义者,他才遭此厄运。他曾跟此人秘密通信,并且跑到他那里去寻求保护。然而塞尔维特的灵魂非常坚强,半焦的嘴里舌头还能动,用微弱的声音证明了那个被亵渎的真理:"我信的是耶稣乃真正的上帝之子,而非他是否永恒。"

在他身后,各国一片窃窃私语,无数的鹅毛笔沙沙作响,在巴塞尔,在图宾根,在维滕贝格,在斯特拉斯堡和克拉科夫,人们抄写着从朋友那里偷偷借来的反三位一体提纲。王公哼了一声:"*Schwärmerei*!"[①]人们发现了禁书,大学为之颤抖,竭力想把事情抹平。人们对塞尔维特的名字绝口不提,甚至那个从帕多瓦归来之后,在波兰和立陶宛的新教教堂之间传播新发现的高尼昂茨的彼得[②],也注意不在公开场合提及自己的导师。尽管梅兰希通(Melanchton)看透了他:"我读过那个立陶宛人的书,他在竭力想把塞尔维特从地狱里唤醒。"——他写道。雅各布·帕莱奥洛格(Jakub Paleolog)倾注毕生心血,在特兰西瓦尼亚和摩拉维亚编纂了鸿篇巨制,其中明确地为这位西班牙人辩护:"Contra Calvinum pro Serveto"[③],但是当他被逮捕并送往罗马受难之时,宗教裁判所控制了装有其手稿的木箱。

在讲述他们的故事时,我们是从传入耳中的零星细节中重现那些人和事,如果没有任何相关印迹保存下来,就像他的生卒

---

① 德语:狂热,盲信。

② 高尼昂茨的彼得(Petrus Gonesius,约1530–1573),波兰新教神学家,波兰兄弟会的创立者。

③ 西班牙文:反加尔文,支持塞尔维特。

年月一样也无可考，要想保证说，谢罗尼姆·苏尔孔特身材是高是矮、头发是黑色还是浅色，这种保证就不太可靠。有一件事确凿无疑，那就是他把罗马看作是反基督的巢穴，他披着鹿皮大氅，骑马走过伊萨河谷时，忧伤地注视着那些无法接受真正信仰的人。基督教也是这样，正好适合教皇派的迷信：教堂里的颂歌刚刚唱完，妇女们就争先恐后地跑着去给蛇献祭，因为如果不去献祭，他们的男人就会失去力量，就再也无法履行自己作为丈夫的义务。不是圣经，而是关于风神、水神震撼世界，将世界在掌中像盘子一样抛来抛去的神话故事。还有居民们准备在打猎时聚在一起举行的异教仪轨。还有仍然在橡树下举行的秘密集会。

他一定是非常喜欢刨根问底，而且寻找那些与他相同的人为伍——他在凯伊达内找到了。他肯定在那里学到了很多，使他感觉自己能够平等地参与那些围绕着烛光进行的讨论，讨论那些出自圣经的词句：不，您的虚假辩证法，更应该被称为诡辩，因为这个地方用希伯来语说法不同，怎么样，兄弟，您使得无论用希腊语还是拉丁语都没有展示清楚，应该如何如何去说。当时圣三位一体的反对者忠诚于加尔文和双圣，甚至那些追随西蒙·布德尼拒绝虔敬基督的人也没有互相压迫，拉吉维乌大公的影响缓和了他们的仇恨，尽管大公将日内瓦教会（加尔文宗教会）引为楷模，但他没有为神学争论辩护，反倒是倾向于此。有几个来自波兰的阿里乌派信徒藏身于他的宫廷，没有遭受任何伤害，虽然他们确实也保持了相当谨慎的态度。

谢罗尼姆·苏尔孔特是否受洗过，就是说他是否在成熟年纪接受了那些否认婴儿洗礼的弟兄们的洗礼？不清楚。无论如何他不再是三位一体论者，塞尔维特的受难已经过去了将近一百年，但他仍然记忆犹新。那个三头的刻耳柏洛斯[①]，因为魔鬼的主意而被置于唯一上帝之位，是一个羞辱理智的妖魔——他把这当作一种显现。他拥抱了这一高贵的论题，该论题将迄今为止的秩序彻底颠覆：上帝只有一个，他的经典也只有一本，非常清晰明了，不需要解释其中的奥秘，谁阅读它，自己就可以从中理解，该如何生活，然后回归圣徒的时代，穿越经院哲学尝试将先知和基督的话神秘化的几个世纪。加尔文停在了半路，出于在真理面前的恐惧，他杀死了塞尔维特。谁不破除刻耳柏洛斯，就不会完全从忏悔、赎罪、为死者灵魂所做的弥撒、圣徒代祷和其他类似的巫术中解放出来。

从寥寥无几的资料中可以得出结论，在几十年来使兄弟会信徒彼此分裂的争论中，他倾向于继承高尼昂茨的彼得的遗产。这意味着，在将自己灵魂获得拯救的希望寄托于耶稣基督身上的同时（“在我的上帝面前，我是一只卑微的狗”——人们在他的一本书中解读出这样一句话），他坚持认为，基督并非与圣父并存之神，而逻各斯，那不可见的、不朽的“话语”，在圣母的怀抱中变为肉身，也就是说基督始于逻各斯。所以他带着恐惧、感恩和人性的甜蜜经历了耶稣的自然性，而不像那些完全不敬拜，

---

① 希腊神话中看守冥界入口的恶犬，所以也译为地狱犬。

无法区分耶利米①、以赛亚②和耶稣的人,也不像那些更多援引《旧约》而非《新约》的人。

高尼昂茨的彼得的那本《论基督教会的权威》(*De primatu Ecclesiae Christianae*)文稿,以及他的继承者的那些文稿命运又如何呢?这些他肯定研究过。谢罗尼姆·苏尔孔特不能无视他们在别的实际领域的论点,那些在立陶宛主教会议上早已众声嘈杂的论点。因为他们所要求的完全基于福音书。岂不是说:"打你脸的人,把你的另一侧脸也转向他;有人想要拿你的里衣,连外衣也由他拿去。"岂不是说:"让死者埋葬死去的自己;而你去传讲神的国度?"岂不是说:"听而不做的人,就好比人把房子盖在地上;河流冲刷那房子,很快就倒下,那所房子的倒塌很伟大吗?"犹太人、希腊人、奴隶和主人应该是平等的,都是兄弟。基督徒不杀人,而是卸下佩剑。他给他的臣民自由。他卖掉自己的财产,把钱分给穷人。只有这样他才配得上拯救,只有这样他才不同于那些言行不一的恶人。

这里所涉及的时期,是在立陶宛主教会议拒绝了这些严厉的要求之后,当时导致了与波兰主内兄弟们的激烈争吵。因此,苏尔孔特可能援引《旧约》和一些基于自身经验的例子,反驳了那些论点。解放被奴役的人(他们确实忍受了巨大的压迫和苦难)?但那种自由将助长异教信仰、野蛮和抢劫。当日穆奇的

---

① 耶利米,天主教译为耶肋米亚,圣经中犹大国灭国前最黑暗时的一位先知。

② 以赛亚,天主教译作依撒意亚,圣经《以赛亚书》中的主要人物,公元前八世纪的犹太先知。

县长来库茨在任上尝试这么做时,受奴役者就散布到森林里,然后四处打家劫舍,杀人越货。更晚近一些,这种农民叛乱以及旧神的复活,也让伊萨谷的地主们损失惨重。卸下佩剑?高尼昂茨的彼得的追随者们选择了错误的时间来说服人们:那时在东部,在第聂伯河对岸,与伊凡雷帝的战争仍未止息。他们失败了,在主教会议上被否决,而且自此再也没有翻过身。

就这样,卡尔十世·古斯塔夫[1]高擎利剑,建立了所有新教徒的帝国。无人知晓,谢罗尼姆·苏尔孔特经历了怎样的彷徨,他的决定时刻又是怎样的。他的大公在自己的部属面前展开了一幅宏伟的图景。立陶宛人同样也可以很好地臣服于瑞典国王,就像臣服于波兰国王一样,依靠他的帮助去开疆拓土,征服教皇支持者们的灵魂。接着向东,向南,一直到乌克兰,给那些口中念叨着神圣之城拜占庭实际上却根本不懂希腊语而是在欺骗人民的希腊天主教神职人员统治的地区带去光明。何况也找不到其他办法:耶稣会的侵入,他们那些深思熟虑的诱惑人思想的方法,他们的剧院,他们的学校,年复一年抢走维尔诺的信徒,那些藐视教堂的立陶宛大学生袭击送葬的人群。再过一段时间,立陶宛的宗教改革成果就会荡然无存。大公打出了最后的底牌,为了信仰和自己作为信仰保护者的使命。而目标却很遥远,是的:王冠。谁知道呢?瑞典、立陶宛和波兰军队已经兵临莫斯科城下。

人们倾向于认为,推动他的不仅是对大公的忠诚,还有他对

---

① 一六五四年至一六六〇年间的瑞典国王。

那些被神父们鼓噪着大呼小叫地投入反异端圣战中的贵族群体的厌恶。这么一群人,从不会冷静思考,从不打开圣经,只凭本能的盲目。

忠诚到最后一刻。而各种经历骇人听闻,最可怕的是动摇,大概是在看到在最初的失败中献身的人们之后,还有自相残杀的战斗,被军队洗劫一空的国家,盟友抢劫时的不管不顾。当教皇派攻进最后一座要塞时,大公死了。应该编写一份自己失败的清单:当每个人都跟着耶稣重复“神啊,你为什么离弃我”的那一刻,意志和骄傲都化为泡影。

我们猜想,圣经是他最大的支撑。也许是关于他们自己的,反三位一体的受难者的记忆,受难者的头颅被包裹在灌满了硫黄的稻草捆里,身体被铁链锁在柱子上,而他的书被捆在他的腿上,正等待着第一缕火焰的燃起。只是得益于波兰和立陶宛的新教信徒中那些谢罗尼姆·苏尔孔特的同道,对塞尔维特殉难场景的确切描述才得以保存下来。他们复制了珀特鲁斯·海普拉格穆斯·甘达乌斯(Petrus Hyperphragmus Gandavus)撰写的手稿《塞尔维特的故事及其死亡》(*Historia de Serveto et eius morte*),那本书的原本已经散佚。不,流放与身体的酷刑不可同日而语。

但是苏尔孔特经历了灵魂的折磨,他背负上叛徒的烙印,他权衡了自己的举动,从来未能确信,自己的所作所为是否得当。在他面对国王的职责,面对公众事务(Rei Publicae)的职责,面对不把神学上的分歧当坏事的大公的职责之间。在对教皇派的厌恶和对入侵者的厌恶之间,他还必须祝愿那些入侵者成功而不是失败。对于天主教徒来说他是个异端。一个勉强被宽恕的脱离新教者。的确，他只能重复："在我的上帝面前，我是一只卑微的狗。"

我们偶然得知，谢罗尼姆的最后一位后人，神学毕业生约翰·冯·苏尔孔特中尉，一九一五年死于孚日山。如果他长眠于一直绵延至莱茵河谷的东面山坡上，那里密密麻麻的十字架远看就像是一片葡萄种植园，那么来自故乡立陶宛方向的干燥的风，就一直在梳弄他坟茔上的青草。

## 三一

托马什的姨妈海伦娜·尤赫涅维奇是吉涅的一位养蜂人。为了照看那些蜂巢，她能得到一部分蜂蜜和蜂蜡——尽管是自家人，但这依循的是古老习俗。她的到来意味着从一个特制的柜子里取出一些器皿，然后换上衣服。她用别针扣住袖口，并在头上戴上面罩——那面罩就像个绿色细纱制成的篮子。事实上，蜜蜂很少叮咬她，她甚至并不总是戴手套操作。她让托马什从厨房里取一些火炭，放进带木柄的铁皮熏烟器里，然后撒上木屑，需要摇晃很长时间，才能让它冒出烟来。她戴着面罩，一只手拿着刀子和一个小桶，另一只手拿着冒着烟的熏烟器，样子看起来就像——很难找到一个像样的比喻——无论如何，托马什目不转睛地盯着她的身影，沿着林荫道朝蜂巢方向走去。回来的时候，她会从碗里盛一些酸奶弄到抹布上，然后敷到被叮咬的地方。在取蜜的时候，托马什旋转一个离心机——是一个金属锅,以一根铁棍为圆心旋转,这时蜂蜜就会从放在锅里的蜂巢里流出来。

海伦娜姨妈的鼻子很大,呈金字塔形,从苹果般的两颊中间向前隆起,与米霞外婆别无二致,只是更大一些。她有一双蓝眼睛,笑容像蜜糖,总是一副圣洁的表情,这似乎让她获益无穷,因为通过它,她把自己的癖好包装成纯真。她的主要癖好是吝啬,但她的吝啬甚至不是基于节俭,而是她骨子里某种根深蒂固的东西,出于这样那样的目的去这样或那样行事。如果要去镇上办点事,她从来不会乘车去,而是会说"这么好的天气,我就当散散步",然后就会走上十俄里,当她走在路上时,她会脱掉鞋子,因为"光脚走路更健康"。实际的原因,也许有人会知道,是需要给赶车人一点喝酒钱,是因为鞋子会磨损。在分蜂蜜或面粉时,她会注意把较好的部分分给他人,并且总是为自己天使般的善良而感动,只是在那些较好的部分里,总是会隐藏着一些缺陷。据说,如果熏肉里长了虫子,她就会切了送给仆人吃,而且会为自己的好心肠感动不已,感动于自己如此关心那些除了土豆和面条还能吃到肉的人。

从米霞外婆那儿,她继承了马匹一样的耐力和抵抗力,从来不曾得病(即便生了病,也会大喊大叫说那些医生什么也不懂,以便别人千万不要给她找医生来)。二十俄里,走上几个小时,这对她来说真的只是散步而已,她大概可以凭借自己那农民的轻盈步伐走上一百俄里。当然,一直到十一月,她都是在河里洗澡。托马什在她那里从没有看到过一本书,甚至用来祈祷的书也没有,就好像她发过誓决不碰印刷品一样,但要知道她曾经上过学,甚至还懂一点儿法语。

她的丈夫卢克·尤赫涅维奇来的时候,简直就像开了一场颇具感染力的大戏,让人无法不参与其中。还在大车上他就开始尖叫,双臂举向空中,从马车上跳下来立刻向前奔跑,风衣或大氅在身后飘荡。他已经准备好了去拥抱,用尖利的嗓音叫道:“妈妈!我亲爱的!看到你们我真高兴!终于回来了!亲爱的!我们多久没见了!……”然后就是一阵乱亲……但最重要的是他的脸:浑圆,额头上留着刘海,满是皱纹,充满真诚和柔情,大概没有一张脸会皱成他那样。“厚道的小卢克”,被抱得喘不上气来、满脸都是唾液的米霞外婆如此回应,尽管在背后,她只是宽容地叹口气说:“小卢克心眼儿挺好的。”然而按照迪尔比诺娃奶奶的说法,卢克证明了老话里往往存着真理:“伊萨河畔出生的人,不是疯子,就是傻子。”

那个夏天,当托马什制作植物标本册时(卡纸是从帕凯纳斯那儿求得的),远离蜜蜂将不再符合他作为自然研究者的荣誉。他一直缠着姨妈,姨妈只得同意带他去养蜂场。他穿戴整齐,让任何一只蜜蜂都无法钻到衣服里,穿上外公的长裤,在脚踝的位置扎紧,戴上已经生锈的铁丝旧面具和橡胶手套。蜜蜂的智慧令人惊叹,关于蜂蜜味道的无数诗作献给蜜蜂,但蜂巢打开时的蜜蜂与在菩提树枝间嗡嗡飞舞的蜜蜂截然不同。刺鼻的气味,忙乱,沸腾,法则的严酷性——如果托马什被某种莫可名状、残酷无情的事吓到,那大概说明吉涅没有让托马什做好社会生活的充分准备。蜜蜂一拥而上要蜇他,落在他的手套上,卷曲着腹部嗡嗡作响,用小爪子抓紧橡胶手套,只为完成对它们来说致命的动作,然后无力地抽搐,死在草丛里。姨妈平静地工作,偶尔毫不在意地抖掉那些蜜蜂。她不断警告说:“动作不要太突然!”但是托马什并非因为疼痛而心烦,而是蜂窝地狱一般的骚动,有着独特的持续节奏。他无法忍受,开始逃离,蜜蜂开始追逐他(在紧追不舍时,从它们的嗡嗡声里可以听出死亡的气息),他尖叫着,挥舞着双臂,也就是说,他要干番事情的梦想,实际上以耻辱收场。

植物更好,它们更安静。有些植物,在厚厚的《经济-技术植物》中探寻它们时,能够激起准备坩埚和研钵并设立一家药房的欲望——因为它们的疗效令人鼓舞。人们几乎可以看到需要倾倒和沥干的各种颜色的汤剂,还有用酒精泡过的提取物,还有经常被认为无用的根。想象陷入芬芳的暮色,就像在吉涅的粮仓里一样。但是,托马什眼下更愿意投身于不那么实用的收集植物品种的工作。

他对红门兰难以抗拒。它们身上有一种生活在温暖和潮湿环境中的生物特有的神秘魔力,将信息从南方热带地区带到北方地带。它们的茎,肉质的绿色躯体,紧挨着它的是遮盖着下边多臂烛台的花朵,散发出旷野和腐烂的气息,但是很微弱,需要闻很久,直到气味变得清晰,能够把它的名字叫出来,但从来不会成功。每年六月,它们就在伊萨河边的草地上露头,那时,在满是淤泥和芦苇残枝的泥塘里,潟湖的水还在光灿灿的青草间蒸腾。斑点红门兰,淡紫色的锥形花序上点缀着深紫色的斑点,在盛开的时候很难采到,因为只要稍微碰一下,这儿或那儿就会出现斑点。托马什跪在地上,用折叠刀在黑土里挖掘(折叠刀经常弄丢,标志着他生活的不同时期。在一把带木柄的折刀后,现在他有一把平的、全金属的小刀)。他小心翼翼地拨开土壤,以便把整个块茎挖出来。就从这块茎中,红门兰喷薄而出,与阳光来一次短暂的相约,然后它仍然深藏在地面深处,直到来年。被夹在卡纸中间的红门兰变成了铁锈色,而块茎舒展开,形成一个奇怪的形状。

细距舌唇兰如此轻盈洁白,在夏日的黄昏散发着水仙花般的色泽。被细距舌唇兰覆盖的草地,隐现在从河上漫过来的夜雾里,草地上满是细小的幽灵。遗憾的是,细距舌唇兰晾干后就失去了全部魅力,只剩下细长的棕色轮廓。疆南星的情况也一样。托马什发现,在干燥地方生长的花朵,可以很好地保存,几乎不会发生变化,但是吸引他的是潮湿地区的茂盛植物。甚至在炙热的沙子里或者细嫩的花苞中爬行的昆虫也没啥意思,它们身披盔甲,动作敏捷。而那些生活在阴暗的热带雨林中的昆虫则另当别论。因为过度的光会减弱生命的存在。

托马什从沙丘居民那里收集毛蕊花,但是它们太长,无法放入植物标本册,他不得不将它们折成Z字形。当然,他急切地寻找书中提到的那些稀有花朵。正是因为稀少,他才特别珍视那朵在橡树林中墓地旁边采到的金莲花,一种大花毛茛,很像黄玫瑰。

他帮助外公种植门廊两侧墙壁下边的花畦,就是除草、移栽、从水塘里提水浇花。去小桥那里,要从用木楔子固定的台阶上走下来。在茂密的啤酒花和铁线莲下边不起眼的木篱笆中间,有一道木门通向那里(谁也猜不到,那里为什么会有一道门)。他将喷壶浸入水面的浮萍底下,大个儿的绿青蛙因为他的出现而匆忙跳开,然后趴在池塘中央漂浮的木头上一动不动。然后他就提着喷壶,走得有点气喘吁吁,因为路有点远,然后仔细观察,外公什么时候浇水,需要多少水才够。夜晚时分,夜香紫罗兰星星点点的蓝灰色小花散发出馥郁的香气,花畦的四周栽满了它们。外公种植的主要是紫罗兰——它们的花朵有着天鹅绒的深沉色泽;还有紫菀,它们能开到深秋,直至身披寒霜。

水桂花并不起眼,毫无美感,但是托马什对它还是情有独钟,因为像兰花一样,水桂花能让人情不自禁想去闻一闻,并且伤感于它们的渺小——假如水桂花能长到白菜那么大,那香气会不得了。

米霞外婆认为,疾病这个东西是不会缠上正常人的,所以也没有好好利用植物世界的优点。从前,家里的食物储藏间也被称为“药房”,但她从未在储藏间的抽屉里存放过药品,除了用于治疗瘀青的山金车花和晾干的树莓——感冒的时候,外公用它们熬出的汁来发汗。托马什经常会擦伤或者刮伤出血,他知道,车前子的叶子是最好的药物,他把这样一片叶子敷在伤口上,然后用一块布绑好。如果不愈合,安东尼娜就会用唾液沾湿一块面包,与蜘蛛网一起敷在伤口上——总是见效。迪尔比诺娃奶奶引入了碘酒,他直咧嘴,太疼了。

出乎意料的是,托马什的植物学爱好没有超过一个季节。被设计成植物学鸿篇巨制的标本册,新增的标本越来越少,剩下的卡纸发现已经是多余的了。他的注意力转到鸟类和动物身上,以至于忘了其他一切。这要归功于海伦娜姨妈,尽管很难说她的角色是否仅限于实现外甥的命运。况且在这里海伦娜并不重要，重要的是罗穆阿德先生。

## 三二

罗穆阿德·布考夫斯基穿着衬衫和短裤，下午，修剪完三叶草，他把镰刀插在沟渠旁，跑到河里洗澡。他休息了一下，然后脱掉衣服，在膝盖深的水里认真地洗起来，他弯腰的时候，挂着一个小牌子的黑绳在胸前摇晃。他开心地往肌肉结实的腹部和大腿上打着肥皂，还不算老。他把破衣服套在身上，把镰刀扛在肩上，沿着小路经过一个小果园回家。巴尔巴卡带着一大罐从冷却器中取出的酸奶，用肘部在他肋下用力撞了一下——当着别人，她不允许他过于随意。他给了她屁股一巴掌，很响亮，她发出尖叫，酸奶洒了出来。

狗在自己的窝里狂吠，他心情很好，伸手取下挂在墙上的喇叭，它就挂在猎枪和带鹿蹄做的手柄的骑鞭下边，然后拿着喇叭走到门廊里吹了起来，狗的叫声立刻四处传来，它们为自由和狩猎而呜咽、号叫。然后他在自己那老单身汉屋子里，打开箱子，对着镜子刮了刮脸——下颌的胡子很硬，呈青灰色——梳了梳嘴唇上的胡须。他的脸被太阳晒成砖红色，皮肤发干，黑色的胡须里有一些已经发白，但这无所谓。

他穿上锃亮的靴子，把深蓝色的军服一直扣到脖子下边。“你这是去哪儿？”巴尔巴卡问道。“去打熊。你拿点儿吃的来，别再抱怨!”从堆在角落里的一堆皮带中间,他择出两副马鞍:“去,把皮耶特卢克叫来,让他给卡里和栗色马备好鞍。”满脸雀斑的皮耶特卢克来了,他还用手指穿过裤子上的窟窿使劲挠着,这时罗穆阿德跟着他,是要看看皮耶特卢克是不是把马肚带勒紧了。他轻轻跳上卡里,马刺轮叮当作响。他轻松地牵着另一匹马。沿着林中一条铺满碎石的道路,顺着山谷向山上走去。一只松鸡尖叫着惊飞起来,竟然落到了马脖子上,然后看着它落在了什么地方。

罗穆阿德的手指上戴着一枚徽章戒指,但不是金的,而是个铁的。用家里的布料缝制的夹克外套被染成深色。历代拉吉维乌大公在很早以前,从十六世纪就开始骚扰伊萨谷的定居者,布考夫斯基家族乘着带篷的大车来到这里,他们把车篷固定在马鞍上,就这样穿过密林、浅滩和无路可走的地带,从波兰王国来到这里的原始森林。他们的运气各不相同。其中很多男人战死在与瑞典人、土耳其人和俄罗斯人的战场上——那些离他们定居地或近或远的战场。家族的一些支脉变得贫困,其中一些人成了工匠或者农民。但是罗穆阿德保留了传统。他的父亲掌管着一处家族的农庄,离温嘉戈瓦较近,后来出现了分裂,出售、收购,最后搬到这里。谈不上什么资产,决定谁是谁的,并不是钱。

小树林后边的道路逐渐下降,经过用细树枝绑扎在一起的粗树干乱七八糟隔开的一块块庭院,一直通向草地。水井上的辘轳,农舍的屋顶,每经过一栋房屋,双方都会用手碰碰帽子,以此相互致意。巫师马修利斯靠墙坐着,嘴里吸着烟袋。他们彼此不太亲善。他家的地跟罗穆阿德差不多,但这算什么邻居:是个农民,而且是立陶宛人。他眯缝着双眼目送骑手离去,深吸一口烟,然后咳了几声,吐了一口痰。

一个美妙的夜晚。天还比较亮,地平线上棱角清晰的黑色块勾勒出杉树林的轮廓,一抹粉色刚刚从黑色块后边浮现,片刻间已是明月高悬,远处传来牧羊人吹奏的声音,那是白桦树皮裹着木管发出的。他纵马奔驰。地面起伏不平,他什么也不想,只是感受着风驰电掣带来的愉悦,还有双脚感受到马匹的温度和矫健所带来的愉悦。平坦的牧场和田畴显现出来,边缘是公园里的山丘,而在山丘后边,在空气中,在蓝色的雾霭里,在另一边,河的对岸,连绵的山丘若隐若现。

在公园的边缘,在一张长满灰色胡须般苔藓的长椅上,海伦娜·尤赫涅维奇注视着光芒逐渐增强的月亮。她出来是为了休息一下,呼吸一下夏日夜晚的新鲜空气,千万别以为她是为了跟罗穆阿德先生去骑马兜风,因为那样的话她会提前换上裤子,不是吗?不,她根本不记得有这件事,她是开玩笑的,说了见面,但驱动她迈开脚步的绝不是什么罪恶欲望。当罗穆阿德把马拴在路边低处的大树上,然后向长椅走来的时候,她惊讶地叫了声"呀"。他举止文雅地向她致意,弯下腰,吻了她的指尖。他们谈到美好的夜晚,谈到农庄,他讲了几个笑话,姑娘笑意盈盈。当他建议去兜兜风时,姑娘一再推辞,因为她已经不习惯骑马了,而且装着也不适合。但最终她还是同意了,把一只脚蹬在马镫里,仿佛天生就是一个骑手。"我们去哪儿?"她问道。"我们试着去那儿吧。"他指了指前方。"好吗?"

道路尘土飞扬，从吉涅沿着伊萨河通往梯田越来越陡峭的地方。两边先是翻开的土地和草地，然后就穿行在河岸上生长的高大柳树之间，直到经过第一个、第二个村庄，村中的房前屋后晾晒着成捆的长长芦苇秆，然后道路分岔：一条通往河对岸，要先经过一个浅滩，而那些继续直行的旅客，则要爬上维拉依尼亚山。湍急的河流掏挖、冲刷着河底的卵石，卵石中间长着一丛丛灰柳。渡过浅滩是轻而易举的事，水面还没不了车轴，但秋天和雨季则比较危险——那时候，马匹打着响鼻，胆战心惊地向前迈进，但只能靠它们的智慧，因为无法检查前边的路是怎样的。维拉依尼亚山上怪石嶙峋，一丛丛刺柏像黑色的人影，陡峭的山体向河面倾斜，而河水则在山脚下掏挖出一片平坦的河谷。从山顶眺望，一片动人的景色在眼前铺展，一条蓝色的丝带在山脚环绕，中间点缀着一个个小岛，而山峰狂野、空旷，名声却不好。

四周一片寂静，经过的农舍里飘来晚上挤牛奶的气息，有时还能看到牛奶挤进桶里的景象，听到女主人不耐烦地喊了声“嗨，玛尔加”，是母牛的尾巴扫到了女主人的脸。他们在昏暗中前行，农舍里射出的光不时洒到他们身上，篱笆后面偶尔传来狗叫声。河滩波光粼粼，浪花翻滚。当马蹄踏在维拉依尼亚山上被雨水反复冲刷的石头上，海伦娜拉紧了栗色马的缰绳。

“有点儿吓人。”

他笑了。“有啥可怕的？”

“上帝呀，千万别说出那个名字。”

“我有对付它的办法。”

“什么办法?”

“礼貌地对他说,请他来陪我们一起。这样他就什么也不会做了。”

“圣母马利亚,怎么能这样!我要回去了。”

“别,我开玩笑呢。”

他们向上攀登,山坡上的黑暗更加浓重,微风在草丛中回旋。他们停在悬崖边。河水在脚下闪着苍白的光。一只鸟儿发出“啾啾”的哀鸣,从下边某个地方飞过。

他们站在那里,一动不动,海伦娜叹了口气。是因为需要这样,需要选择适合眼下情境的表情和姿态,还是因为希望事情有时候有所不同而叹息?

银河在这个国家被称为“鸟路”,它正把自己光芒四射的标记铺展在天空。

## 三三

一尊黑色的塑像一动不动,垂直地立在马背上——托马什见到的罗穆阿德先生就是这个形象,头上戴着带帽檐的藏青色小帽,马鞍旁边挂着一根马鞭,沿着林荫道直接来到门廊前。他跟他很快就熟络了。在餐厅的餐桌旁,海伦娜姨妈把果酱往前推了推,外公则打听了收成。然而托马什知道,从年纪较大的几个女人的举止上可以发现一些难以察觉的信号,大家跟他还保持着某种距离。罗穆阿德先生可以来,但不属于这个圈子。这无关紧要,这个形象有着巨大的魅力。这次拜访和关于动物的谈话,预示着一些新的奇迹。

首先是博尔库内本身。托马什从没去过那里,尽管只有三俄里半的距离。现在他和姨妈一起去了那里,因为姨妈正好要去巫师那儿给养的羊取些药品,另外还诞生了一个想法,就是去拜访布考夫斯基先生。在农舍后边的十字路口不要向右拐,那是去波吉里的方向,也不要稍微向右直行往巴尔塔扎尔那里走,而是向左,逐渐靠近森林的边缘。穿过第一片大树,眼前就展开了另一个世界:从山丘往山谷里,这儿一片密松林,那儿一片长满苔藓和灌木的沼泽,中间一道有车辙的小路在一丛一丛的植物中间蜿蜒延伸。罗穆阿德先生的房屋和庭院突然显现出来,在下边一片杉树林后边——一座小小的宅院,带木头立柱的门廊,周围长满了黑色接骨木。宅院后边隐藏着一片果园和赤杨林,再远处,一片年轻的树林层层叠叠,伸展到松树主干的高度。屋子里有一股皮革的味道,角落有一堆皮带、马鞍、马项圈,而在这堆东西里,在墙壁上,则有很多非常不寻常的物件——小号、哨子、口袋、子弹带。托马什询问了每一样东西的用处,然后把一柄猎枪拿到手里,罗穆阿德把枪拿过来,将猎枪掰开,确定枪膛没有上子弹,但是他不让托马什扣动扳机,说不能那样做——如果没有子弹的时候扣动扳机,可能会把枪弄坏。这支猎枪是16号的,中等口径,12号枪管上带大孔的猎枪有时表现更好,特别是打大型动物时,而20号,口径最小的,只用于打小鸟。这把枪是罗穆阿德先生从他父亲那里得来的,很古老,打得不错。整个枪管上覆盖着银色蛇形纹饰——这种枪被称为大马士革钢枪。

桌子上铺着桌布，年轻的姑娘柔顺地低着头忙来忙去。托马什目不转睛地盯着她，就像人们说的，一刻也不能把目光移开，可能是因为颜色的原因：雪白的双颊上渐渐泛起的淡雅红晕，卷起的暗金色发辫，偶尔瞥他一眼时眼眸里闪烁的暗蓝色神秘光辉。他觉得，那目光里包含着倾慕，但当他们离开时偶然听到，姑娘对罗穆阿德先生说“szutas”时——那是在说他——他又立刻满面愁云，羞愧万分，因为立陶宛语里这个词跟用手指指着脑门的含义差不多。这件事让他们的拜访带来的愉悦烟消云散，但自此开始，总有东西牵扯他去博尔库内，就仿佛要故意反抗什么，或者是纠正什么。

罗穆阿德先生和他们一起坐到马车上。他保证说很近很近，而他的母亲将非常高兴。博尔库内由三个没有单独名称的农场组成；土地是这样划分的：马修利斯的边界夹在罗穆阿德先生和老布考夫斯卡的农场之间。而那座位于小山上的房子，从门廊里就可以看到沼泽地底部有一个小湖。卡塔日娜·布考夫斯卡女士的确非常热情好客。但是她的脸！覆满长着一簇簇毛发的疣，灰黄色的眉毛竖着，托马什的猫头鹰比她还要漂亮些。还有嗓音：男声。他很快注意到，她的外表与统治方式非常搭配。家里的生意是她儿子狄奥尼奇管的，他还没有结婚，但也不小了。他对母亲俯首帖耳，不敢有丝毫反抗。他没给托马什留下什么特殊印象，除了脚上的靴子：那双靴子不是到膝盖，而是高过膝盖，柔软的鞋帮用皮绳挂在大腿上，形成一个酒杯的形状。第三个儿子叫维克托，是个半大小伙子，眼睛向外鼓着，脸的轮廓很难看,说话结结巴巴,当他要说什么的时候,总会吞掉一部分单词,说出的只是掺杂着喉音的元音,那些喉音似乎可以表示任何一个字母,例如:“我们已经收了稻草(Siano my już zebralim)”,在他那里就被说成了“嘎咕,吉咕,或嘎吉姆(gago gygu gegagim)”。

自然又是一桌饭菜和劝酒,还有一大瓶蜂蜜酒:“先生们都可以喝了,已经不是孩子了。”“我来敬你们。”然后是觥筹交错,玻璃杯碰撞的声音。托马什抿了一小口,泪就流了下来,酒像火一样燃烧,布考夫斯卡却一饮而尽(如他后来确信的那样,她时常看着细口瓶——仿佛在柜子里找什么东西,然后咕咚一口喝下去,接着面颊绯红地关上柜门)。狄奥尼奇一杯接一杯地添酒,海伦娜姨妈也没有停杯——虽然她没有像其他人那样喝,而是眯上眼睛,不情愿地喝掉杯中物,仿佛那只是水一样。谈话声越来越高,各种他还不太明白的玩笑,都是成年人的一些蠢话,他感觉无聊。大家开始唱歌,布考夫斯卡突然起身跑到墙边,墙上的壁毯上有一个木楔子,她从上边取下一把吉他。然后走到房间中央,踏着节拍,用低沉的嗓音唱起来:

我的阿尼亚,可爱的阿尼亚,
妈妈为什么要把你打,
是因为糖,是因为咖啡,
是因为脸面,还是因为荣誉?
不是因为糖,不是因为咖啡,
不是因为脸面,不是因为荣誉,

妈妈打我是为了，
不要喜欢上男孩子。

看到大家反响热烈，她很开心，又坐下来拨弄琴弦，目光闪烁，忧伤地唱起关于乌尔采尔的歌。这首歌托马什在安东尼娜那里听到过，感觉很奇怪。难道一个人爱恋四十年，还能“像浆果般年轻”？因为歌词是这样的：

乌尔采尔、乌尔采尔，你是生活的暴君，
你冷漠无情，对我的叹息无动于衷，
我爱你四十多年，
这就是证明，这就是证明，
书信已堆满我的书桌。
娶我吧，娶我吧，魔鬼将你缚住
而我像浆果般年轻，
像王子般将我带走。

的确，在布考夫斯卡身上这浪漫情调看起来很好笑，而更可笑的是在她唱起“给我套上四匹马，我必须得去见她”，然后反复重复“必须、必须、必须、必须”的时候。不管怎么说，他倒是宁愿他们就这么玩耍下去，而不是继续添酒添菜。他同意忍受这一切，因为他明白，需要耐心，他们从来不会专注于一件事情。他的好奇心已经点燃，狄奥尼奇讲述着不远处的一个狼窝，说夜晚时分他在沼泽边看到了一只老狼，所以小狼肯定也藏身附近，但是当他细问的时候,立刻就淹没在方言、笑声和盘子的叮当声里了。然而在博尔库内还是有很多东西有待发现。况且在这里他并不特别感到拘束,就像有时候他们去一些庄园做客时那样。在桌边的举止不需要一直保持板正,他们的黑指甲缝和因为在田里劳作而变得粗糙的手掌,还有他们对姨妈和对他的关注,给他增添了勇气。

罗穆阿德先生的博尔库内因为这两点而比较有趣:在他母亲那里,人们关心的主要是收成怎么样,该种些什么,为什么现在种亚麻,而在他那里,主要则是马匹、狗和猎枪。托马什想尽快再去那里,与此同时,他也被那段回忆所刺痛,因为他真的只是用目光表达了他多么喜欢她——如果喜欢某个人,是不是总是应该假装不喜欢呢?

他们回来时已是夜晚,姨妈用缰绳赶着马,她很开心,尽管并没有表现出自己喝了很多酒。在这暮色中,不同于吉涅,道路两旁一片生机,各种声响从灌木丛和湿草地中传出来。呱呱声、嘎嘎声,是青蛙或者野鸭子,也许是其他鸟类。欧夜鹰拍打着翅膀斜着从他们面前飞过。面对这黑暗中沸腾的生机,面对各种生物仍然隐秘的,召唤人们去认识、去探索的习性,托马什的内心充满虔敬的赞叹之情。人们到处开垦田地真是愚蠢。当他们进入田野中间时,所有的自然之美立刻消失殆尽。如果他能决定,他会禁止耕地,让到处都长出森林,让野兽在林中嬉戏。这样胡乱想着,他决定,等自己长大后要建立这么一个国家,那里完全由森林覆盖,不放人进入,也许只有少数人可以放进去。比如谁?比如罗穆阿德先生。

## 三 四

托马什获准在博尔库内多待几天，他在那里非常喜欢做的事，可能会让人感到奇怪。有些生物让人一看就恐惧或厌恶，这是它们自我保护的方式，不一定真的会有明显的危险，而只是从前的约定俗成或者旧仪式残留的痕迹延续下来罢了。公开反对这个无须多言的领域，可能是明智的，但也许并不全是，如果是的话，那条件是不要给自己带来未知的复仇。然而托马什战胜了自己内心的恐惧，因为他把自己看成是消灭邪恶的骑士。

我们说的是爬行动物。在博尔库内它们的数量多到令人难以置信，它们爬过门廊，溜进屋子，罗穆阿德先生甚至在自己床底下找到过一条。它们有两个老巢。在小白桦林中，一条通向小溪的小路旁，树木茂盛，地面铺着一层枯叶——它们就藏身在这枯叶层里，别人别想找到它们。小路对它们来说就像晒太阳的阳台，从那里可以出发去田野里捕猎老鼠。它们的第二座城市建立在满是苔藓和灌木的沼泽地，在低矮的小松树下边一丛丛蕨类植物中间。要想到达那里，得穿上罗穆阿德的长靴子，然后进入敌对的王国，在穿过几乎有人脸那么高的灌木丛时，心脏不由得揪紧。

关于极北蝰的书说，这种蛇在咬人时会注入毒液，使人生重病，甚至死亡。治疗咬伤，已知的一种方法是用巫术，或者用烧红的烙铁烧灼伤口，再就是喝酒喝到癫狂状态，同时使用这三种办法效果最佳。博尔库内出没的是灰色的，后背上有黑色锯齿状条纹的那一类，但是在森林中，除了这一种外，还有其他较小一些的，身体呈棕色，带深棕色而非黑色的锯齿状条纹。罗穆阿德先生跟他说，毒蛇不像其他蛇那样下蛋，而是把自己挂在树枝上，直接从肚子里生小蛇，当小蛇从它肚子里生出来后，它的头就在那儿等着把自己的孩子们吃掉，但那些小蛇天生就很敏捷，立刻就躲到草丛里去了。它们一般不往树上爬，但也发生过，一条蛇咬了一个采核桃的小姑娘的脸。在博尔库内，它们是真正的灾祸，难怪托马什热情洋溢地想做消除邪恶的斗士。

罗穆阿德还告诉他其他关于蛇的事。距离这里大约二十俄里，在森林里有一片面积巨大，常年不冻的沼泽地，没有人能够到达那里，而且也没人有胆量去那里，因为那里有一种特有的蛇。黑色的身子，红色的头，总是主动发起攻击，会跳起来咬人的脸或者手。咬到人就没救了，立刻死掉，甚至来不及说一句“圣母马利亚”——就像被雷击了一样。去那里一定很有意思——能看到那里生活着什么动物。据说那里的麋鹿被追逐时会逃脱。

在炎热的天气，罗穆阿德先生搬到稻草房去睡觉，也不清楚是否真的是因为热，毕竟在林木掩映的房子里，从来不觉得闷热，但他喜欢更多的空气。起初，托马什不习惯在身上爬来爬去弄得很痒的为数众多的黑蝇和小甲虫。然而新鲜稻草的香气让他很快进入梦乡。而清晨，那是怎样的唤醒！先是百鸟和鸣充满了他的梦境，然后越来越强烈，他睁开眼睛，阳光从头顶上屋顶木条的缝隙里铺洒下来，像闪光的巨爪，而木条上边，有一些小爪子在走来走去，还有拍打翅膀的声音，他猜测是谁在上面走动——只是麻雀吗？还是有其他更大一些的，甚至哪怕是森林里的鸽子。他起了床，和罗穆阿德一起去井边洗漱。等在他面前的是愉悦，是森林里漫长的一天。他们吃了全麦面包，喝了奶，托马什穿上鞋（考虑到安全，还是穿上好些），拿了自己的榛木棍——用于狩猎。

难就难在要悄悄接近，让受惊的它们不要飞速逃进桦树林里。他经常从远处看到几条伸展着身体晒太阳的蛇。他冲上去瞄准脑袋用棍子打。这时它们会跳开、扭曲，想法子爬进救命的灌木丛，但是他已经截断它的退路。他有另一根棍子，顶端是分叉的，分叉的地方插着一根小树枝，他用这根棍子压住蛇的头，然后把小树杈抽出来。他就这样把它带回家，而它颤抖着、扭曲着——它们躯体里的生命特别顽强。他们把蛇和那根棍子一起挂起来晾晒——晾干的蛇能治奶牛的病，在河流沿岸生活的人经常寻求这种药物，他们那儿没有这种蛇。

在沼泽地里捕猎需要更小心——蛇总是待在树丛上或者蓝莓浆果之间——还有就是苔藓松软，缓冲了木棍的敲击，所以用分叉的木棍去追赶摆来摆去的蛇颈需要手法精巧熟练。当他已经扛着猎枪走动时（不是这一年，是下一年夏天），他碰到了一条毒蛇在自己面前差不多八步的地方，缠在灌木丛上。

他朝它开了一枪，然后就发生了奇异的事情，它消失得无影无踪，仿佛融化在了空气之中，而在这样的距离上，枪弹是非常密集的。

总体来说，与它们的斗争没能证明，托马什摆脱了关于它们的迷信传说,或者说摆脱了在这种突然出现而根本无法预料的能量面前的可怕颤抖。这一小截“绳索”里渗透的力量,令人作呕的用腹部滑行,瞳孔的竖缝——这是所有生灵中怎样一个异类?! 如果说鸟儿在它们靠近时会吓得身体不听使唤,那很容易理解,因为毒蛇的力量是在其身体之外,仿佛它本身仅是一个附属物或者一个工具罢了。

春天,托马什必定能在博尔库内附近的森林中看到罕见的奇观:毒蛇求偶。就发生在道路中间。他停下来,不是为了关注眼前的什么东西。没有,只不过是振动,仿佛是在放电。在地面上的闪电之舞。他刚刚意识到那是两条蛇,它们就已经消失无踪了。

在与罗穆阿德先生建立友谊的第一个夏天,他不仅尝试了这种狩猎活动。在他的指导下,托马什还有幸学会了开枪射击。先是往稻草房的墙上射,以适应射击时的后坐力。接下来是射击活目标。他们听到了松鸦的叫声,一根手指放在嘴唇上,悄悄走近。那是只年轻愚蠢的松鸦,没有躲在隐秘的地方叫唤,而是站在一根突出的树枝上。开枪——然后托马什大叫一声,跑过去捡它。虽然在他抓起它的双脚,展开它的翅膀,看到鸟嘴里滴出一滴鲜血时,他觉得有些伤心,但他不想承认这一点。如果他想获得研究者和猎人的称号,就应该勇敢,应该消灭内心的多愁善感。

他被批准从事专业活动,在罗穆阿德制作弹药时,他用金属量具测量弹丸,用浸泡了橄榄油的丝绵清洁步枪的枪管,直到对着光往两根长长的枪管里看时,能看到枪管内侧光滑如镜。他还学会了去鸟皮。隼经常会攻击母鸡，这时就会传来巴尔巴卡的尖叫声："鸟！鸟！"（她管所有猛禽都叫"鸟"）然后一只被打死了，因为没有飞走，而另一只被人从母鸡身边驱离的隼，从赤杨树顶上观察着院里的动静。托马什拿那只死鸟练手。他剖开它胸前和肚子上的皮肤，向两边撕开，用小刀一点一点切断皮肤与肌肉连接的部分，这很容易，难的是在尾巴上——为了不割断羽毛，还有腿部——爪子应该和皮一起剥下来，弄好这个地方后，剩下的就像脱丝袜一样了，但是要从脑袋里把脑子和眼睛挖出来——这是比较难的手术，小刀操作不熟练，就会撕裂纤薄的眼皮。填充了草木灰和麻絮的鸟皮慢慢晾干。可以把它制成一只站立的鸟，但这需要一根铁丝和代替眼睛的玻璃珠。

为了采蘑菇，托马什来博尔库内小住几日，他第一次在别人对动物耍阴谋时当帮手。晴朗的早晨，淡蓝色的天空，草地上既不是冰冷的露水，也不再是霜。在房子旁边的杉树林里，在苔藓中间有那么多松菌，足够摘一篮子。罗穆阿德先生把篮子挎在肩上，一只手握着猎枪的皮带，在上衣兜里的小绳上拴着一个骨哨，他说，可能会派上用场。骨哨是用猫头鹰的翅膀做的，也可以用野兔骨头做，但声音没那么纯净。这个骨哨可以模仿榛鸡的叫声，因为用其他办法根本发现不了它们，一旦有危险，它们就飞到树干上，身体跟树皮完全融为一体，无法区分。约定的信号发出时，正把小刀刺进蘑菇的托马什立刻一动不动，在松针坠落的寂静中，颤抖的哨声响起。他们慢慢挪入密林深处，进入昏暗的地方。罗穆阿德先生把哨子放到嘴里，轻轻吹响，手指在哨子上的小孔上移动。一片寂静。托马什心脏狂跳,几乎担心心跳声会不会被听到。突然,一只松鸡回应了,然后再一次,更近了。拍打翅膀的声音,就在他们前面,在云杉的树枝上,他看到一个棕红色的身影,扭头四处看着,它在寻找同伴。手臂的动作如此之快,以至于枪声的回响几乎同时发生,当硝烟散尽(罗穆阿德使用了发烟火药而不是无烟火药),松鸡一动不动地倒在树下,只是勉强能跟周围的松针区别开来。

罗穆阿德有资格获准进入那个寻常人不得进入的王国。因为他关注动物的存在,脸上的肌肉跳动,全身变得机警,除此之外,世界上的一切都与他毫不相干。他家的女主人巴尔巴卡则不同——可惜她属于成人世界,她如此美丽,看起来几乎还像个孩子。一些人在生活中对最重要的事漠不关心,这真叫他难过——真不知道,那些人用什么来充实自己的生活。可能很无聊。诚然,巴尔巴卡花很多时间来照看她的花园——她在那儿种了无比娇艳的花朵,整畦的水桂花,高大的锦葵和芸香,她知道如何让芸香整个冬天都保持绿色——去教堂时她把它插在头发里,像少女一样。但是她一闪一闪的眼神,里面有好奇,似乎在估算某种隐藏的想法——这就比较陌生,而且很成人化了。托马什早就原谅了她的伤害,从那时起,就假装不太在意她,但是他对她的大大咧咧感到恼火,例如,她把清理猎枪看作是小孩子的把戏。假如他能从她嘴里得到些称赞、尊敬之词,哪怕一次,他都会觉得欣慰……但从未有过。对他猎蛇之旅带回来的战利品,她表现出了厌恶之情,只说了声“呀!”然后嘴角带着某种笑意,仿佛这件事里包含着某种不合规矩的内容。

# 三五

罗穆阿德有四条狗：三只气味追踪犬和一只指示犬。黑色背毛、浅色肚皮的扎戈拉伊长着黄色的眉毛，叫声低沉。它正当成熟年龄，以执着和耐力著称，这种执着弥补了它只有中下水平的嗅觉。如果跟丢了踪迹，它不会到处乱跑，而是按照合理的计划绕圈。“男高音”杜那伊看起来样子差不多，只是瘦一点，它没有获得足够的尊重，因为它太过富于想象。一次获得最高赞誉，另一次则可能一事无成，一切都取决于它的情绪，有时候只是袖手旁观，仿佛在说：“我唱歌可以，让它们去找吧，我今天头疼。”黄色的母狗鲁特尼亚有着永远不会让人失望的嗅觉和热情，身上有各种美德，它是一只科斯特罗马猎犬。它纯金色的眼睛里散发的热情，不时发出紫色和蓝色的光彩，漂亮的爪子充满爱意地搭在罗穆阿德先生胸前，试图去舔他的脸。夏天里，这三条狗用链子拴着，百无聊赖，因为放出去的话它们会自己去狩猎，互相比着追逐猎物。秋天小路上的蛛网预示着解放，然而对于指示犬卡罗来说，这时是趴在炉子下面思考的时间，它把嘴巴放在尾巴下边，呼吸着自己的气味。

在那个星期日之前的整整一周，托马什数着日子过，星期六，他和姨妈一起去了，姨妈当天就回去了，而他留在了博尔库内过夜。他激动得辗转反侧，踢开了床单，稻草刺痛了他，但是盖在身上的羊皮袄让他很暖和，终于入睡了。天还黑着，但略微泛了点灰色,他被敲玻璃的声音弄醒。狄奥尼奇和维克托把脸贴在玻璃上。他们走进来,打着哈欠,巴尔巴卡睡眼惺忪,头发披散在背上,她拿进来一盏带玻璃灯罩的煤油灯,在厨房里生了火,煎了一些土豆饼。外面雾蒙蒙的,只能看到门廊前的树枝上滴下来的大水滴。

早餐时,兄弟们每人喝了一口。维克托要求着什么:“Bagagga, pogag gogano”,意思是“巴尔巴卡,露出膝盖”,这是一种能带来好运的习俗,但她却指了指无花果。狗儿开心地狂叫,他们用皮带牵着它们,托马什拉着杜那伊,竭尽全力把身体向后弯曲,以免它奔跑起来。他们沿着小路下到小河边,穿过一座小桥,进入政府的林地。罗穆阿德与森林管理员关系很好,管理员准许他半正式地进去打猎。

四周一片寂静,雾气散去,各种各样湿漉漉的青草和小路上锈色的树叶一一显露出来。罗穆阿德先生把号角放在嘴里,鼓起双颊用力吹着,直到眼睛都充满了血丝,号角的回声传得很远。托马什也试着吹过,号角发出了声音,但他从来没有吹出过曲调。

秋天的气息:无法形容,它们来自何方,是由什么混合而成,腐烂的树叶和松针,白色菌丝散发的湿气,在暗处,在潮湿的树枝下边是脱落的树皮。从他们站的地方开始,四面八方都是好地方。林间空地被一排松树分割开来,高大浓密的松林边上是一条伐木后辟出的道路,从那里开始另一条路斜着通向森林深处,很平整,像一条大道,只是长满了青苔,中间一条动物走出的小道。动物都有自己的习性。胆小的动物会划出自己的活动范围,在试图摆脱猎杀者时,它们总会跑上每天自己常走的路。从猎狗的声音里可以辨别方向,需要猜测它们是从哪儿钻过去的,并且及时赶到那里。动物的注意力都集中在猎狗身上,并不会想到面前的危险,所以会直接向人冲来。

托马什没有带猎枪,他是作为一个初级实习者参与其中的。他要做的是跟紧罗穆阿德。他放开了狂吠的狗,它们立刻钻进了灌木丛。扎戈拉伊跳了出来,鼻子闻着了什么,从他们身边经过,带着疑问四处张望。"你,狄奥尼奇,去林边大路那儿,"罗穆阿德说,"而你,维克托,去红草地。我和托马什在这里。"

他们两个走远了,但背上的枪管不时从树后露出来。"你看,鲁特尼亚启动了。"罗穆阿德说道。

啄木鸟在某处敲击着,有什么东西在抓挠树皮发出沙沙声。突然,在很远的地方,听到了狗的叫声,很细:"啊咿,啊咿"。"我说了吧?是鲁特尼亚。"然后又无声无息了。然后又是"啊咿,啊咿"的叫声。"它在搜捕,足迹不太清楚,它得花点儿功夫。"这时,托马什平生第一次听到了追踪犬的叫声。"汪、汪、汪、汪",叫声很整齐,然后加入了第二个声音。"是杜那伊!"罗穆阿德喊了一声,然后把猎枪从背上摘了下来。扎戈拉伊低沉的叫声连续传来。狗的喉咙里竟能传出这样的音乐,托马什对此感到万分惊讶。那声音在森林深处回荡,是被距离压抑的真正合唱。"兔子开始跑了。但它不会从这儿出来。托马什,跟我跑。"于是托马什跟着罗穆阿德跑起来,开始还很轻松,后来就喘不上气了,只能勉强跟着。他们从林边大路拐到边上的榛树林里,走到一道谷地,然后沿着河谷的底部向前走,再爬上一道土梁。“这里。”罗穆阿德指着一株低矮的云杉,那是托马什要待的地方,而他自己则紧张地伸着脖子,手里端着上了膛的猎枪一动不动,在路中间等待着。满地的松针使土梁变成了棕红色,它平缓地降低高度,一直伸展到绿油油的河谷,河谷清晰可见,对面又是墙壁般的森林,中间一道灰黄色的带子。猎狗的叫声在他们左侧,期待、坚持、野性,然后是沉寂。“啊咿,啊咿”,鲁特尼亚的叫声让人失望,它又在搜捕。

不会有……来了!托马什看到,在草地的背景下,它个头很大,几乎是红色,突然就出现在河谷里,直接向他们跑来。他大张着嘴,有一瞬间很开心,他不用开枪射击,而是等它逐渐靠近,越来越大的时候,兴奋感已经超越了他的控制力,就在此时,当他还大张着嘴巴时,射击声吓了他一大跳。野兔被凌空抛起,在空中打了个滚落下,然后就只剩下几条小腿乱蹬了。托马什第一个跑过去。罗穆阿德把枪重新背在肩上,微笑着慢慢走过来。

不,最先抵达的是猎狗。杜那伊已经在撕咬了,抬头看托马什时嘴里全是毛。罗穆阿德拔出刀子,割下兔子腿扔给了几条狗,然后抚摸着鲁特尼亚,作为对它出色工作的奖赏。他点上一支烟。“那个杜那伊如果在人没来之前就找到受伤的兔子,它能吃掉半只。”他说道。

托马什想知道,罗穆阿德怎么知道应该站到哪里。对方笑了笑。“应该知道。如果它们跑到那边去了,”他指了指榛树林,“而它从那边绕过来,”他又往左边指了指,“那它就必须往这里跑。它要回它住的地方。”

他吹起了号角,为了召回狄奥尼奇和维克托。他们坐到树桩上。苍白的阳光穿过薄雾洒下来。托马什问,现在这里能遇到什么野兽? 狍子。有时候能遇到狐狸,但是很罕见,它们太狡猾了。

当那两个拨开冷杉湿漉漉的枝杈,终于从灌木丛里现身的时候,他们开了个小会,然后沿着土梁继续走,在用石头加固的干燥路肩之间,那些石头仿佛形成了宽大的台阶。他们安静地走着,不时交谈几句——猎狗们突然号叫起来,夹杂着愤怒的呻吟:"啊咿,啊咿",他们抓起了枪。"它们大概在追什么!"狄奥尼奇尖叫道,而托马什看到山坡上一个兔子尾巴,紧跟其后的是鲁特尼亚、杜那伊和扎戈拉伊拉长的身影。"它跑了!"罗穆阿德断言。"现在没什么可急的。"他讲了一个猎人的故事,那些猎人在猎狗已经离得很远了,只能勉强听到它们声音的时候,坐下来在树下打牌,而兔子从他们摊开的牌上面跳了过去。这个故事让托马什很恼怒,因为这是人们对一些重要任务持亵渎态度的典型例证。虽然不完全肯定,但一些疑虑悄悄告诉他,对于有些人来说狩猎并不比喝酒、玩牌意义更大,不过是一种娱乐罢了。

愤怒的号叫变成了持续的追逐,那只兔子已跑远了。他们并不着急,分开站到不同的位置。他们的存在让松鸦感到不安,不断地叫着。托马什紧张地看着面前小路的尽头,但传来两声枪响,枪声在树木的沙沙声中回荡。"是狄奥尼奇。"托马什猜测,因为维克托无法用自己的单管猎枪连续射击两次。

看起来像是从树干后边传出来的,整个景象就像是在玻璃片里被缩小了:狄奥尼奇,他脚下的野兔,还有狗。在罗穆阿德的严厉追问下，他承认，自己第一枪打空了，然后才修正了它。罗穆阿德拿起外边裹着毡子的扁平酒壶喝了几口，当他嬉笑着把酒递给托马什时，托马什拒绝了，他想知道，这种液体是否与伟大的罗穆阿德的尊严相符。

“嘿，托马什，你的鞋子根本不管用。”确实，他穿着去教堂的鞋子，不适合蹚露水。现在，他几乎已经算个内行了，应该穿长筒靴，如果可能的话，应该带有能在膝盖以下系住的皮带，如果无法梦想一双像狄奥尼奇那种高过膝盖的靴子的话。能够被这样的请求打动的是外公，因为外婆和姨妈肯定会出于类似的节俭而对他的请求持敌视态度。

## 三六

外公看过纳尔布特[1]的《古代立陶宛史》，在托马什开始翻看装有旧书的橱柜之前，他没有检查过藏书的内容。在外公的建议下，托马什将这些书带到了约瑟夫·恰尔内那里，之后，这些书又到了孟凯维奇神父手中。当然，他们每个人都根据自己的兴趣，在这些书中找到了不同之处。教区神父愤怒地清了清嗓子，在椅子上坐立不安，因为他读到，在这个国度曾经有为数众多的女神和男神受到崇拜，而且可以辨别出一些熟悉的、根深

① 纳尔布特（Teodor Mateusz Ostyk-Narbutt，1784-1864），波兰历史学家，主要研究立陶宛历史，军事工程师。

蒂固的迷信，他一直为破除这些迷信而工作。尚不清楚，这样的阅读对灵魂是否健康。例如，合上书，摘下眼镜，开始做其他工作时，脑海里是否会完全出乎意料地跳出一个拉古提斯[①]的图像，就像从林中沙地里挖出来的那样。一个肥胖的酗酒和放荡之神，是用一块橡木雕刻而成的，调皮地微笑着，他穿着木鞋的脚非常大，站着不需要任何支撑，刻画得非常精细，一副不老实本分的样子被精心刻画出来，以自然的姿态呈现。不可能不去想他。

至于约瑟夫，有些章节仿佛专门是为他写的，例如，有些章节说到女神列崔，按照作者的说法，与斯堪的纳维亚人保卫自由的女神弗雷相似。在数个世纪之后，这个祖国恢复了独立，但在莱伊奇斯被贵族们钉死或是吊死之后，哪怕是最小的火药屑也未能幸存。找遍天涯海角，除了写有公元一四八三年王室特权的羊皮纸残片上的名字外，没人能在他身后发现任何踪迹。通过那项特权，贵族雷恩韦德获得了土地“作为奖赏，表彰其镇在那些要求获得法律保障之外更多自由的农民的叛乱，奖励他捕获名为莱伊奇斯的叛军首领，后者藐视国王陛下的尊贵和威严，竟然在国王面前举起一只猫，作为异教自由守护神列崔的象征”。

历史学家纳尔布特像那个雷恩韦德或者苏尔孔特一样是个小贵族。一八〇五年，他把自己的手表给了一个在市场上向他重复了古代女神控诉歌词的人，这些词句激发了他作为收藏家的好奇心。“小小的列崔，”歌中唱到，“珍贵的自由！你藏身于

① 立陶宛神话中的鹿神。

天上,哪里能将你找寻？是否只有死亡将我们拥抱？请你看呀,无论何方都充满不幸——请你向东看,请你向西看,到处是贫穷、暴力和压迫。辛劳的汗水和伤口的鲜血泼洒在辽阔的大地。小小的列崔,亲爱的自由女神,请从天上降下,展现你的慈悲。”

当然,这是约瑟夫想看的。就这样,每个人都往自己的方向去拉扯,人们在神父家里,钟表嘀嗒作响,透过窗子可以将大丽花尽收眼底。这些花是玛格达莱娜从前在那座美丽花园里种下的,现在须好好修整一番了。

一个秋天的下午,约瑟夫不太想追忆过去,因为镇上一个令人不快的消息传到他的耳朵里,他正在慢慢解开他的悲痛,而教区神父双手放在肚子上,闭上了双眼。事实上,这些悲痛存在于他们日常的谈话中,但现在产生了一个明显的疑问,该怎样做,而这个消息也涉及地主们。

约瑟夫列举了苏尔孔特的耕地、草地和牧场,并向神父讲了他所了解到的东西。这个看似所有人中最好的一个,也要阴谋手段,那些做法只能让人耸耸肩罢了。

“他为什么要这么做?”约瑟夫问道。“难道要把钱财带到坟墓里去？如果人们到处都这样帮助自己人,那谁将获得土地?他们没有看到他们的好日子已经到头了吗?”

在拉脱维亚,他们只剩下四十公顷土地,这还是比较好的。这位教区神父喃喃地说,问题不在于公顷数,而在于这个民族被破坏了,在于官员们向每个有钱人低头哈腰。根据约瑟夫的说法,从谁那儿剥夺什么的决定权应该属于周边的村庄,对此神父认为,那简直是无政府状态。也许是这样,但是能找到什么方式呢？

但是首先必须做点什么。约瑟夫一点儿也不赞赏举报或者哪怕是换其他方式洗礼也于事无补的其他措施。然而有时候确实没有其他出路。这时就得权衡：是因为冷漠而承担罪责，还是履行义务，哪怕是令人不快的义务。应该说明，这可能给另一个人带来什么后果。当然他们不会杀了苏尔孔特，也不会把他投入监狱，或是没收他的财产，只是他的土地将会减少。他大致向神父解释了情况，征求他的意见。

神父思考了片刻，抚摸着自己的光头，然后直奔主题。

“苏尔孔特答应过给学校提供建筑材料？”他问。

“答应过，等到上冻就给。”

“如果他给，其他人也给，你还差多少？”

“大概三十英寻①。”

“嗯。”

在这个“嗯”中隐藏了很多内容。一直到这一刻，约瑟夫从来没有过这个念头，但现在已经了然于胸。只要跟苏尔孔特坐下来绕绕圈子，假装没什么打算，只是表明，他知道并且决定不允许在分地时捣鬼。那时那家伙将会准备好做一切来平息事态，那三十英寻也就一次性解决了。

他没有接着问，而是开始讨论政治，即如果选择跟波兰人一道反对“十字军”，或者跟“十字军”一道反对波兰人，大公是否能够拯救国家。这个争论很重要，如果考虑到选择前者可能带

① 长度单位，指成年男子张开双臂的长度，在各国有所差别。

来的后果的话。尽管米哈丽娜[1]·苏尔孔特托娃宁愿去死,也不愿承认自己是立陶宛人。还有苏尔孔特本人,和千百个像他一样的人。几百年前那次事件发生后,不同的圈子就这样分道扬镳了,就像石头扔进了水里。

“托马什的父亲怎么样?”神父问道。

约瑟夫笑了一下,是苦笑。

“没什么可说的。他不会回来。现在,因为他没在他们的部队里服役,在我们这儿可能会被关进监狱。连儿子可能也会带到他们波兰。”

神父叹了口气。

“他们不愿承认是这个小国家的人。对他们来说文化就是大城市。但纳尔布特承认。尽管那时候这个民族是另外一回事。”

“我想,人们都疯了。”

孟凯维奇神父摇着头否定道。

“不,这一切太混乱了。老迪尔比诺娃,那个托马什的奶奶,来自德国。而在普鲁士,有立陶宛姓氏、波兰姓氏,还有德国的一切。但愿这一团糟不会造成什么恶果。”

几个月之后,约瑟夫将那套历史书还给了托马什,而那些谈话提供了怎样的机会,则无疑既没有记录在皮革书脊上,也没有记在坚硬的书页上。放进书柜里的书重新开始吸纳潮湿的空气,忍受那些喜欢潮湿和昏暗生活环境的小虫子在身上徘徊。

---

① 即米霞的全称。

约瑟夫没有拜访苏尔孔特,没有去劝他用自己的沉默来换取给学校的木材,尽管他很长时间确定打算这样做。做出决定并非易事:天平的一边是自己的近期目标——学校,另一边则是自己的原则和庄园里穷人的利益,他们应该在分地时获得土地。原则占了上风。这还丝毫没有预计要采取怎样的措施。第一个措施——向苏尔孔特清楚地说明自己知道一切,而且到城里跟所有应该知道的人说,什么东西是假的,就是假的。那么意味着公开开战。第二个措施——什么也不说,偷偷地做,偷偷地向当局汇报。第三个办法——等待,并且注意,在开始行动之前观察这些阴谋走向何方。约瑟夫更倾向于最后一个办法,因为理智的敌人是匆忙,而不止一件事是因为耐心才最终成功的。

## 三七

托马什有自己的王国。当然,暂时仅存在于纸面上,但他可以安排其中的一切,并且每天按自己的喜好去更改。这个想法来自外公和海伦娜姨妈(她现在经常来)铺在桌子上的长长蜡纸卷。蜡纸上用水性颜料画出了各种多边形和边界——那是属于吉涅这片土地的地图。清晰、均匀绘制的涂层穿透了纸面。

托马什的王国绝对无法进入,四周沼泽环绕,那些沼泽就像红头蛇生活的地方一样。所有的空间都应被森林覆盖,但他考虑了一下,决定在里边放一些明亮的绿草地。道路是没必要的,因为没有哪个原始森林会有道路穿插其间,因此,交通由河流来解决,再用蓝色的运河和湖泊将河流彼此勾连。收到他特别邀请的客人可以去那里,当然,他在沼泽里标出了秘密通道。全部居民——为数不多,都将以狩猎为生,这个国家首先是要方便动物们的生活,例如:野牛、麋鹿、熊等。

秋天的寒意已经到来,他没了桌子,从冬天封起来的那部分房子转移到附属建筑了。在那张桌边有各种各样的谈话和研究计划,重复出现的一个词就是“改革”,他担心喜欢刨根问底的海伦娜会问他。因此,他带着自己的地图和其他工作,在受到威胁时搬到了迪尔比诺娃奶奶房间里的小桌子上。迪尔比诺娃奶奶没有打扰他,因为她生病了,大部分时间都躺在床上。但代价是,他不得不听她发牢骚,说所有人都忘了她,说她在这儿是待在外人家里,将会死在这个窝里,再也看不到自己的儿子。她还咒骂立陶宛人黑心。假如康斯坦丁和泰奥多尔以及整个波兰军队没有跟布尔什维克打仗,他们就会看到立陶宛还能剩下什么。托马什的父亲和叔叔也因此得到回报:甚至不能回家,几天也不行,完全是罪犯。他们的来信得绕好远的路,经过拉脱维亚,要晚很久才能到达。波兰和立陶宛之间连邮路都断了。关于那些信还发生了一系列喜剧事件。托马什观察了奶奶要的一些小把戏,如果很久没有机会去镇上,他会要手段让人骑马去邮局。她假装要死了,只是为了让人去请科恩医生,哪怕是最恶劣的天气。然后她会用颤抖的手指撕开信封,眯着眼睛,脸颊上泛起砖红色。

托马什不能对她太认真,没有理会她的抱怨,有时甚至感觉到某种气愤,因为她一直在说那个康斯坦丁。米霞外婆和姨妈都说他是个“废物”。现在他成了一名职业军官，是骑兵上尉，所以当然不会承认自己只读了三年初中，因为要成为一名军官，至少必须高中毕业。她到处炫耀的样子很可笑。还有她对吉涅的侮辱，抱怨说她受了苏尔孔特一家的摆布；说在这个家里，甚至没人吃过一顿得体的午餐；说在这儿她跟谁也不愿意说话；抱怨安东尼娜成了这里的女主人；甚至抱怨家里种的烟叶，托马什很喜欢把烟叶切成小条，卷成香烟——只有用剪刀将烟卷里探出来的烟丝剪齐，然后放进烟盒，看起来才整齐、漂亮，他做这件事很开心。只有听她讲到，当她妈妈来把她和他接走，一切会是多么美好时，他才会认真地听外婆讲话。

托马什每周几次去村子里约瑟夫那儿上课。写数字时他非常努力，因为他很在意老师的称赞，外婆、奶奶和姨妈对他都没有隐藏敬意，但那不算什么。约瑟夫的双肘放在桌上时，他抬起肩膀，喉结在他青筋暴露的脖子上上下移动，他很沉稳，足以依靠。也许托马什就缺这样一个能跟他说“什么是好，什么是坏，这很清楚，的确如此”的人。

立陶宛官员有时会出现，这时米霞外婆和姨妈就会躲起来，因为不宜过分礼貌地对待他们，她们不想因为奉陪那些“养猪的”（她们总是这么称呼他们）而受到玷污。那些人表面是官员，其实就是农民。通过门缝，托马什看到他们与外公坐在一起。外公甚至假装很外交，自己喝酒，也劝他们喝酒。然后外公跟他们一起去了谷仓那里，帕凯纳斯往他们的马车上装了两袋给马匹的燕麦。

这些访问增加了有关“生意”的讨论，甚至连站在一边，在炉子边摇摇晃晃的米霞外婆也参与其中。为了生意,外公还去了几趟城里。他把钱和文件放在一个布袋里,挂在脖子上,为保险起见,还用别针把布袋别在保暖背心上。然后才穿上衬衫,羊毛外套和背心。在衬衫硬领的两个尖角之间,塞进一个挂在胶皮绳上的领带结。怀表链在背心的两个兜之间挂着。

访问博尔库内的结果是,托马什要么在迪尔比诺娃奶奶的房间,要么在他无法忍受的情况下,在餐厅的灯下制作一个特殊的笔记本,看起来像一本书。他把纸整齐地裁剪成四分之一,把边缘粘在一起,加上一个硬纸板做的封面,封面上写上“鸟类”。往里边翻就知道(实际上谁也没翻过,这部作品的价值在于其神秘性,假如有谁敢去翻,一定会遭他仇恨),那里有标题,加大字号并且画了下划线,标题下面是用较小的字体书写的说明。他努力战胜自己胡写乱画的冲动,费尽力气,吐着舌头,慢慢运笔。他按照自己的字体写,但整体看起来很整洁。

例如让我们看看关于啄木鸟的描写。当然是最让他着迷的,冬天出现在公园里的那种——个头很大,五彩斑斓。只有这个品种,很大,长着红色的头,所以:

斑啄木鸟——Picus leucotos L. 然后下边写着:喜欢居住在老树、病树比较多的阔叶林里,也喜欢老树较多的针叶林。冬季靠近人类居住地。

或者:

黄喉蜂虎——Picus martius L. ,啄木鸟家族中最大的一个。黑色,头上有红色斑点,在针叶林或白桦林中做窝。

托马什在博尔库内见过蜂虎，不是在近处，因为无法靠得太近，只是一瞬间，就像说的那样，在白桦树的树干间，极具穿透力的叫声在林间回荡。

实际上，他并不知道拉丁文字母 L. 或 Linni 是为纪念最初对物种进行分类的瑞典博物学家林奈（Linnaeus），但他很认真地写上 L. 或 Linni，以使他的鸟类书籍与其他系统性描述没有区别。他喜欢拉丁语的名字是因为它们的发音——例如鹀——Emberiza citrinell，或者田鸫——Turdus pilaris，还有松鸦——Garrulus glandarius。其中一些名字的字母数量惊人，他不得不将目光不断从笔记本跳到古老的鸟类学著作的纸页上，以免漏掉一个字母。但是如果重复几次，那听起来也不错——而星鸦的名字念起来简直具有魔力——Nucifraga caryocatactes。

那本笔记本证明了托马什有能力专注于吸引他的东西。付出的努力是值得的，因为以书面形式命名和锁定一只鸟，差不多就意味着永远拥有了它。难以计数的色泽、光影、鸣叫声、拍打翅膀声——翻开纸页，这些都呈现于眼前。他做这些事，以某种方式整理了纷繁复杂的一切。在鸟类中，实际上一切都会令人感到不安：好吧，它们存在，但是除了确认这一点之外，接下来呢？飞翔时，它们的羽毛光泽千变万化，当幼鸟在灌木丛中的鸟巢里张开鹅黄色嘴巴时，爱的暖流就将我们渗透。人们认为鸟只是一个很小的细节，是个会动的装饰品罢了，很少有人注意它们——而与此同时，如果能与大地上另一些相似的奇迹共存，那么人类就应该将自己的一生都献给这个唯一的目标：记住幸福。

托马什(大概)就是这么想的,无论“改革”还是“生意”,都与他不太相干,尽管讨论这些问题时的兴奋也让他不得不思考。没完没了的“波吉里”“巴尔塔扎尔”“草地”,他足够聪明,明白大致是怎么回事,但是毫无兴趣。他当然希望外公成功,但宁愿他不与海伦娜姨妈商量。

## 三 八

巴尔塔扎尔胖了,一些令人窒息的痛苦更易使人发胖,可能比那些让人瘦下来的痛苦更让人难受。当他最初听说希拉莱[①]那个著名拉比时,他笑了起来,但那个笑渐渐凝固成担忧:应该拒绝那个也许刚好送来的帮助吗?所以他一直等到路上能走雪橇了。严寒带着第一场雪到来,坐在雪橇上冻得不行,于是他进酒馆去取暖,喝醉了,就在那里的长凳上睡了一夜。早晨胃里还感到灼烧,风吹过硬邦邦的道路和电线杆,卷起雪雾的旋涡,那景象让人神伤,他就这样到达了希拉莱。拉比家很大,房子稍低于街面,房子的木屋顶因年久失修而有些塌陷。沿着倾斜的院落可以下到房门口。前厅里立刻跳出三四个人,其实周围还有很多人在转悠,有年轻人,也有老人,他们问他从哪儿来,有什么事。他把马鞭放在角落,解开羊皮大衣,掏出钱,根据听来的数字交了供奉钱。

---

① 立陶宛城市。

他们终于把他带到房间里，那里一个蓄着大胡子，帽檐压到额头上的男人坐在桌旁，在一本大书里写着什么。他告诉巴尔塔扎尔，他不是拉比，但他必须向他解释来意，因为规矩就是如此，他会向拉比解释。巴尔塔扎尔犹豫不决，用手搔挠着乱蓬蓬的头发，感到不知所措。尽管如此，他还是相信有某种光芒会穿透他并将向他揭示整个真相。说不说？刚刚从嘴里发出点声音，就已经知道是假的，无法表达任何东西。他需要坦白，供词将自相矛盾，而且是在哪儿说？——在这里，在一个陌生的犹太人面前，那个犹太人一直没有停笔，甚至没有立刻请他坐下，直到过了一会儿才向他指了指椅子。从巴尔塔扎尔的喃喃自语中得知，他无法找到一个地方，他还活着，但已经死了，没有圣人的指导他就会死。那个犹太人放下笔，用手梳理着胡须。“有家吗？”他问道。“老婆、孩子？”然后接着问：“罪过让你无法活下去？大罪吗？”巴尔塔扎尔说，不确定是罪过还是恐惧，还是别的什么夺走了他的安宁。“您向您的上帝祈祷吗？”犹太人问道。这个问题他不明白。当然，如果一个人感觉不好，他想舒服一点，就应该由上帝来纠正，但如果他并不热衷于此呢？毕竟他无法接触到上帝。需要的时候他当然会去教堂，所以他点了点头，说他祈祷。

然后是长时间的等待，还是在那个前厅里，站在墙边，那些人进进出出，都在墙边把鞋子上的雪磕掉。嘈杂声越来越大，人也变得拥挤，他们叽里咕噜说着听不懂的语言，手指在鼻子前晃来晃去。直到里边传出叫喊声，人群连同巴尔塔扎尔一起挤到那位书写者刚才接待他的房间，房间里的另一扇门打开了，在拥挤的人群中可以看到,那是一间黑乎乎的长方形房间,一张黑桌子几乎把房间占满。在嘈杂声、嗡嗡声中,有人向激动的人群发出指令:“沙!”紧跟着是“沙! 沙!”,所有人的声音都重复着这个指令。

拉比从旁边的门走出来,那个大胡子秘书紧跟在他身后。拉比身材矮小,长着圣凯瑟琳般的少女面庞——就像吉涅教堂里圣画上的一样。他的脸颊旁边垂着两根蓬松的棕色发辫。他身穿黑衣,下巴下边的白色衬衫上,一枚闪亮的扣子引人注目,头上戴着一顶丝绸小帽。表情似乎有些害羞,目光下垂,但当他的助手示意巴尔塔扎尔走近时,他抬起眼皮,目光犀利,微微扬起头,久久凝视着,用手掌抚摸着外套的前襟。在他面前,巴尔塔扎尔感到自己高大却虚弱无力。

那位拉比就这样看着,同时用他们的话说了几个单词,发出一阵急促的嘀咕声,聚集在巴尔塔扎尔身后的人群全都摇晃起来,又开始念叨着:“沙! 沙!”那位秘书用立陶宛语翻译道:

“他说:任何个人都不是善的。”

桌子后边的拉比又轻声地说了些什么,那个大胡子宣告:

“他说:人呀! 你做了什么坏事,只有这是你自己的命运。”

后边的人使劲往前挤巴尔塔扎尔,沉寂中到处都是“嘶嘶声”,能感受到人们的期待,巴尔塔扎尔听到大胡子说:“他说:人呀! 不要诅咒自己的命运,因为如果有人以为他的命运是别人的,而不是自己的,他将丧生并且受到谴责,人呀! 不要去想,你的生活可能会怎样,因为别样的人生不是你的人生。”他停止了讲话。

巴尔塔扎尔明白了，这就是全部了，人群中的一个人挤到拉比面前，拉比也转向了他。巴尔塔扎尔从人群里挤出来，走出房子，他怒火中烧。冒着严寒跑了二十俄里，难道就为了这？该死的犹太人，还有他自己该死的愚蠢。不过出了城，当他的一只鞋垂在低矮雪橇的横竿上，在雪地上犁出一道深沟时，他的愤怒就烟消云散了。但随之而来的是：遗憾。他究竟期待什么呢？是整个一小时的布道，还是只言片语，没有任何区别，最糟糕的不是这个，是彻底的虚无，这让他只能号叫：无论是天使的号角，还是喷火的舌头，抑或是尖端像蛇信子一样分开的宝剑。好吧，他沿着大路前行，房屋纷纷向身后退去，在他面前是蓝紫色的枯枝和森林，天上白云朵朵，还能说什么呢？说他降生，说他将死去，说他应该忍受所遭遇的一切？都一样，总是这样，无论是神父还是拉比，从来无法进入核心，能够让天边现在就显现一颗巨大的头颅，让那头颅开始吸气，让所有东西都飞进他的嘴里，包括巴尔塔扎尔自己。那将是幸运。但哪有那样的事。为什么要对犹太人火冒三丈呢？每个人都和其他人一样，都得吃五谷杂粮，世界上有什么人能够不一样吗？尽管有人因为痛苦撕裂自己，他们就会到来，用自己的稻草慰藉人，他们发明了机器，但除此之外，“他们出生了，死了”，再没什么了。

慢慢地，他已经准备好承认，他在希拉莱获得了一些智慧。拉比的第一句话让他充满希望，这是真的。也许每个人都会遭受痛苦，都会悔恨，只是不承认罢了？而假如人们聚集在一起，相互坦承自己的罪，这样会不会轻松些呢？肯定也有罪恶轻一些的人跑到那儿去。但是如果某个人完全没有罪恶,这肯定就够了吗? 呼! 他在这里看到,犹太人很机敏,短短几句话,够人在脑子里转很长时间。

他摘下手套,在手里卷了一根烟。马儿欢快地奔跑,挂在马项圈上的铃铛在旷野发出清脆的响声,从灰毛柳树枝后边跳出一只野兔,沿着冰封的小溪狂奔而去。已是日暮时分,森林里一片昏暗,但并不是突然暗下来,还未暗到看不清松树上做的标记。那些树将被砍伐。巴尔塔扎尔在报上读到,政府卖了很多够年份的树木到英国。例如这棵松树没有标记,为什么? 因为长歪了。起初笔直向上生长的树干突然横着拐了个弯,然后整个树冠从这个拐弯处向上伸展。也许拉比想的是这样的命运。松树无法从头开始。它只能从已经存在的部分开始——哪怕是从弯曲的部分开始。但剩下的部分是笔直的。那么人可以吗? 还是不行。

他拉住马,满心不悦。人不是树——树知道它需要什么:光。而人看起来长得笔直,实际上却长歪了。全部的困难就在于此。我的人生如何如何。往这边或者那边,都是为了改变人生。就这样笔直地一往无前,当发现自己根本没有向上走,而是向下坠时,为时已晚。他们的犹太智慧就止于此了。

原本带着绝不中途停下的坚定决心,但看到酒馆窗户里射出的光线,把周围的雪堆照亮时,他拉紧了马缰绳。拴在屋角的马匹来回甩着挂在下边的装着大麦的饲料袋,每甩一次就会传来一阵马铃铛的脆响。不是别人的命运,是他自己的命运。就这样吧。他把手放在门把手上。进去了吗? 进去了。

## 三 九

如果我们接受这样一种理论，即魔鬼的燕尾服和长筒袜若证明他们对十八世纪情有独钟，那么基于剥夺一些人的土地然后分给另外一些人的农业改革，应该已经超出了他们的知识范围。照看巴尔塔扎尔的魔鬼（乌鸦就是这样在受伤的野兔周围散步），一定是从繁重的责任中抽时间研究了这个问题。所以他觉得应该处理这个问题，处理一小会儿，同样是出于行事精确的职责。

苏尔孔特的土地按照种类划分是这样的：

耕地——一百零八点五公顷

伊萨河边的牧场、无用地等——七点九公顷

波吉里村附近的争议牧场——三十公顷

森林、草地、巴尔塔扎尔自己开垦的土地——四十二公顷

总计——一百八十八点四公顷

另一方面，根据最新宣布的改革，超过七十公顷的土地，都将分给无地者，而给予原土地所有者的补偿则非常低，低到几乎毫无现实意义。苏尔孔特，还有他那关心自己那份土地的女儿，选择了以下保护措施：如果土地所有权在家庭成员之间分配，而那些家庭成员已经自己建房、自己经营，那么每个成员最多可

以拥有八十公顷。苏尔孔特决定把三十公顷争议牧场交给政府，好堵上他们的嘴，而剩下的一百五十八点四公顷由自己和海伦娜分。但是，有日期问题！法律明确说明，某月某日之后的分割是无效的。要让官员睁一只眼闭一只眼，忽略掉细小的不合规之处，在登记时假装误把划分时间提前，这需要官员感悟到对他们的礼貌，并报之以善意。他要达到的就是这个目的。

还有另一个障碍：森林。根据法律规定，所有森林均应转到国家手中。于是他申报时把森林报成了草地。这取决于评估者想要往哪儿看——是低头往下看还是抬头看那些一个男人的双臂都合不拢的怪草的茎。况且，真正古老的橡树林已经所剩无几——大部分是年轻的鹅耳枥树的幽暗树林，一些小杉树和许多潮湿的蜂巢。然而，整个这块地毗邻绵延数十公里的政府森林，这增加了风险。

两个农庄——他的和海伦娜的。得给后者找一个合适的位置。出乎意料的是，巴尔塔扎尔赶来帮忙。当苏尔孔特允许巴尔塔扎尔做任何想做的事情时，他并非出于任何个人利益的算计。不是出于计算，而是对这个男孩没有抗拒力（你看看他就会发现，无论是三十岁还是四十岁，他都还是个男孩）。现在，森林管理员的住所和相关建筑物都派上用场了：文件上确认，海伦娜自己经营。

这就是整件事情和所做努力的概况。当海伦娜·尤赫涅维奇到他的茅舍小坐时，最好的啤酒和用九种林中香草自酿的醇浆就摆上了餐桌，但是巴尔塔扎尔紧紧跟着她，开心的笑容始终如一。他不认识她吗？亲爱的，她似乎是不小心把汲水的辘轳投进了牛圈,或者是投进了茅棚。跟这样的女人打交道是很棘手的。

有人说,魔鬼不过是一种幻觉,是内心痛苦的产物。如果他们宁愿这样想,那么这个世界就一定更让他们感到难以理解,因为除了人类以外,世上没有任何其他生灵有这种幻觉。权且让我们说,一个微小的生物,曾经绕着洒在桌上的,然后被巴尔塔扎尔的手指画散开的酒散步、蹦跳,它的存在归因于饮酒者神志不清的状态。然而从中什么结论也得不出来。有一些日子,巴尔塔扎尔心情愉悦,他会跟在耕犁后边吹口哨——突然之间一阵内心的震颤,仿佛预示着恐怖正在临近。刚走出给他划定的圈子几步,一股陌生的力量就会将他赶回去。正是:陌生的力量。因为他感觉自己的痛苦根本不是自己的一部分,自己,在内心深处,肯定仍然保持着纯净的喜悦,无论他到哪儿,侵袭他的从外面包围他。恐怖是因为,他在绝望状态下发展起来的犀利和敏锐的反思力,无法从他本人的能力中汲取,他是被一种超人的透视力震撼了。自己的荒谬可笑——也是清算的一部分——迫害者深知如何利用它。

“所以是这样,巴尔塔扎尔!”他说。“一辈子。千百万人干着千百万的事,而你:苏尔孔特、海伦娜·尤赫涅维奇、土地、那个,还有,枪的事,小家伙,这就是全部了。为什么这一切被赋予你?像星星,你可以落在这儿或那儿。你必须落这儿。而且你再也不会重新降生。

“拉比说的是真理。”

“真理?可是当尤赫涅维奇夫人不要你时,你也会啃自己的拳头;你也会为自己啃拳头这事而气得啃拳头。你看似接受自己的命运,但并未接受。我不否认,拉比猜到了,那是因为他有经验。这并不难猜到。那个肮脏的巴尔塔扎尔感到遗憾,这一切落在了纯净的巴尔塔扎尔头上,但是纯净的巴尔塔扎尔是没有的。纯净的巴尔塔扎尔很美好,但是没有这样的人。"

手指甲抠进桌子里。为了击打、打碎,为了变成火或者变成石头。

"噢,不,你要把桌子掀了,然后干嘛呢?我知道,你其实并不想这样,你只是问点儿什么。问出来,心里会轻松些。你把这个灌下去,它在喉咙里燃烧时,你会暂时忘了思考。你想知道吗?"

巴尔塔扎尔双肘摊开,趴在木头桌面上,像一只鼬鼠,虚弱而又凶猛。

"如果某人做了某事,是因为他没有别的做法吗?这件事折磨着你,是不是?我之所以是现在的我,那是因为我某时某刻这么做,某时某刻是那么做的。但当时我为什么那么做?难道不是因为我从一开始就是现在的我吗?是不是?"

在来自远方向他投来的目光的注视下,那目光在自己周围装饰了各种各样的脸庞,但那目光毫无变化,他点了点头。

"遗憾吗?遗憾种子不好?遗憾荨麻的种子里长不出小麦?"

"可能是吧。"

"我给你举个例子。有一棵橡树。你看着它会想什么?它应该长在它长的地方吗?"

"应该。"

"但是野猪可以把它拱出来,把橡果吃掉。那时你看着那个地方,你会觉得那里应该有棵橡树吗?”

巴尔塔扎尔把垂下来的头发卷在手指上。

“不会,为什么不会?因为无论什么,只要是发生了,那它看起来就像是必须发生的样子,似乎不能是别的样子。人就是这样预设的。你以后也会确信,你不能去城里,去跟当局告发,说苏尔孔特把森林报成了草地,说他打算欺骗。”

“我不会去告发他。”

“善良的巴尔塔扎尔爱苏尔孔特。不,你害怕你告发也不会起任何作用,他会给官员们钱,而且会知道是谁告的,那时候在女儿面前也无法为自己辩护。而且你也害怕获胜了,他们会把那些地并入政府的森林,可能会让你去当森林管理员,但他们会问,你要那么多土地干嘛?别骗我。你诅咒说这一切都是注定的,也无法逃脱。”

“我永远不知道为什么。我派出了媒人,为什么我都不记得了。还有,那个俄国人,我其实只需要吓唬吓唬他。我不记得了。”

“啊!”

“啊啊啊!人永远也不知道该拿这发自内心的喊叫声怎么办。最大的不公恰恰就在于此,在于你从日历上撕下一页,蹬上靴子,摸摸手臂上的肌肉,确认今天还活着。与此相伴,从内心撕裂我们的是对过去行为的痛苦回忆,却不知道原因。或者我们这些行为,来自我们的本性,跟今天的我们一样,那么我们就得嫌恶地忍受我们的本性,自己的皮囊散发着它的臭气。或者是其他某个人,遮着脸,做了这些行为,那就更糟,因为那意味着那个行为是无法摆脱的,意味着它是可怕诅咒的一部分。”

巴尔塔扎尔预测苏尔孔特能成功。由于疲惫,由于对自己、对自己本性以及对所有冒充我们的人的不信任,他选择任其自然。如果你根本不行动,那将来后悔的理由就最少。何况正如他已经如此纠结了,那就让一切纠结到底吧。有一段时间他会打妻子,但后来停了,他把自己封闭起来,沉默寡言。利用改革的机会,抛弃家园,及时到别的地方争取到一块新领地,这样的决定可能是明智的,但一切又将从头开始,住在茅草屋里,然后自己建房?为了什么呢?至少应该这样持续下去吧。那些土地分割没有证明尤赫涅维奇一家打算住在森林里,而且他也知道,如果苏尔孔特出了什么事,她一定会负责的。

后来巴尔塔扎尔的第三个孩子出生了,是个女儿。当祖母从波吉里村带她来看他时,他想了想,似乎不记得是哪个夜晚以及那晚是否获得了愉悦。她看起来像只小猫,也像巴尔塔扎尔。他举行了一场热闹的洗礼,然后拿着刀向某人扑去,然后变成了笑声,直到第二天醒来,他才知道了这一切。

## 四〇

铃儿叮当作响,马儿打着响鼻,雪橇板在雪地上滑行,没有一点声响,而道路两边的雪地上有很多足迹。扭曲的正方形是野兔的。如果正方形被拉长,则表明野兔跑得很快。狐狸的足迹像一根笔直的绳子,一步接着一步,经过一座白雪覆盖,在阳光下闪闪发光的小山坡，直到蓝紫色的白桦林中。鸟类会在雪地上印下三根线条汇聚到一起的足印，有时还有尾巴的条纹印痕，或者翼尖翎羽的淡淡痕迹。

因为寒冷，海伦娜姨妈鼻头上的血管暴露出来，所以比羊皮大衣领子上衬托出来的绯红脸庞颜色要深一些。她的羊皮大衣已经失去了原有的颜色，变成了棕色，但托马什的大衣则是崭新的，像夏天的松鼠皮毛一样闪闪发光，正因如此，也因为它的柔软，他总喜欢用脸颊蹭自己的袖口。外公带护耳的帽子太大了，总是滑到他的眼睛上，他耐心地一次次推起帽子。海伦娜戴着一顶灰色羔羊皮做的圆帽。

在博尔库内，房屋附近的道路被践踏过的雪染成黄色，因为严寒，化开的雪水四溅开来又立刻冻住，麻雀在成堆的马粪中跳来跳去。巴尔巴卡穿着长毛线袜和木鞋到处跑来跑去。茶点端上来，三个人坐在桌边，托马什很快就感到无聊了，站起身看着墙上挂的各种狩猎装备。罗穆阿德和海伦娜之间的某种默契让他恼怒，出现了另一个糟糕的罗穆阿德，一个成年人的同伙，没完没了的笑话使姨妈不时地笑出声。使托马什尽快逃离桌子的另一件事是巴尔巴卡的游荡，她不知为何被惹怒了，紧紧咬住丰满的嘴唇。但在餐桌旁就座时，他陷入了沉思，直到海伦娜的一句“吃呀！”才似乎将他从梦中惊醒。但是她无法猜到他的龌龊想法。微笑和吃喝的邀请对他来说似乎都是不自然的。如果每个人真的都完全不同，那为什么所有人都在演喜剧，做鬼脸，互相模仿？而且他们没有向彼此展示任何内心真实的东西。他们在一起时会改变。例如，这样的真实的罗穆阿德说“想拉屎”，他就会蹲在树下,然后用叶子擦屁股,没有任何遮挡,而在这儿,各种烦琐礼节和吻手礼。同时,海伦娜平时也是叉开双腿从双腿之间尿尿,而现在她的举止好像那里什么也没有,而是把自己的那部分留在了家里:如此高贵。甚至巴尔巴卡。为什么甚至?因为巴尔巴卡有着惊人的美丽,此刻她面带桃红坐过来,而她方便时又会是怎样呢?他颤抖着望着她,心里想象着,因为从她光滑的额头和目光里深蓝色的闪电到下边的一切大概不会有五俄里远吧。其实他们彼此都知道是怎么回事,干嘛还要表现得像不知道一样?几乎每次被迫服从他们无聊的礼貌,都会使他陷入类似的逆反,但是从未达到今年冬天访问博尔库内时的程度。他们要是脱光衣服,蹲下来面对彼此,每个人都解决自己的需求,那不是很好吗?在那种状态下,他们还会说那么多对他们一个一个单独来说都很蠢的废话吗?不,他们只会被自己的可笑压垮。他想象这样一个社会时暗自感到一种无耻的愉悦,愉悦夹杂着一个渴望:战胜他们所有的伪装,剥去他们做作的虚饰。他暗自发誓,他永远不会像他们一样。然而他的抗拒主要针对的是海伦娜,她让罗穆阿德先生受到感染,或者说强迫他做那些小丑行径。

傍晚时分,一抹殷红从地平线缓缓升起,细细的树枝仿佛在抽打寒冷,黑松鸡飞到河边的白桦树上。托马什看到它们飞行中的尾巴像竖琴,翅膀的下边是白色的,如果走得足够近,可以看到它们泛着金属光泽的黑羽毛会变换色泽,从远处看,则只能看到它们在树冠之间的轮廓。有一次,罗穆阿德从柜子里取出一个木雕的雪人,样子很像一只黑松鸡。他们把它绑在一根长杆上，模仿活鸟，然后把那根长杆固定在白桦树上。黑松鸡会觉得这是它们的同伴，会飞来找它，这时候你就可以朝它们射击。他曾答应他带着这个去森林，但一直拖了下去。天气太冷了，他们只去森林散过一次步，遗憾的是还有海伦娜。罗穆阿德把足印指给他们看，他研究了很长时间，最后终于说，那是狼。如何区分这个足印和大狗的脚印？"嗯，那得是特别大的狗，"他解释道，"除此之外，狼的脚垫印得更清晰，脚趾也分得更开。"

罗穆阿德并不经常去教堂，每次弥撒之后他会去庄园，但每周日托马什都能碰到巴尔巴卡。祷告时，她拿着一本厚厚的祈祷书，三角形的披肩披在背上，此刻她没有让他像在博尔库内时那样怯懦。教堂的特点就是，在它里边，一切都不再令人恐怖，甚至多穆尼奇奥也是如此，有时在成群的男人中间，他能注意到他那凌乱的头发。教堂没有让他趋于叛逆，却给他造成一些担忧。托马什认为，人内心的感情在向上帝祈祷时应该会变得强烈，如果不是的话，那么就是在通过自己的参与欺骗某人。他不想欺骗，他闭上眼睛，努力让思想飞升，穿过屋顶，直达天庭，但他从未成功。上帝像空气一样，他的每一个画面都立刻烟消云散。而贴近世俗的对周围人的观察却无法抑制地反复回来，例如谁穿了什么衣服，面带什么表情。或者如果他腾身而起，飞向浩瀚虚空，也是为了将自己置于上帝的位置，从上而下审视教堂和教堂里聚集的人群。那时屋顶将是透明的，衣服也是透明的，视线所及都是跪着的人群，连同自己的私处，尽管他们相互遮挡。他们脑子里想什么也可以揭开，大手指可以从上面探下去，抓住这个或那个，放在自己的掌心仔细观察他如何动作。他一直在抗拒这种幻想,但它反复出现,让他多少次向蔚蓝色的天空飞升。

他读过的第一本有关早期基督徒和尼禄的书让他大受触动。外公房间里有一幅画,画的就是尼禄用早期基督徒做活人火炬的场景。他那个关于纯洁的梦肯定归因于这本书。托马什与一群基督徒站在罗马斗兽场的舞台上。他们唱着歌,眼泪在他脸上流淌,但那是喜悦的泪水,因为他如此高尚,自愿受难,他的内心得到净化,以至于他变成了那条没有堤坝的河流。曾几何时(仅发生过一次),在外婆的命令下,他因为犯了一个大错而受到惩罚。安东尼娜抓着他,他被剥光衣服,一个雇农拿树枝抽打他。尽管当时连声惨叫,这件事还是给他留下了最好的回忆。灵魂里的轻盈,快乐,洗刷污点和同样的幸福、圆满的眼泪,就像在这个关于死亡的梦里一样。

狮子逼近他们。血盆大口就在他的面前,獠牙刺进他的身体。鲜血流出来,但他没有丝毫畏惧,只有光芒与善合二为一,直到永远。

但这是在做梦。而在同一星期,他跟海伦娜大闹了一场。他的一本黑封面的书丢了,他一直从那本书泛黄的纸页上抄写鸟类的拉丁文名称。他四处寻找,去打扰大人们,问是不是他们拿走了,但没人知道。那本书怎么了?最后,他偶然在海伦娜的房间里找到了那本书,海伦娜就在散落在床单上的种子和成堆的羊毛中间睡觉。但他是在哪儿找到的?她的一条床腿缺了一个垫片,她就把那本书塞了进去。他大喊大叫着冲海伦娜挥拳头,而她非常诧异,不知道他着了什么魔,到底是怎么了。白痴!

对她来说是本书还是块砖头当然没有任何区别,任何动物、鸟类她都不感兴趣,她也分不清麻雀和黄鹀。她照看过猫头鹰,这倒是真的,但那是因为她收了钱。而即便她好像在认真听罗穆阿德讲狩猎的事,那也只是令人作呕的欺骗,她只是假装感兴趣,是为了假装浪漫。冷冷的鄙视——不要按照基督教的方式喂养它。但是托马什并没有问自己,对海伦娜的鄙视使他产生各种惩罚她的想法,不止为这一次罪过,而是为了她所有的愚蠢。比如收集一些颠茄果放到她的汤里。然而到处都是雪,正是严冬,没有地方去弄毒药,几天后,仇恨的紧绷情绪缓解了。况且她是什么样就是什么样,对应该爱的一切都视而不见,所以给她投毒也毫无意义,根本不值得理她。

房前的草地现在一片洁白,他在滚雪球,把一个个雪球滚大,然后用从自己身上抽下的腰带围起来。接下来把一个一个雪柱摞起来,最小的雪柱上边放雪人的头,然后安上两块煤做眼睛,用树枝做烟斗。但此刻他的手已经冻僵,而且雪人已经立在那儿,却不知道接下来该拿它怎么办。早晨,他帮安东尼娜点炉子。家里一片寂静,整个房子仿佛被放进塞满棉絮的盒子里,突然传来她在前厅跺脚的声音,她带着一股寒气进来,还有木柴,她把木柴扔在地上,发出很大的响声,木柴上的冰碴闪着光。这时,他将桦树皮的碎片放在炉膛上,在上边用小木棍搭成一个小帐篷,那些小木棍之前在炉子和墙壁之间的缝隙里已经烘干过。火苗舔舐着树皮,树皮卷曲成小喇叭。抓住还是不抓住?她带着一些木柴走进迪尔比诺娃奶奶的房间,托马什跟在她后边,房间里还一片昏暗,什么也分不清,她立刻从外边打开了护窗板,突然射进来的光线刺得他眨了眨眼睛,祖母弓着腰靠在床头的枕头跟前,此刻也眨了眨眼睛。在床头柜上,一本厚厚的祈祷书旁边,放着一些小药瓶,房间里也因而弥漫着一股令人反胃的气味。他没有像秋天时那样长时间待在这里,而是想尽一切借口,只为逃离此屋,因为它一直充满着呻吟声。在床边的椅子上,他点了点头,他知道,自己有义务留下来,但他无法待那么长时间,所以在逃离时总会有负罪感。这种负罪感并没有因为逃跑而有所增加:因为祖母生病了,哭哭啼啼,属于那种被人冷漠甚至愤怒检视的事物,检视的人既能获得满足感,又有羞耻感。

重要事件:托马什得到了一双靴子,正是他渴望的那种样子。是由来自波吉里的鞋匠缝制的,实际上有点儿大(鞋长),但很舒服。柔软的靴腰,如果需要的话,可以用皮绳勒紧,脚就不会在鞋里打滑。第二根穿过鞋袢的皮绳可以在膝盖下边勒紧。

## 四 一

终于,已经到来的这个春天与托马什出生以来的任何一个春天都截然不同。不仅由于融雪异常突然以及阳光突然变得强烈,还因为他没有被动地等待叶子完全展开,黄花九轮草的花朵在草地上露头,夜莺歌声在夜晚的灌木丛中回响。春天扑面而来,光秃秃的大地在无云的日光下,开始雾气蒸腾,在去博尔库内的路上,他唱着歌,吹着口哨,挥舞着棍子。中午刚过,他就躲进博尔库内城外的森林里,那林子让他有一种渴望,想从自己的皮囊里跳出来,然后变成周围的一切,某些东西在他内心爆发,让他感到痛苦,渴望呐喊。然而他没有呐喊,而是悄然前行,为了不踩踏脚下的任何一根枝条,任何一点回响和窸窣声都会让他一动不动。只有以这种方式,他才能进入鸟儿的世界,鸟儿怕的不是人形,而是运动。斑点鸫在他周围走来走去,他能够区分斑点鸫和田鸫(后者头上的羽毛是蓝色而不是灰褐色的)。在绕过一株高大的云杉时,他发现锡嘴雀已经在那里筑了巢,要不是松鸦聒噪不停,他大概也不会发现松鸦的巢。是的,就在这里,但它很隐蔽,在下边没人能够想到。在这棵年轻的云杉上,枝杈从靠近地面的地方就开始伸展,开始的时候他爬得很轻松,但越往高处越困难,因为枝杈非常浓密,松针从他脸上划过,他汗流浃背,脸上划得一道一道的,终于把头伸到松鸦的巢穴旁。他抱住纤细的树干,树干摇晃着,而松鸦们绝望地从上面攻击他,显然打算用喙啄他,直到最后一刻恐惧才占了上风,原地缩成一团,身体向后退去,以便过一会儿重新发起攻击。托马什发现了四枚灰白色的小鸟蛋,上面有棕褐色的斑点,但他没有碰它们。为什么大部分森林里的鸟蛋上边都有斑点?没人能给出答案。就是这样。但为什么?他从树上爬下来,因为目的达到而心满意足。

归来的时候,他仍陶醉于所看到的一切,首先是春日的森林,它的美不在于某种单独的事物,而是千百种声音组成的充满希望的大合唱。在西边天空的背景上,峻峭的黑色山巅,画眉鸟传出自己美妙的旋律(是画眉,而不是田鸫,也不是槲鸫!只有傻瓜才会把这些品种弄混)。高处有鹞发出"咩咩"的鸣叫声,就像很远的某个地方有小羊在追着粉绿色的丝绸奔跑。听到这样的回声，安东尼娜当然会坚持认为，那是拉甘娜女巫骑着变成会飞的小羊的魔鬼，用马刺在折磨他。但托马什知道，那羊叫声无非是鸟儿羽毛发出的独特的窸窣声。

他送给巴尔巴卡一束粉色的欧亚瑞香，香味让人想起风信子。她接受了花束，脸上带着温柔的表情。黄昏时分，罗穆阿德先生借着灯光，往双筒猎枪的枪筒里边看。他说了句什么，托马什立刻住了嘴，脸色因兴奋似乎变得苍白。也许是出于怜悯，也许是出于对托马什能很好融入森林灵魂的赞许态度，他开口问道："想一起去吗？"

快乐扰乱了责任感。偷偷靠近正在求偶的松鸡被认为是一项高难度技能。不小心迈出的一步，都可能让猎人前功尽弃，而罗穆阿德带他前往，同意他跟自己一起靠近松鸡。托马什的荣誉取决于他会不会辜负信任。

他了解这种鸟的习性，但从没有看到过它。它们不在博尔库内附近出没，而是在密林深处，在远离人烟的地方：这种鸟是真正的原始森林的象征。只有在它每首歌快结束时，才能走上两三步，然后它就沉寂下去，对下面的黑暗中发生什么毫不在意——因为它们只在黎明时分求偶，在冰雪开始融化和第一抹绿色出现之间的那段时间里。

听到关于松鸡的任何消息，乃至关于大自然的任何消息，托马什都容易一惊一乍，反应过度，这令人产生疑虑。是想象一只火鸡大小，伸着脖子，撑着扇子般的尾巴的大鸟让他兴奋不已，还是想象他自己在黄昏中潜行的形象更让他兴奋？在保持沉默，小心翼翼地深入密林时，或者听到猎人们的号角声时，会不会感到惊讶，发现他自己竟然也得以参与不平凡的冒险，就像一个真正的猎人一样。因此他不仅看到了周围的所有细节，而且也看到了观察周围细节的自己，也就是说对自己扮演的角色赞叹不已。例如在野兽走近时他弓起的脚掌——弓起脚掌显示了自己灵巧的、有点过于强烈的意识。但是要知道，如果大人们认为自己不热衷于此，那他们就是在骗人。他们应该承认，就像某人扮演情人角色时所感受的新奇，对他们来说比被爱更重要。他们想（不是吗？）品味自己的境况，并以此方式获得自豪的理由。于是他们的手势和言语一定是有些虚假的，因为那是在自己面前在受控的情况下做出的，为的是更接近他们为自己设定的典范。他们要求自己对亲近之人的感情符合自己对爱的想象，如果他们缺少这样的所需要的感情，他们就会捏造并说服自己这是真实的。自己是某个人，同时又是自己的另一部分，这种表演性确定，“自己不完全是自己”是他们的专长。从这个角度来看，托马什应该得到辩护。

况且他借以将人们分为有尊严和无尊严两类宗教狂热，证明了他内心占主导地位的要求是什么，在区分两类人时，他是看能否在他们心中找到激情。因为他把鸟类看作是至高无上的美，并发誓忠诚于它们，并且执着地实现自己的使命。他的意志通过他的典型动作表达出来，比如咬紧牙关：我想成为我梦想的那种人。

罗穆阿德给马车套上了一匹马，他们乘着那辆车在第二天的午后出发。砂质道路上布满深深的车辙，道路将森林劈开，然后就在广阔的石楠荒原上蜿蜒前行,荒原上偶尔立着几株留种子用的松树,或者一丛丛几乎看不见的幼松树苗,积雪和冬天的狂风把很多小松树都像草一样压弯了。托马什对石楠荒原的贫瘠景象并无好感,那景象与伊萨河畔以及博尔库内附近的植被完全不同。在荒原的尽头是混叶林,罗穆阿德在那里寻找一条用于运输木材的抄近的小路。已经足够干燥,不用担心车会陷进去。在阴影处,马蹄有时会踏上变硬的雪地。他们驶上一条大路,路两边堆着土堤,过了半小时,一片广阔的田野在面前展开,田野里有村庄炊烟袅袅。“这是雅乌戈莱村。”罗穆阿德说。“这儿所有人都是盗猎者。”

在黑色森林的背景上,光秃秃的树林和枯枝在夜色中泛着蓝色,上空的雾霭层层叠叠。在一丛丛的赤杨中间,他们遇到一座小桥和一道一直通向护林员小屋的河堤。屋顶上有个白鹳的巢穴,白鹳大概刚刚归巢,尖嘴探出巢外,几只鸟的喙和翅膀缠绕在一起。狗狂叫着,将锁链绷紧,而罗穆阿德在门前从座位上下来,放松地伸了伸筋骨。一个穿着深绿色裤子的高个儿女人站在门口,她解释说,丈夫不在家,去打发情期的松鸡了,要在林子里过夜。她邀请他们到屋里坐,但如果他们想在天黑前找到他,就得继续前行。所以他们只是喝了她从屋里用陶罐盛出来的牛奶。然后按照她指示的方向前行——向右,会看到一棵松树,树干上有养蜂的树洞,经过松树后左转,在长满苔藓的沼泽地那里再向右——他们终于来到一条铺着白色木屑和砍断的树枝的道路上。天已经全黑了,被剥掉树皮的树干横七竖八地放在路边,泛着光。从远处就能看到篝火。

松树干搭成倾斜的屋顶，撑在立柱上，篝火的反光把它映照成古铜色。两个农夫坐在摊开的羊皮上，当然，托马什立刻就注意到了旁边斜撑着两把猎枪。护林员和另一个人保证说，正是松鸡发情的时候，除非下雨，但应该不会下，从落日看，应该是个好天气。“他怎么回事？”护林员指着托马什问，“怎么，也是来打松鸡的？”他捋了捋胡子，在胡子下藏着令人不快的笑。他摇了摇头，注视着托马什，而托马什在这目光下感到很尴尬。

一团一团的火星迸裂开，向上飞旋，在柔软的黑暗中飞散。他把脚伸向火堆，热量从鞋底传输过来。躺在冷杉枝叶铺成的褥子上，盖上自己的羊皮大衣，风声从看不到的松树顶端掠过，远处有猫头鹰的鸣叫声传来。男人们没完没了地聊着某人的婚礼，某场关于某人耕地越了界的官司。每隔一段时间，其中一个人就起身从黑暗中走出来，把一根干木头添到火堆上。窸窣的谈话声增加了他的困意，他翻了个身，昏昏沉沉地，不知是在梦中，还是清醒着，说话声和火焰燃烧的声音传到他的耳中。

他感到自己的一只肩膀被人抓住，便醒了。篝火已经熄灭，变成了一大堆灰烬。天空群星闪烁，天边已经开始泛白。他身上有些发抖，既是因为寒冷，也是因为期待。

## 四二

他们在一片漆黑中前行。哑然无声，只有鞋子偶尔磕到树根，还有枪管蹭到树枝的声音。他们一共三个人：护林员的朋友去了别的地方试运气。小路越来越窄,针叶树的气息逐渐被沼泽地的气息所替代。在清晨灰暗的光线里,小水坑反射出光亮。他们或者蹚过小水坑,或者抓着赤杨绕过水坑。然后摇摇晃晃走过湿滑的树干,那些树干被当作独木桥,扔在干芦苇的幻影之间。

这既不是堤岸,也不是林间小路。寂静中,从左边的沟里传来蛤蟆的聒噪声。壕沟后边沼泽地里矮小的松树苗若隐若现。右侧则是一片黑漆漆的树林,生长在潮湿的土地上。托马什在树林深处分辨出较亮的树干和倒伏树木的盘根错节的树根,光秃秃的柳树丛、枯枝和树坑。在树林的对面,天边泛起淡粉色,把目光停留在那里时,周围的一切都仿佛更暗了。

他们停下脚步,侧耳倾听。某一刻,罗穆阿德按了按他的肩膀,低声说:“是它。”但托马什并未立刻听到那声响。那声音并不比远处压抑的呼吸声更高,一个神秘的信号,不同于世上任何声响。就像有人在敲击——但又不是,又像有人在开启酒瓶,但也不是。他们都握紧了守林员的手,但他立刻就消失了。

“现在可以走近些,只是要小心。它还很远,听不到。”罗穆阿德悄声对他说。“但过会儿可要小心。”

他一手握着猎枪,另一只手保持平衡,走进树丛深处。托马什全神贯注地跟在他身后,以免脚步声太高。但如何避免呢?脚还没落到地上,就会碰到厚厚的一层枯枝,发出碎裂的声响。他用鞋在枯枝间隙中钻出一个坑,把脚踩在里边,或者挑选苔藓丛下脚。是的,松鸡需要真正的原始森林藏身。彼此叠压在一起的树干形成重重路障,挡住了他们的去路,罗穆阿德有些犹豫,是继续在低处跋涉还是从高处走。传来的声音越来越清晰。仿佛在用尽力气发出“嘚咔扑,嘚咔扑”的声音,而且越来越快。

这样的场景将永远定格在记忆里。首先是高大的山杨树,在珠贝般的光线照射下更显高大,此刻既非深夜,也非白天,树干之间透出的光亮已经预示着太阳即将升起。树根像巨大的手指,抓住潮湿的昏暗,新枝则向上、向着光亮生长。罗穆阿德举着猎枪,在这些枝杈中间像一只蚂蚁般穿行。这声音。托马什明白了,人们为什么如此看重狩猎。大自然再也找不到任何其他能同样表达春天野性的歌曲。不是旋律,不是美妙的啼鸣——与敲鼓没什么两样,让人节奏加快,太阳穴突突直跳,直至松鸡的歌声和歌声中敲响的鼓点汇成一团。不像任何其他鸟的声音,无法描述的声音。

托马什处处模仿罗穆阿德。这时罗穆阿德转身向他示意,他立刻停住脚步。时候到了。现在他们只能蹦跳。松鸡止住了叫声。一片沉寂。上空有一些小鸟拖着尖厉的叫声飞过。松鸡又开始叫。“嘚咔扑”,越叫越快,直至新的回声加入进来——仿佛是有人在磨刀——这时罗穆阿德跳了一步,又跳了一步,然后站住不动了。托马什一点儿没敢动,因为害怕,他还没提起速度。但是当松鸡开始新一轮鸣叫时,他已经准备好了,刚一听到摩擦声,立刻与罗穆阿德同时起跳。一次,两次,三次——他明白了,他们有很多时间,因为鸟叫时它们会变聋,这时甚至可以大声喧哗,只要立刻变得僵直不动即可。

一、二、三。他全神贯注于这个动作,心里暗自祈祷:“上帝保佑。上帝保佑。”要知道，是没有机会修正的。你站在哪儿，就在那儿等着。但托马什的一只脚已经伸出去，在苔藓堆里探寻支撑点，已经过了“三”，脚滑到了水里，烂泥哗啦一声，声音很大。他可以把脚收回来，全身靠到身后的小树上，但那样可能会发出声响。于是他只得绝望地陷在泥里，罗穆阿德向他发出警告。

他失去了利用一次歌声把脚从泥里拔出来的机会。他又开始跟在罗穆阿德身后一段距离，开始跳了，心里很忐忑，担心撞上松鸡，因为它求偶的叫声似乎已经很近了。在盘算把脚放在哪儿的同时，他已经做好准备，但什么也没有出现。过了几分钟，突然在他们面前的密林中有拍打翅膀的声音。完了。它飞走了。他受惊不小，目光探寻着罗穆阿德，希望他转过身来。

没有，松鸡在继续鸣叫，只是声音似乎来自更高的地方。它只是换了一根树枝？从罗穆阿德半蹲的姿势和他凝视的方向，托马什猜他正在盘算，在研究从哪边可以更安全地靠近而不被发现。林木形成的伞盖上方，天光已经大亮，光线把他们面前的山杨树丛染成红色。罗穆阿德跨着大步向那边走去，用手势召唤托马什跟上。

松鸡在很高的地方，在云杉之间的缝隙里。它昂着头，趴在苔藓上，托马什从树干后边看它。它看起来很小，像一只乌鸫。翅膀垂着，斜翘着的尾巴像把扇子，它停在一株云杉上，漆黑的云杉背景上，它的身体呈灰色。罗穆阿德半弓着身子，后背藏在针叶树的遮挡中，他从边上闪出身。

一声枪响。托马什看到松鸡翅膀都没动,一个倒栽葱,从树枝上掉了下来,只听"嘭"的一声落到地上。随后是枪声的回响。他用舌头舔了舔干燥的嘴唇。心中满是幸福感和对上帝的感恩之情。带着金属光泽,长着红色眉毛,嘴巴像是用白色骨头做成的,托马什抓住它的脑袋,举到肩膀高度,松鸡一直垂到他的双脚。嘴的下边仿佛长着一簇羽毛胡子。它不认识人类,也许有一两次从远处听到过人声。无论是海伦娜姨妈还是图书、靴子、猎枪的结构,这些统统与它无关,它也不知道,世上有罗穆阿德和托马什这两个人,它不知道且永远也不会知道了。天降霹雷,它被打死了。而他,托马什,躲在雷的后边,在另一侧,他们以这种方式相遇,有点儿遗憾,再也不会以其他方式相遇了,只有这样。实际上他渴望与万物沟通,但这种沟通并不存在。为什么会有这样的隔阂,既然人热爱自然,为什么要当猎人?和那只猫头鹰情况一样:他曾悄悄梦想过有那么一天,用话语或行动的方式让一只猫头鹰不再做一只猫头鹰,那么只是一瞬间。但梦想从未实现,那么问题来了,既然已经将它关在笼子里了,那么接下来怎么办。也许自己换一个形象,哪怕是松鸡的形象,这也不可能,那还剩下什么,就是提着打死的鸟,呼吸着它的气息,密林深处野性的气息。

太阳升起。同样的树坑和丛生的柳树下斑驳的潮湿处已经不再那么不同寻常了,他们很快回到了壕沟边,他们离开那里并没有感觉中那样远。他很享受沿着沟渠远足:在彼此纠缠、相互靠在一起的松树形成的混乱中,曙光初现,男人扛着霰弹枪,而他,扛着猎物。

# 四三

那些在清晨离开家门时没有听到过黑松鸡咕咕叫的人,他们的生活一定枯燥乏味,因为他们没有见识过真正的春天。在疑惑之时,关于婚礼的记忆不会搅扰他们,无论有什么让他们不安,婚礼都在某处举行。而如果他们没有经历这种兴奋,真的那么重要吗?而如果有人经历了它,又会怎么样呢?长着黄色花粉的白色花朵,从松针之间探出头来,细小的树枝上长满天鹅绒般的苔藓,当公黑松鸡在林中空地舞蹈时,它把翅膀拖在地上,把尾巴竖起来,像一把有着白色底子的黑色里拉琴。它们的嗓子容纳不下过度的歌声,所以在发声时把自己鼓胀成一个会发声的球。

顾及当地的动物群落,罗穆阿德在博尔库内附近没有射杀它们。有各种毒蛇居住的布热津卡旁边是一座年轻的小松林,蛇喜欢上了这个地方,把它作为交配之所。那里树木不多,但很繁茂,枝条一直垂到地上。树木之间的地面上长满低矮的苔藓,形成灰色的斑点,像舞厅的地板一样,一丛一丛的越橘随处可见。通常人们会在这样的地方修建狩猎用的掩体,外表看起来像一堆灌木丛,黎明前猎人就藏身于此,静静等待。面前是黑松鸡的舞池。只凭借自己的灵活去接近它们,托马什认为这是种荣耀。他狩猎时没有猎枪,他给自己设定的任务是偷偷靠近,要靠得足够近,近到只要有武器就一定不会打偏的程度。

晨雾白得像牛奶一般,天上已经现出白天的粉色。这样的雾气在一年中的任何季节都可能出现,它与其他那些因天气糟糕让人心神不宁的雾天区别何在呢?在这样的雾里,在露水或寒霜的白色背景上,黑色的公黑松鸡闪着光,像一只只巨大的金属甲虫。它们为自己选定的求偶游戏场是一片具有魔性的花园。托马什趴在地上观察,但只有一次成功靠近,第二次的那只黑松鸡站在小松树上发出求偶的叫声:松针末端透明的水珠闪闪发光,颜色变幻,那只大鸟是整个空间的中心,对于托马什和整个星球都一样。最重要的是,它并未受到任何不小心发出的足声惊吓,而是兀自飞走了。托马什梦想得到一顶隐身帽,但即便没有它,他有时也能隐身。

春意渐浓,稠李开得正盛,以至于伊萨河两岸都被它苦涩的气味覆盖了,姑娘们踮起脚尖,攀折那些脆弱的、容易散落的花朵,夜晚,在村后的草地上,小鼓和号角伴奏,他们跳着单调的苏克提尼斯舞[①]。不久,吉涅的房子就沉入乳白色丁香花的云朵里。

当帕凯纳斯或者阿库罗尼斯去钓繁殖期的狗鱼时,托马什总是扛着长长的鱼竿,上边固定着四齿的鱼钩,但鱼竿今年没有落到他手上,而他鱼竿上的渔线也蹭上了鱼钩上的锈。这甚至给他带来了良心谴责。但他有太多紧急的事情要做。无论是在罗穆阿德先生那里,还是在老布考夫斯卡的博尔库内,无论是鱼竿,狄奥尼奇,还是维克托,对他都没有了吸引力,有吸引力的只

① 立陶宛民间舞蹈。

有湖。

湖面很小,但在任何方向都挨不着农田,也没有任何一条小路通向它,这就是它如此有价值的地方。周围都是沼泽地,只能沿着一条小路,踏着泥水没到脚踝的泥泞,到达湖边。湖的四周长满高高的芦苇,但托马什发现了一个小港湾,那里视野比较开阔,他经常坐到那里的一棵赤杨的树干上,一动不动。湖面一平如镜,将天空映在水面上,飞过的水鸟在身后的水面留下长长的波纹。湖里有自己的居民,他总是很期待它们的出现。野鸭发出嘎嘎的叫声降落到水面,降落前在湖面滑翔很久,只用它们三角形的翅膀触碰水面,直到水面翻腾,小小的波浪向他滚过来。高空盘旋的隼瞄着这些鸭子,有一次他目睹了隼在空中攻击一只五颜六色的鸭子,最后鸭子成功逃进了芦苇丛。然而他最想探索鸊鷉的习性。有时候它们在离他很近的地方从水里冒出来,以至于可以用石头砸到它们:粉色的嘴巴、额头和白色脖颈上的两簇棕红色羽毛。它们在湖中央举行的奇怪仪式有什么含义吗?它们把脖子伸成一条蛇,沿着水面高速滑行,蛇一般的脖子弯成弓形,头低低的。速度令人惊讶不已,是怎么达到的呢?既然它们并没有飞而且只是稍稍触及水面?就像迪尔比诺娃奶奶插图杂志里的摩托艇。为什么?他问维克托,"它们追追追来追去","因为无聊",作为对大自然的解释,这当然是不够的。

总体来说,由于口吃和木讷,维克托不太合群。他犁地、耙地,往食槽里给马和牛投放饲料,甚至和在他们那儿干活的女孩一起挤牛奶。他总是忙忙碌碌,像个苦力。也许是因为害怕妈妈,所以才变得口吃。老布考夫斯卡坐在那里,双膝张开,大肚子垂在两膝之间,双手握成拳头,放在膝盖上。她平时的姿势跟她心情好时弹着吉他、双眼灵动时的样子有着天壤之别,她的歌声让托马什惊恐,就仿佛公牛伪装成夜莺。

布考夫斯卡养了很多鸭子,有一个涉及家鸭的细节引起了托马什的思考。鸭群在房子周围转悠,撕扯青草或者试着在水坑里扑腾,那水坑只有下过雨才会积水,除此之外只是一堆湿泥,在干旱的时候,那些泥会裂出千奇百怪的裂缝。"它们为什么不去湖里?"他问。维克托似乎有些轻蔑地撇了撇嘴,在一阵咯咯的笑声之后,他的回答简化为一句话:"哼,但愿它们知道那里有个湖!"它们不知道,就在附近,就有一个可以在温暖的水中潜水的天堂,水里长满水草,昏暗的深处则长着宽叶子的植物,浓密的植物构成许多幽暗狭窄的荫庇之所。看着它们啪啪作响的扁平的喙,看着它们的表情(它们鼓胀的脸颊),托马什很同情它们受到的可笑的局限。有什么比去湖边漫步更容易的事呢?只要十分钟,它们就能抵达那里。他要到几年之后才能寻求到哲学上的理解,得出一个合理的结论。人很可怜,跟这些鸭子没什么两样。

这个春天的美丽,在托马什十二岁的时候,并没有让他摆脱焦虑,甚至还可以说它以某种方式导致了焦虑。他第一次注意到,自己独自一人时并不完全是独自一人。一个是他自己内心感受到的那个自己,而第二个是外在的,肉体的,就像出生时一样,这里没有任何东西属于他。巴尔巴卡称他为黄口小儿。她不知道他对她的钦慕,假如知道的话,她就不会如此伤害他。她从外表评判他，而这种对他自己的脸（"托马什的脸像鞑靼人的屁股"），对他要为之负责的自己的手势动作的这种依赖，给他带来了沉重的负担。如果他不像其他人那样，而是更糟，完全与众不同，那会怎么样？比如说罗穆阿德身体结实，干巴巴的，膝盖很尖——托马什摸着自己的大腿，发现太粗了，他侧身站在镜子前，看着翘起的臀部，如果听到脚步声，他立刻假装从镜子前走过而并未停留。别人都能把头发梳成中分，他拿着梳子怎么梳也梳不成，就像反方向梳狗毛一样，毫无效果。

所以他生活在自己的内心，就像在监狱里一样。如果其他人嘲笑我们，那是因为他们无法穿透我们的灵魂。每个人内心都有一幅自己与灵魂融合在一起的图景，但只要外人的一个眼神，就足以撕裂这种同一性，使他急于展示，不，我们不是我们可能喜欢的那个样子。之后，人们在自己的内心行走，同时带着痛苦审视自己。他更加思念自己的森林王国，他把森林王国的地图藏在抽屉里，加上锁。经过深思熟虑，他得出结论，像海伦娜·布考夫斯卡、巴尔巴卡这样的女性根本不会被允许进入森林。男人们也会眯起眼睛，冷漠地看，但这与女性有关，经常是她们在场时才会这样。男人们只要心怀崇高志向，就不会再在意长相之类的蠢事了。

吉涅的房子附近，椴树叶从小芽发育成绿色的大手，遮住了那个挂在高高的树杈处已经腐朽的来自小木屋的铃铛。在托马什的记忆中，那个铃铛从没有用过，上面没有绳索垂下来，也没有人能够爬上去。午后时光，在教堂举行五月礼拜时，透过窗户洒进来的阳光是黄色的，蓝色的圣母周围鲜花散发着芬芳。

温暖的雨。雨后的小路上留下巧克力色的稀泥，最后的溪流在它们中间雕琢出通道。脚掌踏上去，脚趾缝里就会有松软的面团挤出来。然后脚跟挤出的深坑就会被水灌满。

## 四四

迪尔比诺娃奶奶的房间开着窗，尽管天色还很亮，夜莺已经在池塘边的灌木丛里歌唱。她从沉沉的充满幻象的梦中醒来，感觉有人站在床边。“阿尔图尔！”她叫道。但空无一人，她意识到，她在这里，岁月流逝，墓碑上的金色字母一定已经被雨水冲掉了。

布隆恰·李特尔扎着两条金黄色辫子，在窗玻璃上抓住一只蝴蝶，只为把它放掉，她盯着天花板上夜晚的阴影，两缕灰头发铺散在枕头上。里加房子的墙壁保护她免受邪恶的侵害，时间无法靠近它们。太幸福的童年，然后坠入深渊，还不相信这是唯一的真理：欢声笑语不会再响起——那笑声把不可挽回变成一个笑话。这一切是什么？盛蜜饯的勺子，母亲闪闪发光的丝绸连衣裙，姐姐在扎蝴蝶结，门铃响起来，父亲把方格皮包放在门口的小桌上，他刚从患者那里回来。给她的为何注定是这条，而不是另外一条道路？无法接受这恰恰发生在她身上，她不得不承认，但无法理解，这只是一部悲伤的小说，即将被搁置一边，不，不能搁置。为什么是我？

雪下个不停。在她和阿尔图尔一起从教堂回来的时候，雪花在她的睫毛上融化。枝型烛台上的蜡烛燃烧着跳动的火苗，房子地板发出咯吱声，从这时开始，这栋房子就将是她的家。“不，不！”这就像发现了死神的到来。装扮圣诞树的纸链，合唱的圣诞歌曲，鲜花和在花园里滚动的铁环——这一切都崩塌了，变得粉碎，而从它们下面显现出来的是残酷，且只有残酷是真实的。“不，不！”永远圆满（Consummatio na wieki）。阿尔图尔很好。但她屈服于暴力，屈从于他已经习以为常的那个世界的可怕秩序。烟草和皮带的气味将她带入一个每个人都被看作是毫无价值的世界，在那里，对美好的习俗进行装饰变成了无法掩盖赤裸裸法则的虚伪。令人惊讶的问题是：难道就这样了吗？没有人反对它，它被神圣化，被认可，要知道，在这里，任何词语都不连接、不改变任何东西。

谁是阿尔图尔，她不知道，甚至当他的胡须在她如蜡一般的脸上绘出轮廓时，当她在棺椁旁调整蜡烛芯时，她不由得想：“东西。”她像绷紧了能量的弹簧，按照自己的原则行事。他用吸烟袋嘴儿压抑自己的性子。他不喜欢讲自己的事。他的后背上有鞭打的疤痕。“这是因为造反，在流放营”——用只言片语替代完整的描述。他坐着驯鹿雪橇前往或是极夜或是极昼的地方，在西伯利亚的冰冻荒原。起义期间他躲在森林里，他身材笔直、瘦削，穿着长袍，腰上的皮带系着皮带扣。他自豪的是，被他打死的俄罗斯龙骑兵军官如何从马上坠下来；他是用双管猎枪打的，子弹是射野猪用的。他总为自己的枪法感到自豪。他留下了笔记和账单。“马提尔达·吉多尼斯欠五十卢比。”“T. K. 二十卢比。”她猜想，他背叛过她，所以从未将这个示人。在遗嘱中,他没有写明原因,却将一部分财产分给了附近几个村庄的一些农民:都是他的儿子。

日子都混在了一起,冬天、春天、各种小事情、疾病、客人。泰奥多尔生于一八八四年,是的,那时她还不到十九岁。在她得知,那个能给她终生幸福的康斯坦丁游泳淹死了的时候,她哭了没有?大概没有。她一动不动地注视着什么幽远的地方,仿佛在注视溪水里的旋涡或者火焰。木箱里保存着绘画课的本子,里边有一幅他的肖像。在这儿,一直在箱子里。

夜莺在鸣叫,另一只应答。窗外弥漫着沉沉的潮气。存在的任何东西都变得虚弱,摇晃,在风中飘散,人在此时祈祷都是在祈求帮助,因为在怀疑自己是否还活着。如果一颗在深绿色的天空上闪耀的星真的如此遥远,有数百万英里远,如果还有其他的星星和太阳在它身后旋转,那么无论什么降生,最终都将毫无踪迹地消逝,只有上帝能够从无意义中拯救过往。尽管是痛苦的过往。只要可以将过去从梦境中区分开来。

“关上窗户,托马什,太冷了。”

她的声音很刺耳:开着的门的合页慢慢合上。托马什抓住了这个新的声调。一段时间以来他一直在观察她。手指交叉,下巴附近丰满的脸颊下垂,中间有一条凹线分开。脖子很瘦,有两道皱纹。她把脸转向他。眼睛像往常一样,不完全专注于面前的东西。

孙子。继承了好基因还是坏基因?是继承了阿尔图尔的男子汉气概和雷厉风行,还是她对地球上袭击我们的一切的恐惧?还是那些——野蛮人的基因?泰奥多尔不像他的父亲,比较柔和,实际上是软弱,这是她的错。她也为康斯坦丁承担责任。而这个小伙子可能会变得像康斯坦丁一样,如果他从她那里继承了些什么。

“沙提拜乌科带来了一封信,在这儿,你看看。”

小桌角上有几张纸与一些药品放在一起,纸的下边是一个信封。

一封信里的字迹倾斜、跳跃,一个词也认不出来,那是父亲的字迹。而另一封信中有些字母用墨水描了两遍,似乎担心写得不清楚,那是妈妈写的。

“妈妈说,现在已经确定会来,最多过几个月。”

“走哪条路?”他问。

“一切都已经准备好了。你知道,边境关闭了,所以已经无法合法地前来。她说认识一个小城镇,从那里比较容易过境。”

“我们跟她一起从那儿走,还是经过里加?”

奶奶在身边找着玫瑰念珠。他弯下腰从地上捡了起来。

“你去。我什么也不需要了。”

“奶奶为什么这么说?”他感受到一种冷漠,他为这种冷漠而生自己的气。

她一言不发。发出呻吟声,试着抬起身子。他俯下身帮忙,她后背弯曲,穿着起绒布的睡袍,脖子后边低于耳朵的地方有几道深深的皱纹。

“那些枕头。都堆到一块了。你能给弄平吗?”

托马什的怜悯是不充分的,他希望能有更好的怜悯,但他得强迫自己有更好的怜悯,这让他气恼,因为在自己内心除了那种造作的怜悯外,他找不到别的东西。现在祖母让他觉得不像往常那么恼人,为什么,他没有想过,似乎不太透明了,没有了她那种太容易发现的狡猾。

“今年夜莺真多。”她说。

“是的,奶奶,很多。”

她开始数玫瑰念珠上的珠子,而他不知道自己是该留下,还是该离开。

“猫那么多,”她终于开口说,“那些鸟怎么还敢这么叫。”

## 四五

真的没有见证者吗?被鞋底压倒的浓密的青草慢慢直立起来,当双足踩踏其他草茎的时候,接下来就是粗糙的木棍摩擦鞋帮时发出的沙沙声,胆小的鸫回到自己原先寻找毛毛虫的地方。这两个就好像坐在一口小井里,井壁是浓密的树叶构成的,云朵从头顶飘过。一只黑色的臂膀搂着穿着白色衬衫的脊背。一只蚂蚁努力从突然压在它身上的重压中解脱出来。

这个季节,布谷鸟还在“布谷、布谷”地叫,但是已经变成像笑声一样的声响,再往后,它们就会沉寂下去,直到下一个春天来临。没人在这时去数它们叫声的回音,回音的次数预示着还有多少年寿命。绿荫深处的低语和马刺轻轻的敲击声。

这时,巫师马修利斯脚步轻轻地靠近。他的肩头挎着一个布袋,里边装着采来的草药。他弯下腰,放下棍子,用剪刀挖他需要的某种根茎。人声传来。他走了几步,撩开遮挡的叶子,他们看不见他,他眯起眼,带着讥讽的表情。因为女人整理裙子的动作表示,什么也没有发生过。他们永远分开,她开始谈一些无关的事,就仿佛她刚从一场黑夜王国的奇遇之旅归来似的。他放下树枝,慢慢后退,退到森林边缘,坐到一块石头上,点燃了烟斗。

马修利斯并非冷漠无情。如人们对他的了解,他用讪笑或者就是鄙视来培养自己的智慧。用对人类天性,包括对自己天性的鄙视。不是有一次他对人说(无疑很难理解,他为什么这么做),人就像羔羊,上帝在他头顶用空气造了另一只羊,而那只真正的羔羊无论如何都不想做自己,只想做那另一只。这句话大概成了解开他的魔力的钥匙。如果一个人有这样关于人性的想象,那他在羊遇到困难时努力帮羊留在空气中,这是再自然不过的事了。

马修利斯没理由对丛林里的那对恋人心怀好意。所有成双成对离开众人的人都以某种方式令他受伤,因为他们似乎觉得,此类事只发生在他们身上。也许他并未受伤,而是觉得好笑,从而使他变得刻薄。然而当狗在众人面前表现不雅时,就该向狗扔木棍——因为它们垂着的舌头和甜蜜的表情叫人推测,它们根本感受不到自己的可笑,只是沉浸于自己的快乐之中,它们的样子仿佛很安全:没有人与它们同时享受这感受。关于林中的那两位,马修利斯愤恨地对自己嘟囔道:“去吧,你,母马!”而这恰好与海伦娜·尤赫涅维奇整理裙子时的谦卑动作相配。

巧的是,几天后巴尔巴卡来找马修利斯帮忙出主意,她没有别人可以寻求帮助和药物。他不问，就像坐在忏悔椅上的神父一样："那么有多少次，我的孩子。"因为他知道，是很多次。事实上孟凯维奇神父在倾听本教区信徒们的忏悔时，只期待从他们那里听到改正的坚定决心。改正的坚定决心是对上帝的呼唤，为了让他看到我们摆脱犯罪欲望的热切心情，为了在将来，当我们重归过去的轨道时，不被他当作恶人看待。因为他无所不见，也能看到我们真的是天使，能看到，我们在违背自己的意愿，屈从于身体的需求时，从来未曾完全允诺，我们哀怨我们是这样，而非那样被安排的。在离开忏悔椅的同时，巴尔巴卡就像其他人一样，知道自己卸下了一份重担，而开始收集另一份重担了。

对于巴尔巴卡遇到的此类麻烦，存在屡试不爽的女人的方式。只要往食物中加一点月经血，吃了那食物的男人，就会被不可见的细线缚住。这要么没起作用，要么诱使她在其他人面前吐露了心迹。巫师很好地接待了她，说了很多话，而她的泪水则一滴一滴落在手指上。也是出于羞涩。假如罗穆阿德得知，她为这跑到马修利斯那儿，肯定会揍她，而且他也有权这么做。因为马修利斯在他面前反对他。之前的恶感现在因为偷看这两人而加重了。他没给她欧当归（人们把欧当归用水煮，然后把煮出的汁加一点到食物中），只是建议她不要再为那个丑陋的老家伙，为那个危险的、被贵族少女吸引的贵族而徒寻烦恼。

回家的时候她双眼红肿。然而在林中的小路上她停了一会儿，若有所思地用赤脚抹去了马蹄印。"嗐，他能知道什么。"他了解罗穆阿德吗？不了解，但她了解。有很多秘密是不能向任何人透露的。老吗？但谁像他那样……？她弯曲大脚趾，夹起一些沙子和松针。不，不应该是这样的。

巴尔巴卡二十二岁。裙子摩擦大腿，发出簌簌的响声，双脚走得越来越坚定。下巴微微扬起，双唇翘起，露出笑意。房屋村舍的景象开始显露出来，她在那里停下脚步，目光环视屋顶、水井上的辘轳，还有果园，仿佛是第一次看到一样。

肯定不一样。该是怎样，会发现的。目前这是一个大致的决定，但已经够了。这样痛快地哭一场，就像她在马修利斯那里那样，是有益健康的。我们内心的某些东西突然发生了变化，一瞬间就出现了卑微地忍受命运的谬论。离开博尔库内？不。

拜访巫师并非毫无结果，只是结果与预期背道而驰。他屈从于自己的激情，当那些激情能激发智慧时是好的，而当激情代替智慧发号施令时就不好了。他的表现显然与自己的使命相悖。

罗穆阿德在马厩前用锤子敲打什么，他是在修理犁。在厨房里，巴尔巴卡用手从水桶里汲水洗脸，然后用小镜子照了照。不能让人看出来。如果要耍点聪明，那也得出人意料吧。她舔了舔嘴唇，使它们不显得粗糙。

## 四六

卢克·尤赫涅维奇坐在沙发角落里抽泣。他陷入忧伤与陷入温情同样容易。“小卢克，”米霞外婆试图让他高兴起来，“还什么都没有发生，他们也许不会分地。”“他们会分，”他呻吟道，“已经确定了。这些坏蛋、小偷，害得我们一无所有。我们这些不幸的人该往哪儿去。”他用手背抹了抹眼睛。

尤赫涅维奇一家一直在出租的土地，按照农业改革的某项规定，的确会被分掉，卢克的话难以反驳。海伦娜姨妈坐在他身旁，目光里透出的是平和的无奈。外公坐在他们对面的椅子上，喉咙里发出呼呼的声音。

“你们当然可以搬到这儿来。那样甚至更好，你们可以在农庄上给我们帮忙。考虑到改革，让海伦娜住在这儿也更好些。”

“是约瑟夫去告的密。”海伦娜叹气道。

“这个脏鬼，怎么样？我说过没？你的那些立陶宛人总是这样，而你，”米霞外婆转向外公，学着他的样子说，“他们很好，很可爱，不，他们什么坏事也不会做。哼，我会用鞭子抽他们，抽他们，这样才会给他们教训。”

外公整了整袖扣，每当他感觉不自信时都会如此。

“俄国官员保证说会搞定。怎么办呢，得去上点儿供，那个约瑟夫就造不成大麻烦了。”

“我觉得最聪明的办法是去护林员那儿。让他们看见，爸爸的是爸爸的，我的是我的。总是在自己家才是自己的。”海伦娜拖着长声说道。

托马什从书本上抬起目光，听了一会儿他们的谈话，之后，谈话声就又变成了没有内容的低语。他在窗下沙发冰凉的蒙皮上焐出一个坑。餐厅的窗外，麻雀在野葡萄丛里叽叽喳喳，野葡萄的藤蔓已经爬到了窗框。草地上的龙舌兰被午后的阳光镀上了一层金色。

“这个可怜虫,他活不长的!”米霞外婆讥讽道,“呼,那么一头牛,坐在那儿什么也不干,自己造酒,卖到波吉里,彻底的酒鬼一个。他那么胖,胖得让人恶心。赶快把他扔出去就清静了。”

“可是,他自己建了房子,”外公辩解说,“还在照看森林。怎么能这么对待一个人。”

“人!实际上根本不是个人,而是最亲爱的巴尔塔扎尔,心肝、宝贝、眼珠,比自己的女儿还可爱。”

“上帝呀!”海伦娜愤怒地抬起双手——“要伤害别人,我一秒也没有想过。比如在这儿,在庄园里可以得到房子,可以帮忙干活儿。沙提拜乌科已经老了,或者哪怕在农庄里给他腾一座房子也好。”

听到这里,托马什竖起了耳朵,他好奇外公会怎么应答。

“是的,可以。”外公同意了,“这甚至是个好计划。只是你看,海伦娜,嗯,现在这个年代,嗯,你自己明白,如果招惹了别人,把人惹生气了……你自己大概认为,现在最重要的……让他们确认那些分的地。所以,嗯,你不要给自己树敌。他熟悉森林,可以……跟约瑟夫的麻烦已经够了。”

危险的前景影响到了海伦娜和外婆,她们没有答话。卢克双手抱着头。

“我们这是生活在多么可怕的年代啊!对每个农民都得特别小心,得小心呵护。哦,我心里憋得慌。”

“可怜的卢克。也许应该给他点儿缬草汁。”外婆建议道，但海伦娜对此毫无反应。

对于托马什来说，卢克是个谜一般的人物。成年人中没有谁的举止像他那样，看到他的样子就能让人笑喷，但没有人笑，叫托马什不免怀疑自己。要知道，他穿着长裤，是海伦娜的丈夫，知道什么时候、在哪儿播种什么，收获什么。所以托马什怀疑，在他那仿佛用橡胶做的脸，因为过度的怜悯心而融化在抽泣中的脸，在彻底的绝望中抽作一团的脸后边，藏着另一个真正的卢克，不像看起来那么愚蠢。但他从未见过那个更聪明的卢克。但他整个就是这样子几乎不可能。因此托马什将他归为一种特殊的聪明：他只是在伪装。卢克的着装跟别人不一样，似乎只是为了有助于自己的喜剧表演：穿着紧身的短裤，上边有棕色的方格子，连着兜脚带，兜脚带兜在矮帮鞋的鞋底，戴的帽子就像放在大箱子里洒满卫生球的战前的帽子。

海伦娜姨妈对托马什很热情，但他注意到，她完全不把她丈夫当回事。对任何事，卢克都不发表意见。

“只要在巴尔塔扎尔那儿搞一个房间，我们就足够了。只要一个小房间。给政府的人看的——让他们来看吧。”现在海伦娜说。

外婆神情沮丧地洒着水。

“海伦娜，反正在森林里，为什么要对那个雇农如此慈悲？嗨！”

“不是长久的，只是每隔几天一次，就好多了，如果分开，让尤赫涅维奇一家有自己的生计。爸爸可以要求这个。”

“嗯，我会跟他说说，当然，我会说的。是的，我会说。”外公扭着身子说道。

托马什的目光回到书上，但很快，他们对约瑟夫的各种咒骂又让他的注意力从书上移开。说他是个自大又狭隘的家伙，说要是可能的话他会杀人，说他像条偷偷咬人的狗。说他仅因为教了小孩一点算术就得到了一棵树，而且得到那么多的善意。只有外公一言不发，过了很长一段时间他才怯怯地低声说：

“从他的角度讲，他也许有些道理。”

米霞外婆交叉双手，目光投向天花板，呼唤苍天来作证。

“上帝呀！”

## 四七

那一天临近了。他们在博尔库内决定，不值得去雅尼什卡村附近的伊萨河泛滥区，首先是因为那里长满了菖蒲，小船在中间穿行会非常吃力；其次还因为，狩猎季开启，会从四面八方吸引来太多的农夫，他们开起枪来没完没了。所以他们选了阿翁特湖，确实有点儿远，但“你会看到，托马什，那里有多少鸭子，像成片的乌云一样！”他们还决定，托马什拿上维克托的单筒猎枪，而维克托则使用木柄手枪，不过使用这把枪需要带上一个装备袋：一个格子里放火药，另外一个放霰弹，第三个放药筒火帽，第四个放纤维。火药用一个金属量器测量，然后直接放入枪管中，再用一个长木棍将一点纤维捅进枪管，上边放上弹丸，然后再放少量清洁纤维。枪机抬了起来，露出药筒火帽的金属柱。

托马什会平缓地释放双管猎枪枪机——一个手指扣住扳机，另一个压住撞针，让它慢慢下降。但木柄手枪的情况则不一样，能看到一个长柄小勺的底部，因此会担心枪机在最后一刻脱手然后击发子弹。

大家还考虑了带什么狗，卡罗应该留在家里，因为指示犬只会破坏猎鸭行动，然后胡乱指示。把鸭子赶出来，守规矩而且勇敢的扎戈拉伊就够了。杜那伊可能会幻想逃到森林里。而鲁特尼亚有点大材小用了，况且它正怀着小狗崽。

大车的车板像个梯子，上边铺着稻草，罗穆阿德、托马什、狄奥尼奇、维克托和扎戈拉伊坐在车上。马鞭响起，车轮后边扬起尘土，托马什躺在车上，岩石、树木、农庄的篱笆都向后退去。罗穆阿德吹着口哨，托马什也在一旁跟着吹，旅程很愉快，还不到一个小时，他们已经从袋子里掏出食物，每个人得到一块香肠在嘴里啃着，身体随着大车在车辙里颠簸起伏、摇摆晃动。在夜晚来临之前，他们应该能够赶到过夜的地方，然后黎明时分去水边。他们在那儿能弄到独木舟吗？托马什不安地问。当然可以，在那个村子里每人至少有一条。

远远就能看到水面，被西边的霞光染成灰红色。他们沿着堤岸行驶，堤岸很高，显示出湖面的轮廓。湖面呈椭圆形，一边比较尖。这一侧的山丘上是一片片的农田，而另一侧，在椭圆形的中部，近乎黑色的一团，从里边伸展出松树像羽毛般的倩影，映衬在蓝天的背景上。那里是大片的沼泽，他们将去那里狩猎。这里，道路旁边，圆形的山坡，仿佛是人工堆成的，上边有一座城堡废墟，坡道一直延伸到阿翁特村的篱笆边。

在茅舍里，他们从一个大盆里喝了酸奶，然后，在黄昏时分，托马什爬上城堡山丘的山坡。一轮满月升起，白天被晒热的草地一片寂静，蟋蟀在草丛里歌唱。在这儿，几乎就在脚下，细小的浪花闪着粼粼的光。他触摸城墙或者是地基留下的巨石。她就是从这里跑过，投水自尽了。罗穆阿德给他反复讲过很久以来有关城堡的传说：当“十字军”攻占城堡后，异教的女祭司宁愿自尽也不投降。除此之外一无所知。托马什想象着，她举起双手喊叫着，一群白色斗篷紧跟在她身后。但也可能是另一幅景象。她可能是慢慢走下去的，系着布做的腰带，头上戴着绿色的花环，对自己的神祇唱着歌，在到达岸边时才慢慢俯下身。她的灵魂在哪里？是否因为拒绝洗礼而在几百年里一直受到诅咒。“十字军”是敌人。他们杀人放火，可他们信仰耶稣，他们施与的洗礼能让人免入地狱。也许她的灵魂就在这周围游荡，既未入地狱，也未入天堂？托马什突然跳开，因为他身后有什么东西发出声响。大概是老鼠，虽然去废墟时他给自己鼓足了勇气，但现在还是飞速地跑了回去，逃到房屋、人声、奶牛和母鸡中间。

在干草房里，扎戈拉伊睡在他们身边，呼吸均匀。维克托在干草里压出一个坑，而托马什因为体重较轻，不时地陷了进去。黑暗中有人爬上了梯子，从他们身上迈过。“谁？”罗穆阿德问道。“自己人。”来人答道。然后一切都沉寂下去，罗穆阿德从屋顶的缝隙看了看天上的星星，然后沉沉睡去。

在草垛上睡觉，醒来时总会发现自己躺的位置不是自己想的那样。托马什在边上，几乎快掉下去了，维克托不是在他的头附近，而是睡在他的脚边——此刻正打着鼾，鼻子里发出哨音。在黎明时分晦暗的光线里，厚毯子团成一团，毯子下空无一人，罗穆阿德和狄奥尼奇深深埋在草堆里，扎戈拉伊睡在他们身上。托马什紧张地打了个哈欠，思考着是否要叫醒他们，就在此时，房门吱呀一声打开了，光线和冷气一起涌进来，有人从下边喊道："布考夫斯基先生，该起了！"

茅屋前的长凳上，罗穆阿德和狄奥尼奇在做着准备工作，他们挂上子弹袋，托马什把子弹塞进兜里，因为是星期天，为了不吵醒女人们，他们只喝了一点奶。主人和他的儿子跟他们一起去湖边，他们把裤腿挽到小腿肚，从屋檐下的钩子上取下篙和长桨。

湖面上雾气弥漫，晨雾聚拢成一条条雾带。从坡度很大的小路上，他们看到了一条条小舟，都被从水里拖出一半，躺在碎石小路旁——它们旁边尘土飞扬，平静的水面反射着光芒，没有一丝波纹。小舟内部的横隔板像肋骨般排列，整个船体深陷在泥土里，仿佛从来就没有移动过。底下，靠近木船的地方，散布着大大小小的水潭，水潭表面映出天空的色彩。

## 四八

义务和快乐并不是平均分配的。公鸭身披美丽的羽毛，更喜欢独处，而不愿意忍受孵鸭蛋和照看雏鸭的枯燥。而母鸭在一年中几个最美好的月份——五月、六月、七月里，或者趴在窝里，或者身后拖着一长溜呱呱叫的小鸭子到处游荡，她的行进速度受到身后小鸭子组成的链条的最后一环，也就是那只拼命用爪子划水的小鸭子的速度所限。幼鸭学习的第一项技能就是在警报响起时立刻藏身到水面上散布的植物叶片下面，只把嘴巴尖儿从叶片底下露出来。接下来它们要练习飞行，但这不仅仅是扇动翅膀，最重要的是如何脱离水面。它们很长时间都不会飞翔，而是在拼命向上冲起而未起时，在身后激起一片水花。狩猎季节开始时，它们大多处于这一阶段。

小船散发出沥青的味道。托马什登上其中一条船，蹲在船头，罗穆阿德带着狗坐在他身后，接下来船夫两手均匀交替着划动船桨。他们就这样驶入一片未知的水域，细碎的波浪拍打着船舷；第二条小舟上也探出几个人头，摆脱浓雾和光线，仿佛悬浮于虚空之中。他们直接驶向对岸。已经可以看清探入水中的堤岸，上边长满芦苇，船夫停住桨，把桨放下，然后拿起长篙，插进水底撑船，每次撑时身体都大角度倾斜。

游动的城市，雾气里的黑色斑点群落：一小群鸭子。小船提高了速度，挡住它们逃往芦苇丛的逃跑路线。它们展开队形，在妈妈身后形成一条长线，但秩序很快就被打乱了，互相嘎嘎地叫着，仿佛在说："怎么办？怎么办？"罗穆阿德笑着喊道："小心，别掉水里去洗澡了。"托马什在船头坐稳，准备好射击。当他们靠近鸭群时，鸭群腾空而起，带起一片拍打翅膀和水花四溅形成的水雾，"啪！"托马什开了一枪，"啪！""啪！"罗穆阿德也开了枪，枪响过后，水面上空空如也，只留下一圈一圈的涟漪，三个一动不动的黑点儿，第四个在原地打转。

如果一个人没有碰过自己打死的野鸭,你很难向他解释。此外,应该区分:我们游向它,把衣服留在岸上,此时它在我们自己激起的波浪上起伏,在我们眼睛的水平线上;或者我们把船划到附近,只需伸出手臂就可够到。然而,无论哪种情况,都包含近距离看到它,触摸到它。首先,它是一个引发我们好奇心的水上物体。一碰,它就变成一只死鸭子,仅此而已。但是,触手可及的那一刻,她隆起的腹部起伏不定,诱惑着一个惊喜的承诺。因为我们不知道我们杀死的是谁。也许是一个鸭子哲学家,一个鸭子发明家,我们有点期待(并不完全相信)在它旁边找到它的日记。最后,在谈到水禽时,尽管很偶然,人们的期望有时会得到回报:腿上有脚环,上面还有一个遥远国家某个科学站的代码和标志。

他们捡起四只鸭子,然后沿着芦苇荡搜索了水湾。托马什在相互缠绕的树枝下面看到一只鸭子,开火,拍打翅膀,落下了。"眼力不错!"罗穆阿德称赞道,而与此同时一阵沸腾,一排鸭子像一根烟柱飞翔,罗穆阿德打下两只。旁边狄奥尼奇和维克托也发出了连排的枪声。

陆地和水面之间的界限在这里模糊不清,不是堤岸,而是一片下垂的草皮。他们放开了扎戈拉伊。它趴下来,既不是在走,也不是在游泳,它用力地扑腾,狂吠。小鸭子们像老鼠一样向四面八方飞去,他们勉强来得及射击。压倒的灯心草发出嘶嘶声,船夫将他们推入充满草根气味的浅水区。

以下情况发生在其中一片池塘中。托马什在寻找新目标,发现(这需要有很好的眼力)一片微微卷曲的叶子隐藏着鸟的头部。它没有一动不动，而是在调整姿态，这出卖了它。他已经拿起了枪，但想了一下，改了主意最终放过了它。因为它害怕得要死，而且如此确信自己已经藏得很好。不杀它比杀它更能显示出他生杀予夺的权力。当他们从灌木丛中回到湖上时，他们为帮助船夫，用力拖着灯心草。他很高兴它还在那里，并且永远不会知道那个人给它的恩赐。他没有再看它，心里想自己可以打死它，但他更喜欢其他方式。从那时起，他们就莫名其妙地联系在一起了。

托马什没有向飞过头顶的鸭子射击，他试过一次，但令人羞愧地打偏了。托马什钦佩罗穆阿德，甚至船的摇晃也不会影响他。尤其欣赏他打白眉鸭。它们速度惊人，掠过时空气中都响起尖啸声，它们比赤膀鸭还小，而罗穆阿德从未错过，船夫凳子下已经放了三只。

“你们收获怎么样？”罗穆阿德问兄弟几个。维克托嘟嘟囔囔。狄奥尼奇嘲笑他道：“等他把自己的猎枪装上子弹，鸭子都可以落到他头顶上了。”这句揶揄让托马什的心里也起了些波澜，因为他夺走了维克托的猎枪。

微风拂过水面，现在整个湖水全是天空的蓝色。阿翁特村的弥撒钟声敲响了。燕鸥尖叫着，在斜着伸出水面的杆子上盘旋。在云层下，秃鹰猛地向森林扑去。

船夫建议在归途中去河边靠一下。河水从城堡后面的湖中流出，使得位于其尖端的村庄被挤进古堡山丘和河水之间。在芦苇隧道开始的地方，他们吓跑了几只飞行轨迹扭曲的鸟。罗穆阿德杀死了一只——最小的鸭子，白眉鸭。

水面平滑如镜，不受旋风和风暴的影响，就像位于非洲腹地深处的某个地方，托马什在那里建造了人类肉眼无法进入的庄园。黑色的立柱上长着水草须，随波漂荡；很久以前，这里有一座桥。再往前走，小屋就在菖蒲带旁边，在把独木舟拖上岸的地方，菖蒲带被压倒，形成一些缺口。果园里的苹果树前边，杆子上晾着渔网，鱼篓躺在地上。白色的鸭子和鹅在洗衣物的栈桥边拍打翅膀。从这样一条静谧的河上看到的村庄，俨然成长到一个国家的大小，只有这时才能看到其中的许多细节，而当你走在村中的街道时，对这些细节或者视而不见，或者会觉得它平淡无奇。

此刻，维克托和狄奥尼奇坐在船头，把赤膀鸭吓得惊飞起来，他们不敢开枪，不知道那些鸭子是不是家养的，但它们笨拙地飞起来，所以三支枪齐响，杀死了一只。这是狩猎的结束，他们转身清点战利品。罗穆阿德和托马什共二十三只，其中七只是托马什打的。其他人打了十五只，不仅有赤膀鸭，还有一只白眼潜鸭和一只灰色羽毛，长着红褐色的头，喙的末端有一个钩子的秋沙鸭。

他们转向城堡山丘，因太阳的余晖而眯起了眼睛。在雾霭和光辉中闪闪发光的废墟逐渐靠近。一位曾经住在那里的异教女祭司，永远消失在恐惧和童话故事中，只有在夜间还浮现于人的脑海。托马什转身揪住扎戈拉伊的颈环，扎戈拉伊坐立不安，爪子搭在船舷上立了起来。步枪枪托靠在长凳上，枪管靠在胸部。他已经是一名真正的猎人了。但是，在岸那边，他的鸭子留在了那里。它现在做什么？在用喙清洁羽毛？嘎嘎地叫着拍打翅膀？为躲过劫难而喜悦感恩？它在感谢谁？它不必死了，是上帝如此裁决的吗？如果他如此决定了，是他小声告诉他不要开枪的吗？但是为什么他认为这取决于他自己的意志呢？

## 四九

大地上所有有生命的东西都在死去，太阳神绍莱斯[①]穿着光芒四射的长裙，在大地上方的天空巡行。那些在她身上看到男性特征的人民，只能说匪夷所思。那宽大的面庞是世界之母的面孔。她的时间不是我们的时间，关于她的事，我们只知道一个因自身孤独而陷入恐惧的心灵所能理解的东西。亘古不变的出现与消失——可是太阳也有自己的历史。就像古老的歌谣讲的那样，很久很久以前，在第一个春天（在第一个春天之前，除了混沌大概一无所有）她嫁给月亮为妻。清晨她起床时，丈夫已经不在身边。他孤独前行，爱上了欧若拉。看着这一切，雷电之神佩尔库纳斯怒不可遏，挥剑将月亮斩为两半。

也许惩罚是对的，因为欧若拉是太阳的亲生女。对欧若拉接受她继父求爱的记忆也许可以解释佩尔库纳斯后来的复仇行为。那些保存着这些久远事件的记忆的人们创作的歌谣，对原因闭口不提。只能断定，当欧若拉庆祝自己的婚礼时，佩尔库纳斯跨门而入，将一棵绿油油的橡树劈为两截。鲜

---

① 波罗的海地区神话中的太阳神。

血从橡树中喷涌而出，溅到她的长裙和少女的花冠上。太阳之女痛哭着问母亲："亲爱的妈妈，我该到哪里去洗我的长裙，洗掉这血污？""去吧，去有九条大河汇入的大湖里洗你的长裙。""我该在哪里晾干我的长裙？"欧若拉问道。"哦，女儿，去有九朵玫瑰盛开的花园。"最后一个怯懦的问题是："什么时候举行婚礼，才能穿上这白色的长裙？""哦，女儿，在有九个太阳升起的那一天。"

在我们头顶运行的那些生命体，关于他们的风俗和关切，我们知之甚少。婚礼日迄今没有到来，尽管逝去的每一个千年，都不过是转瞬之间。丢了绵羊的姑娘给我们传递了某些信息。这发生在凡人能够很容易与天上诸神达成共识的时代。"我去了欧若拉那里，"姑娘唱道，"而她回答：我必须在清晨为太阳升起火焰（由此得出结论，尚未出嫁的欧若拉住在母亲家）。我去了长庚星那里，"姑娘讲述自己那些徒劳的尝试，"而她对我说：晚上我必须给太阳铺床。"月亮也拒绝了姑娘的求助："我被利剑砍为两半，你看我忧伤的脸。"（只有太阳给出了指引，从中得出结论，迷途的羊羔去了很远的地方，去了极地附近，也许是芬兰的北边。）

孟凯维奇神父是颗行星吗？对于在旱金莲和水桂花花畦上拍打翅膀的蝴蝶来说一定是的。像山一样光秃秃的头顶光芒四射，他的头顶在蝴蝶眼中折射出无数影像，谁知道呢，这会给蝴蝶带来怎样的视觉震撼？只有几天的生命，但我们不能断言，作为这短促一生的补偿，它会不会得到我们无法体验到的形状和色彩带来的狂喜。

孟凯维奇神父，在他的表面和表层之下都在重复着行星机器的工作，血液在循环，亿万根神经在颤抖。当然有一些人，对他们来说，孟凯维奇神父的意义并不比一只蚂蚁大，他们会嘲笑他的衬裤和那类似睡袍的外套（神父罩袍在家里省着穿）。他走路时拿着每日祈祷书，不断地点头，假如不是他母亲决定至少让一个儿子摆脱农夫的命运，那他现在就可能是在挥镰刀。外部条件比他主观意愿更强大，这使得他成了教会忠诚的仆人。而他每天也都在履行职责，即鼓励每个人相信自己的价值在高山、行星和宇宙之上。始于欲望的新生儿浑身黏液，发出咿呀声，给他们一点儿盐是为了表明，等待他们的未来生活充满苦涩，从大自然的财富中得出圣灵的家园，用洗礼的圣水给他们圣言的印记。从那一刻开始，从秩序上剥离的不变性，就有权看到自己和自然之间的对立性。之后，当身体的房屋崩溃，心脏停止跳动，孟凯维奇神父或者其他的某个像他一样拥有同样权力的人，就会洗清罪恶，用油膏在很快将化为尘埃的肢体上画十字：物质与呼吸之间的合同已经解除。

要知道，他并非一直在头脑里分析这些职责。绝非如此，例如此刻他就在驱赶青草上的蝴蝶，以看清它怎样飞舞，他观察蜜蜂在白色百合花的花盏上如何颤抖，用手指捏着祈祷书的一页纸说道："小气鬼。"他是针对最近一次洗礼。他们付的钱太少。他们找借口说没钱，但其实是可以多付的。让他恼怒的是自己态度太软弱，接受了低于惯常的价格。

托马什摘下帽子，按下门把手。他站在神父面前，心里很清楚自己使命的重要性。他说出的话，听起来很深沉，足够悲伤。

“神父先生,迪尔比诺娃奶奶非常虚弱。医生来了说她撑不过去了。”

“啊!”神父以此表示了解了情况。“既然如此,那么我现在马上。”说着,他已经小步走向阶梯。

“我备了马车。在下边,马已经套好。”

“那好。你在这儿等我一下。”

套马车来还是应该的,尽管只有两步之遥。米霞外婆跟外公和海伦娜低声商议时的表情,他们在近亲面前举止的彻底改变,都让托马什有一种参与最重要事务的自豪感。因为所有人都很忙碌——正是收获黑麦的季节——他们让他去请神父。他差不多会套马匹,但缰绳总是缠在一起,所以外公给他帮忙。通过瑞典壕沟去神父家没有道路,所以得在十字架附近向下行驶,全力拉住缰绳,用双脚顶住马车的前栏杆,这样慢慢地,更重要的是到了底部立刻就是一个急转弯。直到过了十字架他才放开些缰绳,部分原因是已经拉不住马匹,部分是因为他所遵守的规程。

迪尔比诺娃奶奶一动不动地躺在昏暗中,身体仿佛缩小了,这迫使他踮起脚尖走路,而作为孙子和家庭成员的情感——在戏剧中这起着首要的作用,大家已经不再说“你懂什么”——让他完全置身其中。他想象着钟声响起,从篱笆外边往里探望的面孔,虔诚地垂下的脑袋,还有坐在马鞍上的自己。

而现在发生的一切,正如他想象的那样。神父从旁边的茅屋叫来一个小伙子。小伙子爬上马车前边的长凳,坐在托马什旁边,手里摇起小铃铛。托马什小心翼翼地驾着马车(好大的责任!),偷眼看看两边是否有人注视着他。遗憾的是,各家各户几乎都是空的,所有人都在地里干活儿,只是偶尔有老妇人或者老爷爷从院子里现身,画着十字,手肘靠在大门上,用目光追随这位乘客——过一个月或者一年以后,这位乘客也将成为对他们来说最重要的人。

午后的太阳火辣辣的,神父光秃秃的头顶冒出汗珠。的确,无论是太阳、月亮还是欧若拉都无法与孟凯维奇神父相提并论。他是人,假如对某人来说他手里拿的东西还不够,他会倾斜天平,恒星和行星都不比路上的沙粒更重。他的粗布衬衫腋下部分有些汗水浸湿的斑点,散发出牲畜般的臭气,但多亏了他,诺言得以实现。

“播种于腐朽之中,身体复生而不朽。播种于卑劣之中,身体复生于荣耀之中。播种于软弱之中,身体复生于力量之中。播种的是兽性的身体,复生的是精神的躯体。”

## 五〇

“信!”

勉强能听到昏暗中传来的窸窣声,窗户的缝隙在昏暗中闪着光。

“没有,奶奶,没有什么信。”

他在撒谎,因为信就放在苏尔孔托娃外婆房间里的小桌上。书信检查制已经实行一段时间了,人们发现,并非毫无理由。

托马什仔细听了最近那封贴着德国邮票的信引发的谈话，那封信不是通过拉脱维亚，而是通过克罗列韦茨[①]寄来。上帝保佑，让他拿出来看吧！这封信以最和缓的方式透露了托马什母亲另外写给父母的内容。康斯坦丁无法结清军队的钱，坐了一段时间的牢，然后被开除出了军队，现在在争取一个警察局的职位。如果泰奥多尔对兄弟的失职都如此轻率的话，想必他也没有把迪尔比诺娃奶奶生病的消息太当回事。

所以这将被一直保密。发生了，同时却又没有发生，因为这仅涉及一些无关紧要的人，他们对待又一个此类犯罪不过是耸耸肩罢了。就像一颗足以击穿心脏的子弹嵌入大树。

“我要死了。神父。”

病中的她经常这样重复，说自己快死了，夸大每一点病痛，像童话里不住抱怨的公主，说一粒豌豆隔着七层羽绒被硌了她。对自己的健康疑神疑鬼，那著名的叹息也许给她带来轻松，因为已经习惯成自然了。在我们给出证据，证明我们已经控制了自身灾祸这一事实之前，我们在说它时，似乎我们认为它永远不会发生。

“您的路会长过我们所有人，”米霞外婆急着保证说，“但是，神父来没关系，这不妨碍。这让很多人好起来。早就应该请神父来，早请神父来，您现在一定已经可以在花园里散步了。”

安慰。因为病人知道，他们还不相信，还对话语声和声调心存感激，因为这排除了他／她已跨越边界的可能性，因为假如跨

① 今乌克兰城市。

越了边界,就不会再有话语声了。米霞外婆语调里的甜腻让托马什不舒服。她干嘛这么夸张。

同一天,神父踏上了野葡萄丛中间的台阶,那些野葡萄遮挡住了纤细的立柱。不应忘记,离开童年时代已经四十或者五十年了,在他内心从未发生如此巨大的变化,使他彻底不再是一个乡下放牛娃。小鞋子里的双脚曾被秋天的冰霜冻得又红又紫。他用长鞭支撑着自己,那些稀有动物激起他的好奇,他观察着路上往来的行人,他们或是骑马,或是乘着鲜亮的马车,车上坐着身穿礼服的马车夫。现在他走进这些低矮的房屋,不只是作为耶稣的代表,而且还是牵着过去的自己的手,那个总是胆怯地迈过府邸门槛的自己。人们对他表示出的尊敬,并不能使他免除对轻蔑的担心。所以他躲在僧袍和披肩后面,这些东西给他支撑,给他的动作以庄严感——如果两条短腿上的圆滚身材可以感到庄严的话。

然后,门在他身后关上了,迪尔比诺娃奶奶独自和他留在屋里。尽管有米霞外婆虚假的保证,她现在已没有多少幻想了,当一阵沙沙声从高处传来,当模糊的面孔分开,闪出一道白色和紫色的光,她就不抱什么幻想了。那些预示很多人终结的东西,持续存在于外部事物之中的东西,正包裹着我们,我们很难,甚至不可能承认:尽管我们就是我们自己,却没有留下一个完全给自己的空间,却必须屈从于不可避免的:数字,想象力从中滑落迷失。"你有力气说出自己的忏悔吗?我的女儿?""我的女儿。"来自汉萨同盟城市里加的立陶宛小放牛娃对布隆恰·李特尔说。

“以圣父、圣子、圣灵的名义。阿门。不要忍受折磨，我的女儿，为罪恶忏悔，对上帝来说就足够了。”

但布隆恰·李特尔正在迷雾中行走，努力用双手拨开迷雾，前往一个难以达到的光明的点。

“罪过。”她低声说。

“什么罪过?”他把耳朵凑向她。

“我曾怀疑，上帝是否存在，以及是否能听到我说。”她的手指抓紧他的袖子。

“罪过。”

“我在听。”

“我不爱我的丈夫，请他原谅我。”

在迷雾中前行很艰难。还有，勉强能听到树叶的沙沙声：

“我的儿子……我要说……”

他抬起手：“我赦免你(Ego te absolvo)”他大声说。在半开的窗户透进的微光里，白色的圣饼缓缓降下来。

皮球砸在碎石小路上反弹起来，碰到等待着它的手掌，清晨的露珠让青草闪闪发光，鸟儿歌唱。埋葬在伊姆布罗达家族墓地里的莫海尔奶奶展开毛线喊道：“布隆恰，展开双手，噢，是的。”然后开始慢慢地把毛线缠在她的手腕上，形成柔软的毛线束，从那一刻到现在，已经有几代鸟儿来了又去。她从她那里得到一个礼物，是个珊瑚做的十字架，十字架中间有一个小孔。她把眼睛贴在小孔上，从里边看正在举行最后晚餐的房间。耶稣正在掰面包，非物质的光芒从他额头散发出来，投在龟裂的墙壁上。伟大与渺小扯平了，这看向带有浅色脉络的珊瑚内部的目光,女人在分娩开始时的疲惫声音:“儿子!”雪橇的滑板发出摩擦的声响,空间的恐惧,耶稣并没有动作,有的是缩短的时间,什么也无法测量,无论是钟表,还是沙漏里的沙子。嘴没有力气张开,援助从那里、从外边到来,圣饼贴上舌尖,珊瑚张开,她变小,进入,来到桌子前,而耶稣把自己亲手掰开的一半面包递给她。孟凯维奇神父触碰到的那双脚,此刻正躺在遥远的另一个国度,耕地者和收割者的儿子和孙子的大手指,用油润湿皮肤。

多少次置身于垂死者的身边,神父总是猜测,自己并非独自一人待在床边,“不可见的人”在地板上蹲成一排,或是在空中乱窜——骚动不安,刀剑碰撞。那些被巨大忧伤引诱的人喜欢置身于绝望的气息中,那绝望的气息升起在未来消失的地方。他们低声的劝告意在怂恿濒死之人专注自我,意在让他们落入他们自己的陷阱,与此同时,在他面前展开一幅幸福的画面,展示了他无法打破的必然性。不足为奇的是,他们在等待,直到诅咒从他嘴中脱口而出,那诅咒针对经历的被欺骗的一生、令人失望的对自由的承诺。

他画着十字,驱赶那些命令他要求证据的人,一直要求证据,只为了在隐身的上帝受到考验的时刻为自己获取胜利。“请展示你的力量留下的痕迹,而我将会相信,我不是在走向虚无,走向泥土中的腐烂。”他们匍匐在地,努力使这思想能够在所有思想的瓦解中幸存下来。

但是在米哈丽娜·苏尔孔特的小桌子上放着那封信,信里透露,祈祷未被倾听。如果在她产下不洁之果这件事中,布隆恰·李特尔得到了自己比别人差的证明,那么那封信便加剧了她的悲哀。那封信没到她手里是对的吗？也许是要求她克服最大的困难，让她在没有任何理由可信的时候仍然相信。那些怜悯她，让她免受打击的人尽其所能地帮助了她，即互相分享错觉。因为来自高处的判决被认为是过于严酷了。

“在睡觉？”

“她现在睡着了。”

科恩医生留下了吗啡，并且说明了如何使用注射器，假如疼痛不能止住的话。在自己的几次探病过程中，关于病的种类问题，他先是回道：“大概是癌症。”后来回答：“是癌。”到这里，他是否在场已经关系不大了。孟凯维奇神父的在场更重要些，因为现在，当他离开时，她的胸部随着和缓的呼吸而起伏。他提了提长袍的前摆，在餐厅里坐下，坐在桌边的他觉得更自信些。在讲了几点相应的意见后，他说，今年的黑麦长得很好。

“气压表显示要下雨，”外公叹气道，“但愿能来得及储存起来。”他把水果泥往他面前挪了挪。

神父感兴趣，想了解一些家族和政治方面的复杂情况。

“哎，可怜的迪尔比诺娃女士。没有儿子在身边。但能怎么办呢？他们都在很远很远的地方。”

除此之外他什么也没得到。

“很远。”外公应和道，“哪儿能得到工作，人就被抛到哪里。”

“肯定的一点是，并不是世界上所有地方都像我们这个角落一样。”外婆不放过任何机会指摘国家。

显然，责任重于一切。

面袋子已经放到了马车上——在收获之前这是非常实际的礼物——神父当然把它归功于苏尔孔特先生，因为他老婆是个恶毒的吝啬鬼，她肯定会利用这一点，即在他们面前提尘世的好处肯定会让他觉得不合适。托马什给马套上辔头，把马嚼子推进马匹因咀嚼青草而变成绿色的嘴唇间。椴树散发出蜂蜜的味道，蜜蜂在枝叶间辛勤地劳作，攀附着窸窣作响的花朵。布隆恰·李特尔沿着时间的边缘缓缓旅行。

## 五一

把成捆的麦草堆放到长梯子般的大车上需要一些技巧，就像盖房子一样。当房子建好后，把一团绳子从前边扔向横木的尾部，横木年深日久，已经变得圆润光滑，需要勒紧装载的东西，以便大车左右摇晃时不会散落。通常是两个男人从后边拉着绳索，将绳子拉紧，这不太安全，因为一旦脱手，可能会将马脖子扭断。赶车人终于爬到车顶，赶着马匹，看着自己下边的马匹变得很小，像麻雀一般大。驶进谷仓的大门时，他须躺平身子——只有这样才能进得去。这种黄色的方形谷垛就这样整天沿着大街摇摇晃晃，有时刮到榛树丛，黄色的麦秆便飘散下来。空气闷热潮湿，云层聚集得很低，黄昏时分开始下雨，越下越大，下了整整一夜。

托马什感觉到屋子里弥漫着不耐烦的气氛。米霞外婆和安东尼娜在病榻前发生了一些变化，嘴上没有承认，私底下她们对她很有意见。对一个因疼痛而不停喊叫、哭泣的人的怜悯,以及自己的困意,都会激起希望一切快点结束的想法。但是天气又晴了,空气热得颤抖,给病人注射了一针吗啡。托马什想着博尔库内,看不出来什么时候能够再去那里。为了给房间通风,他们打开窗户,一只燕子飞了进来,在屋里转圈。

神父来访后的第三天午后,安东尼娜站在门廊那里生气地大叫:

"托马什!"他立刻从草地上跳起身。他不喜欢被她抓住,在那个仿佛他在等候的地方。傍晚时分,他看到米霞外婆正在跟木箱的盖子较劲,迪尔比诺娃奶奶经常从那个箱子里拿出一些零碎的礼物来。她在箱子表面上放了一根蜡烛:"我要死的时候,你们记住,在那里。"

病人目光里的犹疑、散乱令人想起她在最后时刻的沙哑嗓音。安东尼娜跪下,按照书,用立陶宛语念着祝祷词。苏尔孔托娃外婆的脸像一只大老鼠的脸,垂向床头,小步地踱来踱去,手里玩弄着一根蜡烛。

托马什在窗边,用一只光着的脚摩擦另一只,阳光在涂成棕色的地板上投射出一个温暖的光斑,他就站在那光斑里。他前所未有地感受到自己的存在。心脏跳动,目光包容每一个细节,他挺直身子,抬起双臂,深吸一口气。从奶奶的濒死状态里,生长出一种对他而言的满足感,对他来说可怕的满足感,突然被断断续续的抽泣声打断。

因为她的胸膛还在为多吸一口气而挣扎,他看到她在冷酷地折磨着她的可怕事物面前显得渺小、毫无抵抗力,他扑到床前，喊着："奶奶、奶奶！"心里充满对她的愧疚之情。

她看似清醒，却没有注意任何人。于是他站起身，抹掉泪水，努力捕捉她的每一个动作，每一下颤抖，以便永远记在脑海里。她手指张开，然后在被子上合起来。嘴里发出沙哑的声音。她在努力避免语言的逃逸。

"康-斯-坦-丁。"

一根火柴划响，烛芯燃起一朵小火苗。寿终的时刻即将来临。

"耶稣！"她清晰地说道。

一片寂静，但托马什清楚地听见那慢慢散开的低语：

"救我！"

孟凯维奇神父假如在这里的话，可能会断言，那些"不可见的人"被战胜了。因为法则说无论什么死去，都会化为灰烬，永远消逝，而奶奶寄希望于，没有违法的人将在末日审判时获得再生。不要求证据，尽管有各种证据证明事实并非如此，但她相信。

白眼球一动不动，寂静，圣烛的烛芯噼啪作响。但还没有死，胸脯在起伏，深深地吸气，过了几秒钟，突然用尽全身力气呼出一口气，那身体仿佛已经死去，令人惊讶、陌生，呼吸有着不规律的间隙。这种生命离去的过程，让托马什浑身一阵寒战。这不再是迪尔比诺娃奶奶，而是死亡，任何她自己的头颅形状，任何她自己的皮肤颜色都不再作数，都消失了，还有她的恐惧和"哎呀、哎呀"的声音。并不是很快，过去了大约半个小时（虽然按照其他尺度，这可以相当于整个一生），嘴唇在吸入的状态僵住了,呈张开的状态。

“让永恒的光芒照耀着她,阿门!”外婆低声说着,用手指轻轻合上了死者的眼睑。外公缓慢而庄严地在胸前画了十字。然后他们开始商量,把她移到哪里安放。床铺上压出一个深坑,而遗体僵化成一个半卧的姿势。他们决定,搬进来一张长桌,托马什帮忙把桌子从门外移进来。他们给桌子铺上一层黑色的毯子。

他也帮忙把迪尔比诺娃奶奶从床上抬到桌子上。当他伸出臂膀去托举时,衬衫也扯了起来,这时他迅速扭过头。在床单上,当他在空中托着她时,安东尼娜托着她的肩膀,他注意到死者排出的一坨大便。

他回来的时候,死者已经清洗干净,穿好衣服躺在那里。双手在胸前交叉,足跟并拢,双脚岔开,下巴用手绢勒住。穿过现在打开的窗户,夜晚的回声传进来,有鸭子的嘎嘎声,大车缓慢的敲击声,马匹的嘶鸣声。其他的一切都如此和谐,以至于产生一种疑惑,这里真的发生了自己刚刚见证过的事情吗?他被派去车匠那儿,遗憾就此过去。车匠住在庄园里(他既为贵族府邸服务,也为村庄服务)。托马什把他带来,帮助他量尺寸。晚上他很久无法入睡,因为门后就停放着尸体,而她从另一个空间、地球之外的空间钻入他的思想,她已经知道了他的卑鄙。他通过观察她的死亡汲取快感。那快感像浆果般酸涩,烧灼口腔,但又有诱惑力,让人继续吃。蜡烛在两个高高的烛台上燃烧,那里,在桌子做成的停尸台上,能听到祈祷声,但她自己独自留在黑夜里。

第二天早晨(在玻璃的蜡烛托盘上积起的蜡烛堆里,埋着蛾子的翅膀;在奶奶的眼睑之间闪烁着白色的带子),他去车匠那里,很好奇他将如何制作棺材。场院里的木工房前,两个木头车轮相互支撑着立在那里,还堆放着一些木板。他出于爱好和性格,很了解这个简陋的作坊,还有车床边上的操作台手柄,车床在木头孔洞中缓缓移动,还有脚边刨花的味道。他会一动不动地坐在树墩上,坐很长时间,沉迷于刨子的运动。现在就是这样。“松树没什么用,我要橡树。”师傅说道(凯乌颇什的鼻子和脸上的肉球有点儿像米霞外婆)。他的手上青筋交错:像山脉和山谷。从刨子的缝隙里,刨花翻卷出来,这种对木头的无上权力让人体验到快感。如果可以这样把木板弄平,就仿佛可以把存在的一切都弄平。所以,橡木的花纹就将这样永久地待在迪尔比诺娃奶奶的脸边。他又满脑子关于玛格达莱娜的梦。虫子能不能钻过棺材的缝隙到里边去?骷髅上满是白色的深孔,没有眼睛,而木板还将一直存在下去。奶奶大概真的死了。她给他讲过很多关于假死的可怕案例,棺材的盖板已经钉上了,里边却传出敲击声,有时甚至是从坟墓里传出敲击声,人们不得不挖开泥土,抬起棺材盖,找到已经窒息、蜷缩成一团的人。醒过来才明白——尽管只是短促的一瞬——自己被活埋了,她害怕这样,总反复说,最好是,家中的某人命人用锤子敲敲死者的脑袋,以此来确保死者不是在昏厥。

十字架也应是橡木做的。车匠从兜里取出一根粗铅笔,在木板上画上线,标出应该是什么样子。然后把画好的样子推过来给他看,问他的意见。托马什又一次品尝了作为死者孙子的特权。一种小屋顶连接十字架的两个横臂。“这是为什么?”他指着说。“应该这样。这样,将两根木条钉在一起——不好看。还有雨,从这里流下,不会弄坏。”

根据安东尼娜的说法,人的灵魂会围着自己摆脱的躯体旋转很久。在周围旋转,观看过去的自己,惊奇于自己之前不了解自己与躯体分开的样子。而随着每个时辰的流逝,作为灵魂之镜的脸,在变化,接近于发霉的石头。夜晚,托马什注意到,奶奶与早晨不同了,他突然恐惧地后退,因为她看了他一眼。他跳到门边,准备叫喊,说她从昏厥中醒来了。但是并没有,她一动不动。是下眼睑更低垂了些,蜡烛的光在眼白上跳动了一下。灵魂不住在那里边。

如果安东尼娜说的对,那么现在她只是在飘荡,触碰自己熟悉的物品,等待着,等待葬礼,以便不用担心自己所有的一切而放心离去。

## 五二

云朵堆成蓬松的模样,轻烟在天空中旅行,带着曲折的尾巴和双鳍,头部被吹散,拉长,一团白色从它上边脱离,快速向前,被它的呼吸吹远了。神职人员手里的小十字架沿着这团烟移动,神父走在他后边,巴尔塔扎尔、帕凯纳斯、凯乌颇什和年轻的席普涅夫斯基抬着棺木。从送葬队伍行走的瑞典堑壕能清晰看到一群小人,在伊萨谷另一边,在柴草垛中间,在坡度很大的田野里移动,还有载着粮食的大车。

卢克·尤赫涅维奇是昨天和海伦娜一起来的,为替换帕凯纳斯,黑色方格短裤上边,深色衣襟来回摆动。在重压之下,他低着头,棺材降下来,摇摆着,而他迈着小步,打乱了别人的节奏。所以又是卢克显得很可笑,托马什感到失望。只是他很执着——身子弓得令人想哭,但还在坚持。沙提拜乌科披着一件深蓝色的袍子,他的妻子戴着有黑色方格的丝巾。

他们坐在教堂里的长椅上,托马什尝试祈祷,但想的是已经挖好的坑。家族墓地里只剩下两个位置——给米霞外婆和外公,所以将她埋在其他地方,不远。他们碰到了橡树的树根,用斧子砍断了它,伤口的白茬在泥土中特别显眼。那些树根将会缠绕棺木,甚至可能钻到棺材里,祖母就将像安眠于鸟爪之中一样。

当其他人开始慢慢走向出口,他已经在那些墓碑中间穿行了。是的,是这里。为了让她安葬的地方在苏尔孔特家族的人旁边,他们选了墓地边缘的地方,只有几步之遥,是被雨水洗净的一丛一丛的稀疏草丛,那里隆起了托马什的熟人——玛格达莱娜的坟茔。死后发生的任何事情实际上都无法想象,但是两个人必须想办法见面。怎么见?彼此伸出手,玛格达莱娜被砍掉的头重新回到脖颈上,两人爆发出哭声:“我们干吗要那么忧伤,值得吗?为什么我们互相不认识,而两个人各自受苦?你可以住在我那里,”奶奶说,“我会把你嫁出去,你能帮我生活,因为你很勇敢。人们在死后才彼此相爱,这多糟糕。这里很难服毒自尽吗?我想知道。”“很难。”玛格达莱娜叹了口气。“我祈祷过，让上帝原谅我，就这样跪着咽下了毒药，但我马上就害怕了，喊人来救命。”两人都很年轻，奶奶像在自己从前的照片上穿着裁剪合体的长裙时一样。他们彼此以“你”相称。“你为什么害怕了？”奶奶问。玛格达莱娜笑了。“你干吗问，你现在不是已经知道了吗？”“是的，我确实已经知道。”

托马什不同意将她们置于两个不同的世界，认为让玛格达莱娜受诅咒是不可能的。受诅咒的应该是那些激不起任何人怜悯与爱的人。在那里，其他人聚集在新挖开的泥土周围，而他在这里开始念圣母颂，努力热切地念出来，以至于指甲都嵌入手上的皮肤里了。他把玛格达莱娜推荐给圣母马利亚。

棺木用绳索捆好，放进土坑，左右摇晃了一阵，卡在那根斩断的树根上，最终才稳住不动了，孟凯维奇神父讲话时，他往坑里看了看。人们就是这么把死者放入土里的，千百年来就是这样，假如他们所有人都起来，大概能集合成几百万人，他们要是一个挨一个靠紧站立，一根针也插不进去。每个活着的人都知道，自己将死去，爷爷说，在苏尔孔特家族墓地里的链条之间，他们已经在等待他了。他们知道这一点，而且冷淡地忍受。肯定没有任何办法，但他们应该叫喊，应该绝望地撕扯头发，死亡——从一种生命去往另一种生命——是可怕的。没什么。他们很平静，他们：“因为已经这样了。”无论关于这件事还是关于其他事，他们的平静对于托马什来说都是难以理解的。他相信秘密，假如人们非常想知道，上帝可能会揭示：死亡并非不可避免，一切都跟人们想的不一样。也许他们知道的比他们表现出来的更多，因此他们才如此平静？也就是说托马什给予他们信任,就像给予卢克信任一样,卢克要是不在自己内心隐藏另一个更聪明的自己,他就会摧毁整个秩序——成年人此时并不比可笑的换装的孩子强多少。看起来简单的东西不会是那么简单。

而他,托马什,有一天也会被人装进棺木,用绳索降到坑里。即便他当上教皇?没错。但是假如那天手榴弹爆炸了,他不会知道自己死去,他会醒来问:"我在哪儿?"罗穆阿德打死的那只松鸡没有时间害怕。天哪,让我不要像奶奶那样慢慢死去。

"你先扔。"米霞外婆压低声音说。孙子,最亲近的人,实际上是唯一的亲属。他攥起一块黄色的土块,攥紧,土块落下,散开,其他的土块已经开始敲打棺板,然后铁锹铲出的沙土就在木板表面形成一堆沙子的小山丘。人们干得很快,棺木周围的缝隙已经填满,还能看到用棕色绳子坠下的木头,很快就只能看到泥土的亮色了。如果棺木从合上的那一刻起就激起了人的好奇心,让人猜测里面装的是什么,那么现在这种冲动就更强烈——空洞的空间,一点与其他空气隔绝的空气,一段隧道。

上边是橡树。有些非常古老,在谢罗尼姆·苏尔孔特从这里经过时它们就已立在此地。在下面,在长满浓密矮草的斜坡下面,小溪淙淙一直流到小桥下边,接着流向伊萨谷。果园和农舍在河谷对面的坡地上。这是旅程结束时看到的景致。"必须得订一个墓碑。"爷爷说。托马什插嘴道:"上边应该写:因一八六三年起义而守寡。"因为她一直以此为傲。"我们和托马什一起种些花。"安东尼娜保证说。

凯乌颇什拿着那个带顶的十字架,把它固定住,周围堆上土,把长条形坟墓周围的土拍实。历史学家在这里停住笔,努力想象多年以后的某个时刻造访此地的人。他们是谁？来干什么？他们的汽车在下边闪亮，在小桥周围，他们在这里散步。“多么可笑的老十字架。”“这些树应该砍掉，它们在这儿有什么用？”他们很可能不喜欢死亡，提到死亡会降低他们的尊严，他们在土里跺着脚，说道：“我们活着。”无论如何，在他们的胸膛里心脏在跳动，有时因为恐惧会狂跳，而他们在死者面前涌起的优越感，并不能给他们提供任何保护。

灰色的植物从凯乌颇什那带顶的十字架上垂下来，姓名的痕迹消失。云朵聚集成臃肿的模样，像葬礼那天一样。

## 五三

这声音怎么也不会让人联想起从人的喉咙里发出的声音，而要知道，托马什学会了模仿这声音。开始时比较难，但他掌握了，而且勉强相信，他已经会跟它们对话。在博尔库内附近的林子里有个小坑，坑里长满赤杨，春天的时候小坑变成小池塘，这就是在那里发生的。现在太阳已经落山，赤杨树的顶部在柠檬色的天空背景下变红，季节快到了。

在自己面前，是年轻的树木组成的密集的树墙，站在松软的土地上，空气中弥漫着树叶腐烂的气息，他气急败坏地碾死落在脸上和脖子上的蚊子，小心翼翼，避免猛烈动作。它们疯狂地吸血，以至于在他用手碾死蚊子后，手上总留下一摊鲜红的血迹。他轻声拉动枪栓。这支猎枪几乎长在了他身上，是夏天从维克托那儿弄来的。“你要它干嘛?”罗穆阿德对弟弟说。“你没有时间,你要带着它走来走去吗?就挂在墙上,而托马什,让他自己打猎去吧。”维克托同意了。

鹰隼在树丛里难以到达的地方筑巢,因为那里太潮湿。幼隼已经长成,像父母一样整天在空中盘旋,但是到了夜晚,全家就会回到巢里过夜。前天他试了下自己的引诱哨,三四个方向都有应答。秘密大概在于,选取恰当的时刻,在不是所有的隼都已回巢的时刻,才会彼此召唤。它们此起彼伏的叫声越来越近,直到他在树叶间看到展开的灰色翅膀,听到拍打翅膀的声音,一只隼抓住纤细的树梢。昏暗中,它没有看到下边的托马什,它在叫喊,在等待回答。这时他慢慢把枪管抬到眼睛的高度,扣动了扳机。落下了!他找了很久,已经开始担心找不到了,大概得等到早晨了。但它突然出现在自己脚边——它的灰色不同于满是枯枝落叶的沼泽地,几乎是亮灰色。两只长长的翅膀,拾起它时,翮羽披散开,在掰开它蜷缩的爪子时,他不小心划伤了手指。在他已经拥有对它们的这种优势时,只得到一只就太少了。他等了一天,又去试了一次。

“噼——”必须收紧嗓子眼才能发出这样尖厉的声音,难度就在这里,因为重复很多次,以至喉咙感到疼痛。他听到林子深处有隼的声音。今天它们会不会飞来?只有蚊子的嗡嗡声,在光斑里,蚊子成群结队忽上忽下,跳着舞,像一根柱子。

“噼——”他重复着。这声音在鹰隼的世界里有什么含义,他不知道,只有一点是确定的,那是在表达思念,是在呼唤。靠近一些,是的,肯定。他又发出了引诱声,在寂静中传得很远,寂静中,其他鸟儿已经找到栖息的树枝,正在梳理羽毛。突然从四处传来乞求的哀鸣。所以,它们在那儿呢。

他在品味自己的胜利,尽量不表现得太过分。鹰隼,因为还很年轻,还不会辨别模仿的叫声。而除此以外,这里没有松鸦,不会用自己的叫声去警告人的存在。他只又诱惑了一次,因为离得太近它们可以识别出,那声音不对劲。

树木上方有一个鸟影,又一个。不,它们在那儿飞翔,还证明不了任何东西。但是要当心,影子闪烁在刷子般的年轻赤杨之间。他坐了下来。在哪里?叮在托马什手上和额头上的蚊子可能现在感觉安全了,他完全瘫倒无力了。鹰隼在那一棵树的树冠上鸣叫,但树叶间什么也看不到。如果他走几步,它一定会注意到他,然后就会凭借它那特殊的飞行而迅速消失,他在遇到人的时候都会:神秘地飞行。

冒险引诱,这是唯一的途径。忘掉自我,接纳鹰隼的灵魂,他努力这样做。“噼”。那一边兴奋地回应了。它发出拍打翅膀的声音,已经足以让托马什发现它。他几乎随机地瞄准,差不多是凭感觉猜而不是看见,那黑暗中鼠皮颜色的斑点。射击后,鸟往前晃了一下,蜷缩成一个球,然后掉下来。托马什跳向它,细树枝划伤了他的脸。已经是第二只了,他打死了第二只——他在内心唱到。他看到它仰躺着,还活着,爪子伸出来呈防御姿势。向它发出邀请的既不是同伴也不是母亲,一个巨大的生物向它俯下身,它被吓得不轻。当然,托马什给自己找的理由是,猛禽都以被捕食的鸽子和小鸡的血肉为食。因此,他用枪筒砸了一下它的头,于是金色眼睛下面的眼睑闭上了。剥了皮,肉给了鲁特尼亚，填充好的皮外观会保留一段时间，直到飞蛾在它里边做巢。

如果托马什内心感到顾忌（常有的事），他便自我解释说，人们杀死的生物，早晚会死，所以早点儿死晚点儿死可能没关系。某种程度上，动物想要活着还不够，因为他有一个目标——获胜、制标本，这个目标似乎更重要。当他离开森林并越过溪流上的小桥时，天空呈现蔚蓝色。房屋的窗户透过灌木丛闪闪发光，巴尔巴卡在准备晚餐。她对打死第二只鹰隼会说什么？

但是第三次就没有成功了，它们被枪声吓跑了。后来他不止一次自夸引诱鹰隼的技艺，直到某一个清晨（不是同一年夏天），他想试试看，自己是否还能做得到，却只发出了浑浊的声音。他经历了变声，嗓音变粗了，已经再也无法发出那么尖厉的声音了，那种介于猫叫和子弹的呼啸声之间的声音。

## 五四

巴尔巴卡打了罗穆阿德先生的脸，声音在整个果园里回荡。“你干嘛？你干嘛？”——他一边重复着一边往后退。奇袭对手是备受推崇的战术，而在这里也完全奏效了。这个星期日的清晨，没有任何误解和争执，突然：“猪！他想和老女人在一起！在那！在那！为了伤害我！在那！”彗星的出现对罗穆阿德的震撼也许可以和她的攻击相提并论。他可以抓起一根棍子，立刻将她从博尔库内赶出去，但他没有这样做，而是软了下来，不确定她是不是疯了。而她已经沿着小路跑了,带着哭声。

哭得很伤心。在那一巴掌里,愤怒和理智交织在一起。巴尔巴卡似乎觉得,应该这样,而不是别的样子,觉得要么活着赢得一切,要么就输掉一切。在角落里兀自唉声叹气或愁云密布都已经无济于事。况且距离是靠步伐来衡量,而不是借助于算术。罗穆阿德是对手,但不止于此。他对她很好,这她知道。首先,很难找到像她这样的女主人,这样整洁,井然有序,能胜任每一项工作,甚至耕地——她曾经在他生病而雇农吵架走掉时,耕种了几乎整片田地。此外,她的烹饪技艺比其他人好。因为他不是年轻人了,他有自己的偏好,每个新女人他必须得重新教。她的自信还有其他原因。

偏远地区的生活对他们来说足够了,因此他们在一起生活。春天和夏天很快过去了,其间他们有那么多的家务活要忙。秋天,巴尔巴卡用越橘和苹果做了果酱,雨水来临时,她坐在纺车边。她会纺很薄的布。他们自己种亚麻,羊毛是从马修利斯那儿买的。她用织机织出布匹。冬天,她在织机上敲打不停(梭子移动时会发出敲击声),直到黄昏——她几乎可以在晚上摸黑织布,但是编织需要光,需要高度集中精力。一台织布机和几条裙子是巴尔巴卡仅有的嫁妆。

忙碌的一周结束于周六举行的沐浴仪式,还有周日乘车或步行前往教堂。罗穆阿德不太热心去教堂,经常隔几周才去一次,他更喜欢打猎。

他自己在河边建造了一个浴室,建得很用心。它由两个房间组成。首先,在第一个房间里的墙上钉了钉子用来挂衣服,甚至还打了一条长凳,可以方便脱衣服和穿衣服。他还在其中安了一个炉膛,把粗木柴放在上边,能把墙外的石板加热,洒在上边的每一滴水都会立刻变成蒸汽。在第二个房间,从墙到墙,一层叠一层,有三层相互连接的架子,形成三层台阶。没有什么比浴室里寒风呼啸更令人恶心的了,所以他每年都会用苔藓填补树干之间的缝隙。

仪式始于巴尔巴卡为他搓洗肩背。然后他加了蒸汽,他非常喜欢蒸汽量大。他立即登上顶部的阶梯,旁边得放一个冷水舀子,以便他手够得着——如果他用冷水浇了头,他会在顶部待更长时间。她拿起一根桦木条做成的拍子抽打他,站在较低的地方,搂着他的胸口和腹部,这需要技巧:皮肤在蒸汽的作用下变得敏感,任何一下触碰都像烧红的烙铁,比拍打更加敏感,技巧就在于,触碰和抽打交替。罗穆阿德呻吟着,叫喊着:“啊!再来一下!再来一下!”他转过身,用手掌从舀子里掬起一些水,喊着:“接着来!接着来!啊!”直到他站起身,浑身通红,像煮熟的螃蟹跑到院子里,在雪地里翻腾,在雪里躺几秒钟——直到感觉像被鞭打,而不是感觉冷。然后回到屋里,重新来到架子上,因为轮到巴尔巴卡了。他把她抱在那里很长时间,以至于呻吟道:“哦,我不行了!”“你可以。转身。”他接着鞭打,而她尖叫着笑道:“好了,够了。松手!”

如果放弃了她的服务,谁和他一起去浴室,谁给他搓背?

毫无疑问,罗穆阿德喜欢在浴室里看着她。充满健康和青春朝气,乳房不大不小,双臂和臀部结实。与他在一起,肌肤几乎是淡粉色。无论如何,她给了他很多表现男性骄傲的机会。

无论如何。举行爱的仪式时,巴尔巴卡(可能不是很合适,但那时人不会想什么合适,什么不合适)从福音书里呼唤那些圣名,在呼出最后一口气的同时,低声尖叫“罗穆阿阿阿德!”他一动不动,静思着那撞击他的和他自己引发的浪潮。他有干好活儿的雄心。过了一会儿,她又喘息起来,又能听到她无助的呻吟声,这时他会感到满足。如果这再重复,再重复,再重复,她完全不觉得这有什么不好。她完全无法想象跟他分开。如果不用一些老方法就能有个孩子,那就太好了。早晨的世界显得新鲜,窗玻璃被露水洗得干干净净,双腿的膝盖微微发抖。因此才有那些织机边的歌唱,发自过度的喜悦。

但是,现在她一边哭一边在想,他在果园里做什么。他沿着小路走,地板咯吱作响,走进去,说:“走开!”尽管如果他这样在愤怒之中把她赶出去,他的行为是违背自己意愿的。他根本不需要与海伦娜·尤赫涅维奇的整个故事。巴尔巴卡认为他的贵族式的善变是男性愚蠢的一部分,每个男人的愚蠢都不一样,需要忍受遇到的那个人。跟换衣服差不多,下面是普通的人。他最终会看到,追逐真实的女人只是为了表明,我不比他们差,而这会破坏一切。

要不是老布考夫斯卡……她是她的敌人。她根本没想到她在罗穆阿德那里停留,要知道他根本不能独自生活,但她保持警惕。有时他把巴尔巴卡安排在马车上,自己的旁边,然后一起去教堂,为此她还替他想:人们会怎么说。伺候人的她应该知道自己的位置。

是的,布考夫斯卡碍事。最大的幸福,在博尔库内拥有土地，任何人肯定也无法将她赶走，这是她禁止的。任何布考夫斯基家族的人都永远也不会跟一个农妇结婚，哪怕是有钱的农妇，不是像她这样的。巴尔巴卡岔开双腿，撑开裙子坐下，目光注视着裤裆部位，她沉浸于绝望之中。那些障碍看来已经是不必要的烦恼了。如果他进来，她会跪在他面前请求宽恕。只要一切还像原来一样。

罗穆阿德强壮的脖子上有很多歪歪扭扭的矩形小伤疤——现在变红了，几乎是母火鸡的珊瑚色。他站着不动，突然跳起来，迅速朝房子走去。但是他停在门廊的前面，一段时间后，他慢慢走上木台阶，然后到房间从墙上取下双筒猎枪。

如果几个小时一直倾听它的簌簌声，森林能给人愉悦。那些愉悦，或者一个众所周知的事实，即男人的坚强都是表面的，罗穆阿德下午回来的时候，什么话也没说。直到晚上，她已经给奶牛挤了奶，这才传来他的声音：

“巴尔巴卡！”

她颤抖着跨过门槛。

“趴下！”

他手里拿着一根皮鞭，鞭把儿是狍子的蹄子。他撩起她的裙子，开始抽打她赤裸的臀部。他打得并不快，却非常疼。每打一下，她都发出呻吟声，身体扭曲挣扎，嘴咬着枕头，但很幸福。他不会丢掉她！惩罚，意味着他把她看作是自己的！他惩罚得很公平。这是她应得的。

后来发生的事，可以被看作是奖赏，更大的奖赏，就是爱与眼泪和痛苦连在一起时，就变得甜蜜。这里值得注意人的一个最奇怪的特征，就是甚至在陶醉的峰值来临时，思想也不会抛开他，无论身体的记忆如何，都在持续思考，这时人比任何时候都越发感到自己的双重性。巴尔巴卡的嘴喊出了圣名，表明她是教会忠诚的女儿，她不会用教会之外的语言来表达自己浓烈的感情，而心灵称量了自己的胜利。就在不久前，她还完全同意按原样不动，现在她则在算计怎么对付老布考夫斯卡。那个可见的巴尔巴卡希望他将她撕碎，填充她，而那个不可见的巴尔巴卡低声细语地说，假如生出孩子，那还不是最糟的。这两者达成了某种默契。

## 五五

狩猎黑松鸡之后仅一周左右，海伦娜姨妈的一个经历把托马什拖入内心分裂。尽管他内心藏着对她的诸多不喜欢，但家庭团结约束着他。发生了什么？她去了博尔库内，而他没有放过这个机会。托马什拿着缰绳和鞭子，他们并排坐着，马刚刚开始爬长满树木的小山坡——无法说他是先看到还是先听到。从一棵年轻的水杉树白光闪过，然后一声叫声，是巴尔巴卡嘴里发出的，他从未见过她这个样子，僵在那儿一动不动。她满面通红，皱着眉头，举起一根榛树枝尖声威胁着说：

“母狗！我让你瞧瞧！我让你瞧瞧这美事！”还有用两种语言发出的各种咒骂。

“让我再在博尔库内看见你一次！让我再……”

在这里,树枝发出呼啸声,海伦娜用双手抓住脸颊,树枝发出呼啸声,海伦娜用手臂护住自己,在这种情况下如何表现,超出了托马什的知识范围,他只能抽了一下马匹,车轮嘎嘎作响。

"回去!回去!天哪,这是为什么,这是为什么?"海伦娜控诉着,"回去,我的脚再也不会踏上那里的土地。"

是的,说起来容易,但是路很窄,小树被压断,车轮擦着马车的侧面,几乎要翻车。大滴的眼泪从姨妈的脸上流下来,现在她面色通红,最重要的是,她用轻柔的声音表达了惊讶。她双手合十祈祷,蓝眸子向上翻动,祈求上天为她无故遭受的暴行报仇。

简直太可怕了。我什么也不懂,这是什么意思!为什么?她多么大胆?她大概头脑混乱了。

托马什很遗憾,尽量不转头,假装在忙着驾车。不管怎样,他想的已经够多了。恋情——但这是真的。她在罗穆阿德面前的所有甜美表情,她的眼睛在他面前就像湿润的李子一样。但是巴尔巴卡从哪里来?他无法理解这一点。他是否受够了海伦娜的这种愚蠢,于是让巴尔巴卡在小树林里等她吗?他为什么要和他的女仆结盟对抗姨妈?巴尔巴卡跟他的事有何关联?

托马什约好去打猎。他们的男性友谊不能被这种小事,被大人之间的轻率争吵所打扰。但是:她不会再去博尔库内了,而且她会说,任何人都无权去那里,如果他去了,结果会很糟糕。她会说?虽然也许不会。但在这中间有某种尴尬,他停在模糊的东西边缘,他猜她没有什么可吹嘘的。虽然她没提一个字,但从她的沉默中,看得出他们之间有某种关系。她的脸很肿,嘴角有两道皱纹,像猫头鹰一样在马车上点头。

“什么？这么快?”米霞外婆问道。

“是的,布考夫斯基没在家。”海伦娜撒了个小谎。

由此产生了他的优势,同时还有伙伴关系。遗憾的是,其他的,不仅关系到他自己的东西掺入了愤怒的巴尔巴卡的记忆。不久前,带着猎枪在森林边缘徘徊时,他从灌木丛中出来,一直到波吉里村的田地。一位老农正在装满粮食的车上捆扎麦草,一个年轻人正用干草叉从下边递给他。看到托马什礼貌地向他打招呼:“Padék Dévu”,意思是“上帝保佑”,他停止了工作,直起身子,开始从大车上对他喊叫侮辱的话,拳头在阳光下挥舞着。托马什完全没有想到,他几乎不认识他,因此接受一份他不该得到的仇恨对他来说是一个艰难的经历。如果愤怒遇到愤怒,那就容易些。但在这里,愤怒遇到了他的善意,只是因为他是主人。他不知道该往哪里走,他慢慢地离开,以免看起来像是在逃跑,他的脸因羞愧和痛苦而燃烧,嘴巴上虽然不愿向任何人承认,但眼皮下的嘴唇却在颤抖。

巴尔巴卡突然跳出来提醒了他为什么时间恰好在那天。毕竟,他和海伦娜在马车上是一回事,巴尔巴卡是另一回事。然而,罗穆阿德有责任与自己结盟——而且,对于托马什来说出乎意料的是,顽固地反复出现在他面前的是可爱的、亵渎神明的多姆乔,他多次把他梦成巴尔巴卡。“这个罗穆阿德先生是什么朋友,”米霞外婆强调的语调说“先生”,“把各种各样的坏蛋带回家!”

罗穆阿德浑身散发着烟草和力量的气息。托马什不想失去他。他突然意识到,事关黑松鸡,事关猎枪,事关一切,那时他吓坏了,自己在某一瞬间竟然有了这样的想法。他从米霞外婆那儿求来一块布料做裹脚布,还自己配上一双椴树皮做的草鞋,毕竟不能穿着普通鞋子去沼泽地。

## 五 六

自家酿酒的锅炉放置在森林里,在难以到达的地方,即使警察出现,也可能只是为了在巴尔塔扎尔家里尝尝他们的产品。走的时候还会带几瓶作为礼物,只为他们写一份什么也没有找到的报告。巴尔塔扎尔需要伏特加并不仅是为了自家用(啤酒还不够),也不仅仅是为了出售。自从他亲自带着委员会巡视这片森林后,波吉里村和他们之间的恶意就在增长。诚然,三名官员,在苏尔孔特那里畅饮之后,兴致勃勃地爬上马车,脸上通红,一路上唱着歌,其中一个差点摔下来,不少人都注意到了。他们还在护林员的小屋里修改了报告,说真的看不到树,只能看到草。出于深思熟虑的原因,波吉里希望森林成为政府的财产,尽管那样意味着损失一些好处,比如巴尔塔扎尔允许的偶尔放倒树干。除了约瑟夫,没有人确切知道,苏尔孔特和他女儿分地的日期是什么情况,但他们猜测,森林在这里很重要,同时预测着这样或那样的决定对他们牧场的影响,他们正在为此与贵族庄园发生争执。他们对巴尔塔扎尔心怀不满,因为他和苏尔孔特在一起,而且拿自酿酒来浇灌嗓音最尖利的喉咙。何况,假如不白给他们,作为报复,他们可以将警察带到隐藏在灌木丛中的酿酒处。

那时,在吉涅的教堂附近的墙边,当弥撒结束,男人们三五成群地聚集,他们经常讨论森林。

“他很狡猾。”年轻的瓦考尼斯说。

他早已不穿军服,像约瑟夫·恰尔内一样,穿着土布褂子,扣子系到领口处。他们如果见面,从未表现出还记得手榴弹的事。它已是过去,就像石头落入水中。

“他,”舌头沿着卷好的香烟纸边儿移动,“不会把自己的土地交给任何人。”

这话说得很平淡,没有任何目光,脸上没有丝毫抽搐能暴露他的意图。然而约瑟夫知道,这里边隐藏着来自轻信者的恶语。

“也许现在也不会给,”他同意说,“那就过一年再交,或者过两年。”

而巴尔塔扎尔在帮助他。

“自己把绳子往喉咙上拧。”

“在拧。他们说,尤赫涅维奇夫人已经把他赶出去了。”

“谁说?”

“而今天,在农场。去给他选房子。他在这儿,而她去他家。约瑟夫的唾弃是为了证明自己的厌恶。”

“在他们那儿做雇农?他肯定不会那么傻。”

“也许不服务?”

“谁命令他从森林里出去?他不会愿意——他们对他没办法。他们告到法院,又怎样,十年够了。”

“哎,巴尔塔扎尔就是这样了,好斗。不过是一个松塔落下,而他,简直就是天塌了。”

“酗酒对一个人会产生什么影响。”

瓦考尼斯的意见,证明在评价人的时候他遵循的是观察,就像应该做的那样。他表达了在波吉里村村民中相当普遍的对于巴尔塔扎尔的态度:很多愤怒,但也有很多蔑视。也就是说,他们相信,在每个人从容迈出一百步的地方,巴尔塔扎尔会喘着粗气,转圈跑,用拳头敲打不存在的墙壁。但他不知道,他们这样对待他,怜悯中夹杂着轻蔑。他闯入的牢笼对他来说是真实的,如果他们试图向他解释,只是他这么以为,他会无视他们的劝说,他确信他们是盲目的,什么都不懂。他给他们灌伏特加,是为了让他们的脸暂时亮起来,为了和他们坐在一起时能听到一些赞美,向他证明“巴尔塔扎尔是好人”。迄今为止,有着自己这些内心的担忧,他从来不必担心别人怎么看他。他做得很好,有些人有点嫉妒他,但也仅此而已。现在这该死的委员会和贵族府邸结合,似乎还不足以将他与村子隔绝,苏尔孔特怯生生地提到了女儿——一句话,但足以警告巴尔塔扎尔。

酒糟在锅里咕噜咕噜不停地叫着,篝火的光照亮了圆圆的脸颊。他身下的所有设备都在沟里,他坐在边缘,在他身后是一片黑暗,从那里冒出闪闪发光的榛叶。为何没有一只手伸出去,靠近森林上空,遮蔽星辰,在旋转的土地上这个微小的点,被波罗的海波涛上的月光引导,何不抓住并举起可怜的巴尔塔扎尔。去哪里都无所谓,例如,可以把他抛到大城市里音乐会上交响乐团的中间,乐谱架会倒下,惊慌失措,他会四肢着地爬行,穿着长靴一阵忙乱，他最终会挺起身，摇摇晃晃，衣冠不整。

“喊叫啊！”

巴尔塔扎尔听从迫害他的人的命令，把对神秘疾病的信仰抛到大厅里，那疾病困扰我们这么多出生于伊萨河畔的人。

“太少了！太少了！”

“活着，这太少了！”

“喊叫吧！”

野性的呻吟：

“不是这样！不是这样！”

与大地是大地，天空是天空相反，仅此而已。与大自然给我们划定的界限相反。与我始终是我的必然性相反。

没有什么手会把巴尔塔扎尔掳走，现在令他烦躁的是打嗝。他把手指伸到解开的衬衫下面，搔了搔胸脯，披上一件羊皮大衣，因为夜色是透明的，略带凉意。

波吉里村的集体蔑视很容易被证明是有道理的，因为这是一个不知道自己想要什么的人。他让自己的生活变得艰难，他纠缠不清，也许只是为了不要带着无形无名的恐惧自己面对自己。但并非不可能，从世界之初在某地就有一个只有他才能完成但还没有完成的命运在等着他，在那地方应该长出一棵橡树，却只留下一根勉强能看到的树枝的倩影。

他从沟的边缘滑下，蹲下，把杯子推到管子下面。他饮了一口。在森林的深处传来一只被撕裂的鸟儿的悲鸣。又是一片寂静，篝火爆裂的声音。天空已经发白，坠落的星星在它的阴暗面上画出一条线。

“杀死。”

“谁?”

“不知道。”

## 五七

扇尾沙锥①是灰色的闪电。它飞了起来,在靠近地面的地方做了几个折返飞行,然后才开始直线飞。为什么,难以捉摸,似乎它早就猜到,在宇宙的秩序中人类会发明霰弹枪。卡罗抬起前爪颤抖着,罗穆阿德开枪打死了这只鸟。而托马什甚至来不及将猎枪举到肩头。

这一幕发生在潮湿的草地上,锈红色的零散水面在草地上闪闪发光。湿气使腿凉爽舒适,双腿被绑腿和皮靴保护起来,以抵御尖锐的茎和毒蛇。清晨的阳光与露水嬉戏。他们跟着狗走成一排。本来应该是四个人去打猎,但狄奥尼奇放弃了,所以只有罗穆阿德、托马什和维克托。

也许这里曾经有一个湖,但现在在它曾经的底部是一片草地,上面长着一种锋利的柳条草,在远处,他们的前方是林边的草地——杂草丛,上面长着矮松,到处都是纠缠在一起的树丛。走进最初的小树之间,托马什吸入了熟悉的气味。这是芬芳气息的境界。从苔藓丛中长出杜香的灌木丛——它们狭窄而坚韧

---

① 一种鹬类鸟。

的叶子，蓝色的浆果汁水四溢，有鸽子蛋大小，在充满蒸汽的温暖空气中成熟。味道清爽，但不宜多吃，它会让人头晕目眩，尽管不知道是因为它们，还是长时间吸入香气所致。年幼的黑松鸡在妈妈的带领下，在这里找到了足够的食物，而那些独自度过夏天的公鸡，则躲在这里的灌木丛中换羽——有几天它们几乎没有飞翔的力气。

“找呀，卡罗，找呀！”

卡罗转了一个大圈，白色皮毛上黄色的斑点在不时闪耀，尾巴摇晃着，有时疑惑地看着他们。罗穆阿德身穿麻布夹克，系着腰带，背上背着放猎物的皮背袋，他用手指明方向。维克托带着他的大皮包，里面装着手铳的用品。

托马什来到博尔库内就好像从来没来过，跟巴尔巴卡打招呼时也装得好像他当时没在大车上一样。后来，当他们开始漫步的时候，罗穆阿德不情愿地问：

“姨妈呢？她为什么不来？”

托马什一时语塞。他为什么要伪装？但他感觉，如果参与进去，会纠缠不清。

“我不知道。大概她现在很忙。”

那么多关于她的谈论。通过伸到面前的枪管，他盯着卡罗的行踪，专注于将要发生的事情，心里焦虑不安。他痛苦了许久，到现在还没有在飞行中杀死一只鸟，幼鸭子不算数，那次他是和罗穆阿德同时开的枪。现在是至少打下一个的时候了，可以拿黑松鸡来练手。今天的第一个收获——那只扇尾沙锥——只会增加他的紧张，因为在移动中引导枪管的能力，计算大概多少米距离，这一切都需要在一秒内完成，对他来说似乎遥不可及。至少能用准星瞄准那只鹬鸟，但差得远呢，一切都发生得太快了，他刚刚放松抽紧的喉咙，卡罗已经冲了出去。

“它们现在僵直地坐着，”罗穆阿德说，“狗也许能用鼻子碰到它们。你不要东张西望，托马什。”

他们陷在苔藓里，直达膝盖。

哦，那里可能会有。

但是什么也没有，他们在林边草地里越走越远，而卡罗吐着舌头，在某处藏身片刻，然后又开始工作。

是的，最糟糕的是人无法预料。首先要全神贯注，小心翼翼接近每一片灌木丛，然后有点忘记目标，脚步的节奏和柳枝带走了注意力，仿佛是些立刻要逝去的东西。而就在此时，就在对面。

有一段时间，卡罗从视野中消失了。突然，托马什被刺伤了，碎裂的声音向空中炸开，一声巨响，天地四分五裂，惊慌失措，火光冲天，满脸鲜血，目光黯淡，双手颤抖。这。这。离得如此之近，以至于他可以看到它们伸长的脖子和喙，就像混乱中拍打翅膀的鸡一样。他瞄准，并没有真正瞄准，匆忙扣动扳机，相信会有奇迹发生。与此同时，维克托在他身旁笨拙地弯下身，托马什听到他的枪声，他自己的黑松鸡飞了上去，而另一只在维克托面前坠落了，狗在前边来回跑，不知道该叼维克托的猎物还是罗穆阿德打下的黑松鸡。

扔掉空的弹壳，托马什勇敢地尝试着承受失败，但明亮的天空被黑布挡住了，他的心脏仿佛像被吓到了一样剧烈地跳动着。

他期望(如果他有时间思考的话)创造一个奇迹,他配得上这样一个奇迹,这是他自己的错,下一次他会更聪明。

维克托敲击着自己的枪,装上新的子弹。

他结结巴巴地说:“我们还会追到它们的。”他说得委婉,为的是让托马什明白,不值得为一次成败发愁。

很快,托马什的忧郁就消退了,更痛苦的是,不得不强装欢颜。未来吸引着他。现在,冷静,首先是冷静。四周都是灰色的病态的松树,低处的树枝已经干枯,上面挂着须状的地衣。罗穆阿德抬起手指,追踪着猎犬的移动方向。

“有了,它发现了。”

猎犬竖起尾巴,一动不动。他们警惕着,加大步伐走过去。托马什内心在祈祷上帝保佑。

嘭!

卡罗开始移动,但又停住了,中了魔法一样直直地盯着一个点。

嘭!

有人能承受,而他,托马什却不能:当他决定保持平衡时,传来了像布匹裂开的声音,那声音不同于他的期待,白色翅膀拍打着低飞,罗穆阿德的射击。

“是柳雷鸟。在这儿,在这儿!”

柳雷鸟是白色和棕色的,腿很短,翅膀上的雪与身体的其他部分区别非常明显。托马什斜眼看着罗穆阿德的袋子,心中更多是嫉妒而不是高兴,他认识了这个新品种,并且会在他的书中写下它的拉丁名称。

但让他感到安慰的是，他没有失去理智。他克制着自己，因此没有给他的狩猎良心带来负担。所以希望仍然存在，从泥泞的泥土中拔出双腿也没有带来不快。每迈出一步，从脚下挤出来的水都发出轻柔的嘶嘶声。卡罗对着一条蛇狂吠，他们杀死了那条蛇，卡罗抬起上唇，一副人吃了太酸的东西时的表情。现在。猎犬带路，有足够的时间培养自己敏锐的警惕性。慢慢地，它一步接一步，看着人们是否在那里，是否在利用它。

一声枪响。哦，天哪，太容易了，太容易了，它飞到了这里，只是不要着急，已经在准星里了。上帝，给我！一声枪响，托马什惊愕不已，不肯承认真的发生了不幸，只见黑松鸡从容不迫地飞远了。他绷紧的意志、诅咒和事实之间的这种矛盾，让他彻底沮丧。因为事实上，和那时一样，他确信起决定作用的是他和动物之间的神奇关系，而瞄准是额外的，作为特殊怜悯的结果。

被罗穆阿德的双筒猎枪击杀的两只年轻的黑松鸡就落在他的身边。两只都只受了伤——有一种伤口会使动物瘫痪，无论飞行还是逃跑都不可能了，但并没有死。托马什把它们拾起来，它们扭动着脖子。既然他没有履行另一项义务，那他至少现在感觉有一种义务：他抓住它们的腿，用猎枪的枪托敲打它们的头，但没有用，它们发出纤细的咯嗒声。痛苦的喜悦，发泄愤怒和羞耻，但他压制住了，认识到必须这么做。他放下猎枪，挥舞着，用尽全力将它们撞向松树干。你们这还不够吗？好的，就再来一下。直到嘴张开，鲜血从嘴里滴落下来。

“我们稍微休息一下。应该吃点东西，肚子在叫了。太阳已经老高。”

他们坐在一处草堆上,吃着罗穆阿德从袋子里掏出来的面包和奶酪。托马什从来没有像这样坐在他们旁边,突然觉得陌生,隔着一层隔板。他们生活在一个他无法进入的国家。即使是维克托,那个口吃的维克托,现在也开枪并且打中了。他们和他有一些不同。好像他不知道如何很好地接近动物,好像他没有得到他们的称赞。维克托以他虚弱的外表却能做到,而他不能,这是一个秘密。宁静的光线在头顶闪烁,湿地暖房让人头晕目眩,蜥蜴在它们干燥的小岛上,在地衣之间沙沙作响。尽管他把脸暴露在阳光下,半睡半醒,但悲伤在他内心滚过,压在他的内心。

“你为什么不射击,托马什?”

他不能。他知道,那只会增加他失败的程度。这是怎样的一天!他们快要结束了,光秃秃的小山已经出现在他们面前,这是通往博尔库内的环形小路,他们转向那里。维克托射而未中,但罗穆阿德没有。然而,在即将走上干燥土地的出口的地方,一群鸟儿腾空飞起的时候,他忍耐不住,觉得这是最后的机会,一定是为了安慰他而准备的,一个他不该拒绝的奖赏。

罗穆阿德好奇地看着他那散发着硝烟的枪管和飞走的黑松鸡。

“你今天不走运。这很正常。”

他的话没有反映出全部情况。托马什痛恨自己,因为他备感失望。

## 五八

捕猎黑松鸡给托马什留下了如此糟糕的记忆，以至于他早就怀疑自己的种种不足。当然，一个猎人在需要引诱、潜行、变成一棵树或一块石头时，即使在这些技能方面具有非凡的天赋，一个看似从埋伏地射击的好手，也可能出于最小的原因而迷失自己。黑松鸡的证明若要成立，那他面前就竖起了一道不可逾越的障碍。他永远不会成为一个完整的人，他的整个自我形象大厦都化为瓦砾。他这样努力，他如此渴望，他已经如此把自己想象为森林公民，而在这里，仿佛由于更高的讽刺，拒绝了他最想要的，他听到了“不”。不。那么他应该是谁呢？是谁？与罗穆阿德在一起，这个国家的地图给精选出的人们，这一切都丢失了。他不能与猎枪分开，他痛苦万分，他游荡到森林里，悔恨在那里平息。

林中灌木丛上的光点，上面的嗡嗡声抚慰了他，他忘记了自己。他不需要在任何人面前通过考试，没有人对他有任何期望，他没有寻找任何东西，他尽可能安静地走着，停下来，庆幸各种生灵没有注意到他。他有时会想，不带猎枪他会更快乐，因为实际上不需要杀戮。虽然，同样，如果你不带猎枪去森林，每个人都会问为什么，有点愚蠢，不可能向任何人解释为什么，是的，去“狩猎”就已经明了了。而且肩上的这个枪管也为步行增添了魅力，以防万一，可能会偶遇鸟或动物，很难预测会发生什么惊喜。

遇到狍子时霰弹枪发挥不了任何作用。他走在一条小路上,路上铺满了棕褐色的松针,道路光滑,消失在沼泽的某个地方。只有在冬天结冰的时候,拉木头的雪橇才能在那路面上行驶。突然,什么东西从下边划他的腿,他起初不明白那是什么存在,确切地说:存在,仅此而已,红色的树干从它们的位置移开并跳起了舞,光在蕨类植物的叶子之间雀跃。不是树干,是一些浑身树皮般的锈红色生物,而且是在植物世界的边缘。它们啃着面前的草,小蹄子向前移动,不时扬起脖子,一个把头转向他,但大概没有把他和静止的东西区分开来。他只是想让这一切持续下去,想让自己溶解于无形之中。或许是他眼皮的抽动或气味引起了它们的警觉,它们轻轻跳跃着,消失在灌木丛里,而他呆住了,几乎怀疑它们是否存在过,或者只是他想象出来的。

还有一次,他遇到了一只小狐狸,在树墩旁边四处张望。托马什凝视着它的脸和蓬松的尾巴,觉得没理由不射杀它,而且还想到把它带给罗穆阿德就可以赎掉自己的罪过,这种想法掩盖了一切,但当他触摸步枪皮带时,狐狸像装了弹簧,一下子就不见了,甚至没有扰动一片叶子。

然而有一天,武器诱惑了他,结果非常糟糕。在榛树顶上,他注意到一条彩色的蛇在扭动,一半隐藏在绿荫里,一半在空中。一只松鼠,显然和他见过的不一样,但也许是因为横向移动使它变长了,增加了它的美感。下方传来小鸟惊恐的叫声,它一定是威胁到了它们的巢穴。托马什出于对它的爱,无法抗拒,就开了枪。

那是一只小松鼠，小到他在高处看到的根本不是它，而是它跳跃的轨迹，它的颜色在跳跃轨迹里久久不散。它在苔藓上蜷起身子再挺直，小爪子抓着胸口处的白色背心，那里有一点血迹。它不知道怎么死，尝试着把死亡像拔一根刺一样从身上扯掉，它好像突然被那根刺钉住了，只能围绕它旋转。

托马什跪在它身边哭了，哭得脸上的肌肉抽搐。现在该做什么，该做什么。他可以用半条命来救它，但他却无奈地参与了它的濒死过程，被惩罚目睹这景象。他俯身在它身上，它纤细的爪子交叠着，仿佛在求他帮忙。他把它捧在手里，如果是这样拥有它，他会产生想要亲吻和抚摸的冲动，而现在他的嘴唇紧紧地抿在一起，因为已经不是要占有它而在心里呼唤，而是为了拿自己交换它，但那是不可能的。

最难以忍受的是它的渺小和不断的扭曲，仿佛水银挣扎着不让自己冷却僵硬。一个秘密暴露在他面前，只是眨眼的瞬间，以至于他立即失去了通向它的渠道。流畅的动作变成了断断续续的翻腾，深色毛发形成的色带浸湿了蓬松的脸颊。颤抖越来越弱。它死了。

他坐在一个树墩上，森林在嗡嗡作响，刚才它还在这里玩耍，采摘坚果。这比迪尔比诺娃奶奶的死更可怕，由于各种原因，他也分辨不清。在所有曾经存在过的松鼠中，这一只，只有一只，永远不会一样，永远不会复活。因为它就是它，而不是其他松鼠。但它知道“自己是自己”的感觉哪儿去了？它的温暖和柔软哪儿去了？动物没有灵魂。所以杀死一只动物时，就永远杀死了它。基督不能帮助它。奶奶喊：“救我。”耶稣会拥抱她并带领她。如果他是万能的,他也可以拯救松鼠。即使松鼠不祈祷,而这只松鼠也曾祈祷,祈祷就等于想要,想要活下去。在这里他是有罪的。卑鄙的。

把它埋在地下,它会腐烂,没有任何踪迹。他不会带它走。他不敢正视任何人的眼睛。转身就走。高高的蚁丘引起了他的注意。那蚁丘是枯死的散落的云杉针叶垒起的,并未显示它有人居住,然而一些巨大的红蚂蚁正沿着浅浅的小道朝它奔去,而当托马什剥开最上层,把木棍探进去的时候,它们就一窝蜂地钻进了洞里。他继续挖,直到蚁群冲出撕裂的隧道,惊慌失措地四散奔逃。他把松鼠拿过来,放下,埋上土。它们会彻底吃掉它,直到剩下一个白骨架。他会回到这里找到它。以后怎么办,他会做出决定,最好是放到一个盒子里,放在某个地方,这样它就可以尽可能长地存在下去。

找到回路很容易,一棵树冠弯曲的松树,然后是一块石头,一座长满鹅耳枥树的小岛。他拿起猎枪(未上子弹),将它扛在肩上,劈开树丛向小路走去。

卑鄙。不接触那些以灵巧和飞行自卫的东西;只接触那些没有预料到危险的弱者。松鼠甚至没有看到他,没有任何东西给它预警。现在年轻的黑松鸡在里边扭动着脖子,他能听到它们脑袋撞在树上的沉闷声响。如此精确的画面,触及粗糙的树皮,每次都有松脆的树皮瓣从树皮上掉下来。还有其他的良心谴责。米霞外婆确实告诉过他,他小时候会在花园里收集蜗牛,放在一个篮子里,出于对它们的同情,会把它们扔进伊萨河。他想象(也许是因为它们在雨后爬上小路),他是在帮它们一个忙。它们死在河底,但善意存在。他还饶了一只鸭子的命。但这还不够。

他多想可以拥抱某人,哭泣、抱怨。突然间,他产生了一种强烈的愿望,希望他在养蜂场边缘经过的橡树变成一个活的生物,他畏缩着,被洞里的吸力所束缚,恐惧类似于秋千上的恐惧。干树枝上的蓝胸佛法僧[①]尖叫着,他总是追着它们,尽管他从未能靠近——只有两只鸟有那种明亮的蓝色,它们是纯粹的飞行颜料:翠鸟和蓝胸佛法僧——就像他在笔记本上写的那样。现在他甚至都没有抬头。

早就有人说,妈妈会来,会带他去城里,在那里读初中。还不断说:一个月后,很快。但始终没有发生。“妈妈,妈妈,快来!”他扛着猎枪,心里重复道,他穿着长长的狩猎靴,泪水顺着脸颊流下,舔着咸咸的味道。诅咒的话语没有唤起任何清晰的记忆,只有温柔和光辉。

他需要不同的光线,而不是这个八月的午后,在收割过的土地上旋转的空中镜面。近来,他时不时有种奇怪的感觉:人、狗、森林、吉涅像以往一样一直在他跟前,但又不一样了。用这种方法可以将鸡蛋吹出来:在鸡蛋末端打出一个小孔,然后通过吸管将里边的东西吸出来。像周围的一切一样,剩下的是一个外表,一个外壳。看似跟以前一样,但已不是这个了。

无聊。在早上起床或回应欢乐、玩耍和工作的召唤时,这一天勉强可以完成您将要做的事情,或者没有任何召唤,那时就不

---

① 拉丁文名 Coracias garrulus。一种中型鸟,通体淡蓝绿色。

知道干嘛以及去哪里。“什么，托马什还没起来?”“你怎么了，生病了吗?”“没有。”在伊萨河的岸边，他不明白他曾经喜欢那里的什么，树叶上覆盖着从路上扬起的厚厚的白色灰尘，干热的夏天，懒洋洋的水流拖着漂浮物的油膜慢慢流过。他拿出自己的鱼竿，清理了锈迹斑斑的鱼钩，蚯蚓在他的手指间扭动，鱼钩的尖端瞄准中间的粉红色点上，它下沉，不，他更喜欢用面包。他不在乎鱼漂有没有抽动沉没，捕鱼他只是徒劳地重复着一个完全不同的古老活动，他试图在自己内心激发兴趣，给自己安宁。

他拿出自己的算术练习册，自从约瑟夫告密后，课就停了，这些本子也就被搁置一旁了。每天花一个小时在它们身上的决心并没有持续多久，他被一道题缠住了，灰心丧气。他又在书柜里翻找，在那里找到了《古兰经》。如他所知，那是伊斯兰教徒的圣书。吉涅的某个人可能对他们的宗教感兴趣，托马什的曾祖父或曾曾祖父。虽然有些段落看不懂，但他喜欢阅读，因为它告诉了一个人应该做什么，什么是允许的，什么是不允许的，还因为当他大声读出来时，那些句子很响亮。

无用的猎枪挂在钩子上。它在托马什心里激起了被忽视的羞耻感。他常去博尔库内，但他一天一天往后拖。罗穆阿德没有出现。姨妈肯定从米霞外婆那里知道了托马什曾经和他一起去打黑松鸡，但她并没有表现出这跟她有什么关系。

“托马什，帮忙背些苹果。”

他帮了忙。甚至把自己搞得很累，他替安东尼娜背满满一篮子，但也有点自我满足。他用一个木背架来背，背架的钩子上挂着两个篮子，钩子是用叉状的榛树枝做成的。果园现在由哈伊姆的亲戚租用。粮仓下边是大地窖，里边有很多架子，上面摆放着更好的品种，散发着强烈的石头和压实土地的气味。他啃了一口青苹果，他很喜欢那有弹性的果肉，他很惊讶：果肉没有发生改变。

到他想起那骨架时，过了差不多一个月，这使得他要走一趟去森林的路。在那里他找到了蚁丘，但没找到松鼠。他不知道那具松鼠的尸体怎么样了。

## 五九

他给自己定的戒律很严格。只能喝水，不能吃东西。他决定坚持两天。他比希望的更强大，他希望卸掉身上的耻辱，自我克制的需要本身推动他这样做。他觉得是对的，应该这样做，这是公平的。

他有理由。仿佛要表明，他与众不同，不像常人，一种奇怪的疾病袭击了他。早上，他会偷偷端来一杯水，试着洗掉床单上的污渍。晚上，他总是噩梦缠身，巴尔巴卡赤身裸体拥抱他，用一根棍子打他。悲伤。

一定有什么方法可以撕开面纱。因为他周围的东西要么是空洞的，要么有时在他看来，被一层蛛网所蒙蔽，变得模糊不清。不是圆的，而是平的。而面纱也隐藏了他一直在努力追求的秘密，就像在梦中奔跑时一样，已经近在咫尺，但双脚却像灌了铅一样沉重。上帝——为什么他创造了一个死亡、死亡、死亡的世界。如果他是好人，为什么他不能伸出手阻止杀戮，或者挡住他的去路，以免踩到毛毛虫或甲虫，至少让人尽量不踩。上帝本可以以不同的方式创造世界，但他选择了这种方式。

因此，狩猎失败和不谦逊的缺陷，因为这些将他排除于人群之外，立刻驱使他独自思考自己与周围的一切。斋戒应该可以净化他，恢复他的常态，同时让他明白。惩罚自己的人，表现出对自己邪恶行为的厌恶，并以惩罚自己的身体来吁求上帝。

他深信，这个方法有效。早上空腹，就像要去领圣餐时一样。后来，几个小时后，他突然想要吃东西了，他克服了诱惑：哪怕一小块苹果，容忍自己吧。越远越容易。大多数时候，他躺着打瞌睡，内心变得高贵。最重要的是，当他走到门廊前，他身边的东西、天空和树木都发生了这种情况。托马什发现，随着越来越虚弱，自己从自身中冒出来，不多不少地化为一个点，在头顶某处盘旋。而另一个自己的眼睛是锐利的，拥抱着自己剩下的那个既熟悉又陌生的生命体。它缩小了，一直向下、向下，整个大地和它一起，而地上的一切都没有丧失细节，尽管它坠向深渊的底部。悲伤正在消退，一片过于新鲜的景象展开在面前。安东尼娜说过，瓦尔佩亚[①]女神坐在天堂，编织命运之线，每根线的尽头有一颗星星在摇摆。当一颗星星坠落，就意味着她剪断了线，于是一个人就会死去。托马什则相反，他并没有下降，而是向上游荡，就像迅速向树枝攀爬的蜘蛛一样，牵引着一根无

① 北欧神话中的命运女神。

形的线。

他决定了什么,实现了什么,虽然第二天下午他完全虚弱了,起床时感到头晕目眩。他晚餐吃了酸牛奶和土豆,从来没有闻到土豆的味道(覆盖着黄油)如此美妙。

上帝赐给他从未有过的思想安慰。他喜欢张开双腿,站在草坪上,俯身从双腿间向另一边望去:一切都颠倒了,公园竟然是一个惊喜。斋戒不仅改变了他,也改变了他所看到的东西。那么世界就不再是之前的样子了吗?不是。新旧世界同时存在于他内心。如果是这样,那么也许责备上帝安排错了一切是不对的,因为我们怎么知道,某一天当我们醒来,是否会发现另一个惊喜,认为我们到目前为止一直很愚蠢。而上帝,天知道他没有通过叉开的双腿审视地面,还是在经历了托马什根本无法与之相比的长时间斋戒之后呢。

但是松鼠已经遭受了折磨。有人能从另一边看到它并说松鼠没有真正受苦,只是我们想象它受了苦?大概没有人会这么说,即使是上帝。

无论如何,从托马什的斋戒得到一个裂缝的开口,通过这条裂缝中他落下去,并与一缕光线相连。他用手指抚摸着一棵枫树树干,他惊讶地发现它是无法穿透的。那里,在内部,有一个王国在等待,他可以缩小形体,行走一年,到达核心,到达树皮之外的村庄和城市,在木头里。不完全是。那里没有城市,但无论如何可以自己想象,因为枫树干巨大,其中包含了无尽组合的可能性,不比一个人观察到的少。

托马什受到孤独感的重压,但他渴望的却是融化和无声的对话。他提出了过高的要求。米霞外婆,是的,但他无力向她坦承任何事,她并不合适。至于忏悔,他是不愿意的。

根据祈祷书中的问题进行良心检查,得到确认或否认,但它们忽略了最重要的事情,使他望而却步。他内心带着自己的罪恶,将其视为集体性的罪过,因为太普遍而无法将其列为罪过。

上帝啊,让我和其他人一样吧,托马什祈祷道,而恶魔们竖起了耳朵,思考着接下来行动的方法。让我知道如何更好地射击,让我永远不要忘记我已决定成为博物学家和猎人。治愈我这可怕的疾病(考虑到伊萨河畔的许多恶魔等级低,很难保证它们不会发出听不见的笑声)。如果你愿意启迪我,请让我明白你的世界。告诉我它真实的样子,而不是我以为的样子(阴沉,因为这件事毕竟是严重的)。

托马什的愿望中许多显而易见的矛盾对他来说并不是矛盾。他哀叹死亡和痛苦,但这是他所处的秩序的一个特征。因为这不取决于他的意志,他就得关注自己在众人中的地位,这地位是靠杀戮的技巧获得的。现在他宁愿与罗穆阿德保持友谊,以获得去森林旅行的权利,而不必诉诸流血,但他对自己的责任不屑一顾,尽管他从未完全摆脱它。

## 六〇

“妈妈！妈妈!”

狄奥尼奇几乎带着哭腔,哀求着老布考夫斯卡,但无济于事。

“恶魔!”她叫喊着,用拳头捶打着桌子。“恶魔,我生他就只能带来不幸。丢人!丢人!”

她满面通红,狄奥尼奇担心她的身体。她现在闷得厉害,斜靠在椅子上,双手捂着肚子。

“天哪,他这么压我!”

她抱怨道:

“他践踏了我们所有人。自己的妈妈,他要杀,他怎么了。哦,狄奥尼奇,我伤心。”

狄奥尼奇走到小柜子那里倒了半杯伏特加,放到她的面前。她一口喝下去,擦了擦嘴。然后把杯子推到他面前,示意还要。他又倒了一杯,心里很高兴她没有拒绝这种良药。

“维克托,你和妈妈待一会儿。”

他走出房门,来到门廊里。罗穆阿德坐在长椅上,非常忧虑,抽着烟。

“怎么样?”

狄奥尼奇坐到他身边,手里卷着一根纸烟。

“在叫喊,越来越虚弱。你现在最好别在她面前出现。”

“我也不想去。”

“真的应该这样吗?一点一点儿来,做好准备不好吗?”

罗穆阿德耸了耸肩。

“你不了解她吗?一点一点儿还是不一点儿一点儿,结果都一样。”

他们沉默了。母鸡在苹果树下的地里刨着土,它们在松散的土地上安下自己的营地,土地上留下它们爪子的痕迹。公鸡追赶一只，追上它，拍拍它，终于放开，笨拙地爬下来。母鸡拍打着翅膀，像往常一样对发生的事情感到惊讶，然后在来得及考虑之前已经忘掉了。一匹套好的马，跳跃着，甩动着鬃毛。当马跑进一片成熟的罂粟地，狄奥尼奇冲了过去。他从地上捡起一根棍子，朝它扔去，然后双手挥舞将它赶走。鸭子穿过草地，忧郁地呱呱叫着，骄阳当空，九月的天十分干燥。

"现在该怎么样?"狄奥尼奇问。

"该怎么样？她会冷静下来。"

"但怎么会这样？祝福，她说她不会给的。"他说。

罗穆阿德瘦长的脸因为胡茬和不愉快而变得黝黑。

"如果她不给，就不给。我能做些什么呢？你听妈妈的话，她不让你结婚，这么糟糕，这么不好，谁会让她满意?"

"但是，你自己知道，一个农家女。"狄奥尼奇喃喃自语。

"你那位从前的贵妇和妈妈也不愿意。"

这并不是很严格。在那个反对意见中，她关注的是别的意思，不是关于被选中的人，而是关于儿子，就好像她嫉妒他，更希望他做个老单身。在这里发生了真正可怕的事情，它是如何发生的，实在太难解释，就像难以解释一只苍蝇是如何慢慢被蜘蛛网缠住的一样。

贵族的珠宝。在大箱子底部放着老旧的家庭文件，事实上自从老布考夫斯基死后就一直放在那里没有动过，而老布考夫斯基是唯一有能力译解它们的人。将布考夫斯基家族与被他们用牛皮鞭打后背打了几个世纪的奴隶混血，简直就是把贵族的宝石扔进烂泥里。诚然，布考夫斯基一家像农民一样工作，外界没有人能将他们与农民区分开来,但他们每个人都与国王平等,因为他们曾经选举过国王。他们祖先中间没有一个人——无论是祖父、曾祖父,还是曾曾祖父——曾卑躬屈膝过,布考夫斯基家还没有生出一个向奴性、驯服的黑暗冲动或更适合低贱阶层的狡诈冲动投降的人。然后他就不再记得自己是谁,自己的姓氏意味着什么,娶一个农妇,全家都会融化在不知道也不想知道自己从何而来的人群中。

因此,守护着血统纯洁的老布考夫斯卡,有足够理由感到绝望。她也可以生自己的气。她没有反对罗穆阿德将巴尔巴卡留在博尔库内,她指望他的理智,尽管有些细节应该已经警告了她。巴尔巴卡做事太硬,过于放任自己。

罗穆阿德宣布了一个消息。孟凯维奇神父并没有表现出惊讶,但心里却似蜜意倾泻而出,一个不是基督徒的人最终成为基督徒,而且是一个贵族且高尚正派的人。有人可能会问,从他的角度来看,罗穆阿德发布公告是否正确。如果他想让巴尔巴卡和他在一起,让别人在蒸汽房里为他搓洗背部,那就做对了。但由于某些原因,像以前那样生活很困难,或者更确切地说,这应该是困难的。这并不意味着他做决定时毫无顾忌和怀疑。也许他对海伦娜·尤赫涅维奇的愤怒帮助了他,她和他玩过一段时间,是的,但最后,她根本没有出现,最终暴露了她摆上流架子、装贵族派头的作风:对他的腿来说她的门槛太高了。

在母亲面前说出自己的决定,是一种让人不快的尝试,罗穆阿德满头大汗。他说了很多关于农场的事,他需要帮助,他应该结婚。跟谁?哪怕只是——提到那个名字,讥讽的笑声立刻爆发出来，他说他已经下定决心，然后便听到尖叫，扔椅子，她抓起手杖开始打他。

狄奥尼奇回到房间，发现母亲一动不动地盯着一个点，握紧的拳头放在桌子上。瓶子里的酒少了不少。维克托坐在床上盯着她，半张着嘴。她的头在颤抖。

“丑闻。”

然后又悄声对自己说：

“丑闻，丑闻。”

狄奥尼奇非常爱自己的母亲，所以为她感到难过。不过，这里也没什么好说的。他坐在凳子上看着圣阿洛伊修斯，圣阿洛伊修斯的手掌上爬满了苍蝇。窗台上的玻璃捕蝇器里，酪乳里满是黑点，都还在动，强壮些的爬上已被淹没的同伴的身体，笨拙地拖着湿漉漉的翅膀。

## 六一

什么也不能和米霞外婆的安宁相比。她在大河的波涛上，在河水的静谧中摇荡，完全忘却了时间。如果说降生是一种过渡，即从母亲安全的怀抱进入一个充满激烈和危险事物的世界，那么米霞外婆就从未出生过，她一直包裹在一个现状的蚕茧里。

她用脚触碰绵软的毛毯，把它抬起，享受美妙的触感。她用手把蓬松的毯子拽到下颌。窗外是白色的浓雾，鹅在大声叫着，秋天的黎明化为点点露珠从玻璃窗上淌下来。睡意尚浓，或者说还处于梦的边缘。那时,在我们那里,没有什么能够触及内心的那个点,就像思想和语言所形容的那样,毛毯和土地、人、星辰之间的差别全部消失,只剩下一个,一个,甚至不是空间,而只是赞叹。

基于自己经历的所有清晨的经验,米霞外婆认识到所有事物被赋予的名称都是相对的,人类的所有事务也是相对的。甚至,我们可以断言,教会教人相信的东西也不是她所坚持的真理的对手——本能的源自内心深处的真理。她真正需要的唯一祈祷,可以简略为重复一句话:“哦。”“这个异教徒”,迪尔比诺娃奶奶这么说她,而且说得很对。人在行动时发现自己身上的缺陷,对米霞没有造成困扰。她没有竭力追求目标,而是放松自己,似乎没有任何目标值得她努力。不应惊奇,她没有深入他人的需求和担忧。他们想要,需要,为什么?

当她醒来,睁着眼睛躺着时,思考日常生活的各种细节,但这些对她来说并不重要,而米霞外婆从不匆忙起身,去做她昨天忘记做的事情,或迫切需要去关注的事。她对自己存在于无限中的经历记忆感到满意,她咕哝着,还被一只巨大的手抚摸着。对别人来说是一连串麻烦的事,对她只不过是发生了一些事,仅此而已。例如,卢克——也是婚姻!要么是海伦娜的调情——尽管跟罗穆阿德的浪漫史已经结束了——要么是这次土地改革。还有泰克拉,她老是推迟回家的时间,大家对她已不抱希望了。

肯定比她更加担忧这一切的“不可见的人”,在客厅里咯吱作响的地板上走来走去,穿过噼啪作响的家具,他们更担忧的是她对什么都不在乎。况且他们早就放弃了。针对他们的不幸,很难攻击无辜者,那些没有意识到罪恶的人。虽然也许他们开始围攻托马什的新的诱惑形式,应该归因于他们收集的观察。

托马什挖起鼻孔,这有助于秋天的思考,他第一次把米霞当作一个人来思考,并开始严厉地评判她。她是一个可怕的自我主义者,除了她自己,谁也不爱。可他这话一出,却也诡异地引起了质疑。因为是这样:只要看她一眼,就知道她对自己的膝盖有多满意,对枕头上的小坑有多满意,只要看看她如何像睡在舒适的羽绒被里一样沉浸在自己的身体里就可以了(托马什从内心感受米霞,或者他认为他感觉到了)。而他自己,难道不像她吗?是否像她一样,在闻自己的皮肤时感觉最好,他蜷缩成一个球,醉心于他就是他?然后是感谢上帝和祈祷。只是此处有没有什么欺骗?米霞外婆很虔诚。好吧,但她不是在他面前祈祷吗?人们说:上帝。如果这只是把我们对自己的爱伪装成这个样子,为了看起来好一些,而实际上我们到底爱什么呢?自己的温暖,也许是自己的心跳,自己依偎在被子里。

没有人会拒绝恶魔的聪明。这是怎样的意外之喜呀,剥夺托马什对自己内心声音的信任,剥夺他的安宁,向他一丝不苟的良心呼吁。这时他已经不能向上帝祈求帮助,让上帝照亮他的头脑,当他双膝跪下他会认为,自己是跪倒在自己面前。

托马什想把自己托付给真主,而不是由我们内心的东西喂养的,在我们头顶升起的蒸汽。而那次禁食之后,他才摆脱了一点自我折磨,勉强经历了几个有甜食的早晨,然后他又失去了立足点,他涂抹玻璃上的雾气,脸庞滑落被遗弃的泪水。

与此同时,米霞外婆每天凌晨都沉浸在自己的愉悦中,从没想过自己会得罪别人。

## 六二

“马上就要结束了。”

这是一个声音或信号,在干草上方的空气中振动,蟋蟀在草丛中演奏。巴尔塔扎尔站在小路上摇晃着,因事物被搅乱而震撼。他是从哪里来的?他在这里做什么?他和这有什么关系?那些在他面前模糊、外表光滑且成锯齿形延伸开去的物体嘲笑他不熟悉它们。它升至虚空的中心,更糟糕的是,虚空没有中心,地面也没有为双脚提供支撑,它从他们面前逃离,毫无意义。他走着,一些萤火虫从他两边飞过,它们是干什么用的,总是这些昆虫。他们跳。

“马上就要结束了。”

小楼梯吱扭作响,屋子空无一人,妻子和孩子们去吉涅母亲那里了,啤酒罐放在桌上,旁边有一大块面包。他举起啤酒罐喝了几口,然后用尽全力掷在地上。棕色液体洒在粗糙的地板上,如群星飞散。他抓住桌子,被什么液体清洗过的木头散发出某种气息,家里到处是这种味道,几乎令人窒息,对他来说那气味很恶心。他环顾四周,目光触及靠着炉子的斧头。他走过去,抓起斧头挥了挥,在手里拎着,回到桌子前。他挥了挥斧子,然后从上向下砸去,不是横着而是竖着,不是盲目的。桌子应声而碎,那块面包滚了几下,在桌上翻过来,指向沾着面粉的光滑一面。

从另一个房间里,巴尔塔扎尔带来了一个用柳条缠绕的大房子,放在地板上。然后他踢了一脚。他靠在墙上,凝视着液体汩汩地蔓延成一大片污渍,到达破碎的桌子,在面包周围流淌。他发现有很多东西可以看,因为周围的一切都突然变得强大、清晰。在边缘,物质懒洋洋地吸收,让水渍淌到长凳下,留下一些小岛,很快也被淹没了。其中仿佛包含了所有必需的东西,想着这些,巴尔塔扎尔从口袋里掏出火柴。

然后他经历了介于没有和有之间的那一刻,前一秒没有,后一秒有,永远,直到世界末日。他的手指捏着盒子,另一只手的手指靠近有黑色尖端的木头。也许他一直只想做一个纯粹的行为,行动的纯粹紧张感,这样结果就不会给他带来负担,过往已不可追,他将专注于新的行动。他将火柴在盒子上擦了一下,火光迸射而出,他像第一次见到一样盯着它,直到火苗烫手,他的手指分开,火柴熄灭,落下。他拿出一根新的,用力一擦,然后往前一扔。火柴熄灭了。他点燃了第三根,俯身,慢慢地将它放在洒出来的煤油上。

他把掀翻的长凳抛到蔓延的火焰中,然后离开。他的衬衫没有系扣子,没有系腰带。口袋里有烟草和一瓶伏特加。

"马上就要结束了。"

未来。不曾存在。声音在呼唤,天空苍白清澈,蟋蟀在演唱,白天,黑夜,白天,再也不需要它们了。来自哪里,信心增强了。他知道要去哪里吗？他在走路。但他转过身来，这种效果的恐怖，看到从敞开的窗户涌出的浓烟时那不可逆转的效果的恐惧，这是巴尔塔扎尔对法的永恒抗议，即没有任何东西存在下来，我们只是被锁链锁了起来，用颤抖的手指拿出瓶子，然后跌倒在草地上，再四肢着地爬起来了，发出叫喊，我们觉得是在叫喊，从喉咙里吐出的却只有喘息的低语。

巴尔塔扎尔可能有足够的意识跑出去扑灭房子的火。自己能做到这一点，他根本没有想过，尖叫让他窒息不是因为他做了什么，而是因为他必须做什么，也许在他拿着火柴的时候就已经知道，现在自己是自由的了，他只会那样做，而不是别的。他也知道，像动物一样四肢着地，他跳不起来，也不会跑去灭火。

一个拿着木剑的人影在稻草色的磨坊周围挥舞着剑，像蛇一样向他爬来。巴尔塔扎尔看到一双闪闪发光的眼睛竖着，身子鬼鬼祟祟地弯了下去。他一跃而起，从栅栏上拔出一根尖木头，喘着粗气，而他前面的草丛里一个人也没有。初秋季节，空中的蛛网摇曳，微微弯曲的光线。周围的森林在阳光下金黄，炎热的寂静。

一个人也没有。既不是敌人也不是朋友，除了一个难以捉摸因而可怕的存在。他猛地转身，以便挡住背后来的攻击。喜鹊从沟里的某个地方尖叫着飞起来。窗户里涌出的烟雾汇成条带，聚集在屋顶的瓦片上，已经在鹅耳枥的树梢上蒙上了一层雾气。

“马上就要结束了。”

## 六三

“森林。”

“政府的。”

“不是。”

“这是森林吗？”

“那是巴尔塔扎尔。”

“是巴尔塔扎尔那边烧着了。”

波吉里的人们去果园的边缘，到收割过的茬地，以便看得更清楚。然后他们召集在一起，拿起水桶、长钩和斧头，一队人匆匆出发。孩子和狗追着男人们跑，一群好奇的女人聚集在后面。

在接下来发生的事情中，应该将可能性与实际进程分开。在每一次对事实的重构中，哪怕它们在表面上以最合乎逻辑的方式相互联系，都隐藏着漏洞，如果要填补这些漏洞，一切都会以不同的方式显现。然而，没有人尝试它，从显而易见中获得的满足感阻碍了它。

巴尔塔扎尔放火烧着了他的房子，并潜伏在他的栅栏从路的两侧结束的地方，那是赶着牛群出去的出口。之所以潜伏，是因为他预计从波吉里会看到着火，他们会来扑火，而他决定不让这种情况发生。这是可能性。事实上他并没有任何打算，他坐在草丛中，咬牙切齿，受到爬行生物和超自然喜鹊的威胁。这在很大程度上解释了他在精神和身体之间缺乏和谐。魂魄可能会完全陷入混乱和恐惧,但身体却保留着它的意识和反应速度,沉重但始终强大。对其他人来说,这看起来像是服从某种意志,专注于一个明确的目标。

他们已经远远地看到了火焰,听到了一条狗发出的绝望的呜咽声,火肯定已经烧到了狗窝边上。大家正忙着,当他突然从地上跳出来,蓬头垢面,没有人样,大家都感到无比惊讶。他手里拿着从栅栏上拆下来的木棍。手臂做出防御动作。他没想到会有人来。对他来说,那些人如一道宽阔的阵线在逼近,有许多面孔在闪耀。

走在前边的是瓦考尼斯。看到巴尔塔扎尔举起木棍,他把斧子护在身前。这时,巴尔塔扎尔的身体感觉到危险,所以做了该做的举动。他用尽全力把木棍砸向瓦考尼斯的头,后者应声倒下。

"杀人了!"

"他打死人了!"

而第二声呼喊,呼叫,强化了整个群体:

"嗨,男人们!"

这些是蜂房,年轻的橡树生长在被砍断的树干之间,这里那里树墩被刨掉的地方留下黑色的坑洞,打断了那里的绿色植物。十几个人尖叫着跨过那些坑洞,奔跑时衬衫在身后拍打。巴尔塔扎尔朝着一片高大的森林跑去。现在只有自卫的身体和靠它来实现的目标。他没有多想,但他知道这是一场生与死的游戏,因此目的是:一把藏在橡树里的短管步枪。但他们也知道,他一旦进入高高的密林,他们就再也找不到他了。他们斜着向他跑过来，他向左转，他们又继续向前，他转得更远，然后进入了赤杨林。一块田地将田野与森林隔开，另一方面又与牧场接壤。

他被困在表面干燥的泥潭里，一团团黑色的泥炭从他的靴子底下翻起来。他已经没有气力再跑了，但他不得不跑，他已经喘不过气，四肢着地爬行，陷入泥浆中，他的心已经裂开，发出呻吟声。与此同时，追逐也停止了。他们商量了一下。想要抓住他，他们应该包围赤杨林，然后把他往一边儿赶。他们确定了谁去哪里。巴尔塔扎尔听见了他们的声音，四周看看有什么武器，篱笆上的棍子在跑的时候已经扔掉了，他摸到一根粗大的棍子，但棍子朽了，碎成一堆。于是他抓起了石头。

来自波吉里的人现在可以和他算账了，跟一个罪犯，他突然跳出来谋杀他们，只因为他们想遵循邻里之道帮助他。他们无疑想干掉他。他们明白，需要强者，必须在一起，他们用诅咒互相激励。

他们随着时钟指针的轻微颤动而移动，在大地上保持彼此间的手势、目光、动作一致，梳子触及闪亮的长发，镜子反射出一束束光，隧道隆隆地响，轮船的螺旋桨搅动水流。巴尔塔扎尔的心脏随着时间的推移而跳动，口水从张开的嘴里滴落，不，不，还不要！活着，无论如何，无论在哪儿，还要活着。他寻找避难所，贴紧沼泽，撕扯它，仿佛要把自己埋葬一样，挖出一个藏身之处。因为这——他在这里，而他们在周围——像是对某些声音或梦的确认，好像注定如此，不可撤销。他无处可藏。赤杨林，边缘很茂密，而这里相当稀疏，老树没有给灌木留下足够的光线，暮色中,粗壮的根系间有牛蹄的痕迹,这里那里还有像扁平蘑菇般的粪便。他们不会错过他,从远处就能看到他。步枪。他们有步枪。他没有步枪。

也许巴尔塔扎尔应该举起双手迎着他们站出来。要做到这一点,他必须在房屋大火、幽灵和波吉里的人们之间设置一道屏障,但他们是以执行者的身份出现,与所有这些结为一体。他几乎把眼珠子从眼眶里瞪出来,他握紧了自己的石头。

他们像常规围猎时一样敲击树干。他们的声音越来越近。巴尔塔扎尔残余的一点意识必须分配给他选择的战术。他没有等待,而是转向他们,转向那些来自田野的人。只有通过让他们吃惊,他才可能设法逃脱。但是他太重了,在泥泞里跋涉,没有获得足够的速度。

他碰到的第一个人是个小伙子,他在附近很出名,因为在所有夜晚聚会上,都被女孩们称为最佳舞者。巴尔塔扎尔差点撞上他,在两步外的距离上将石头砸在他脸上。既然是优秀的舞者,就一定有某种灵巧,小伙子弯下腰躲开了——差四分之一秒——石头从他头上呼啸而过。而巴尔塔扎尔躲到树后,躲开了斧子的利刃。爆发出一声尖叫:

"他在这儿!他在这儿!在这儿!"

巴尔塔扎尔再次奔跑,他双手紧紧抓住一棵小树,连根拔起。他是怎么做到的,不得而知,这超出了人的力量。他带着这棵树,像一根沾满泥泞的巨棒,他遇到了那些向他跑来的人。

"他在这儿!他在这儿!他在这儿!"

阳光下的羊在地毯上扬起灰尘。刺猬在苹果树下沙沙作响。渡轮离开岸边，人牵着马的缰绳，马闻着水的味道打着喷鼻。高高的天空，在长满苔藓的林地之上，仙鹤在空中飞翔，发出呜呜的叫声。

他们在空地上发生了冲突。巴尔塔扎尔的攻击在空气中呼啸而过，与此同时，一根杆子落在他的肩上，他的手指张开，松开了小树。杆子末端有铁钩，是用来扯开燃烧的屋顶的，棍子很粗，是椤树做的。瓦考尼斯的儿子双手握着。他走在前头。

假如能止住随处发生的一闪而过，冻结它，像在一个玻璃球中一样看它，把一瞬的前一秒和后一秒分离，将时间线变成一片空间的海洋。但是不行。

砸在了巴尔塔扎尔的头骨上。他全身扭曲，然后倒在了地上。可以听到疲惫的人们喘息的声音，回声重复着“他在这儿”，还有其他人匆忙的脚步声。

与此同时，巴尔塔扎尔的房子、马厩、牛棚和猪圈都彻底烧毁了。森林里的农场只剩下干草棚。

“他活该！”

“魔鬼的儿子。”

## 六 四

老瓦考尼斯死了，但巴尔塔扎尔还活着。他被送到吉涅的岳父母家。苏尔孔特立刻派人去找医生。托马什从没见过外公如此气急败坏。一向温和的他，现在答话很生硬，他转过身，剪得很短的灰白胡须微微翘起,掩饰了一些未说出口的话。他去了村子里,坐在那个没有恢复知觉的病人床边。

放在凳子上的一盏大煤油灯发出明亮的光。巴尔塔扎尔躺在床上,床上只留下他头下的一个枕头,其他的都被拿走了。身上的泥巴和血迹都被洗掉了,面色的灰白与脸上缠绕的厚布绷带的白色泾渭分明。应该给他涂最后的恩膏了,但此时他出乎意料地睁开了眼睛。他的目光似乎惊讶而平静。他似乎不明白自己在哪里,以及这一切意味着什么。

教区神父对忏悔内容有义务保密,所以没有公布他听到的内容,只是保证说巴尔塔扎尔思维完全正常。也许是突如其来的震撼,将他从纠缠其间的蛛网和迷雾中解脱了出来。他与神父的谈话持续了很久。后来,随着时间的推移,孟凯维奇越来越多地提及那次谈话,为他所做的事情找到合理性。他用一些例子来支持自己关于等着捕捉人类灵魂的陷阱的学说,因此许多事实泄露给了公众。

尽管神父在自己忏悔室的椅子上已经见多识广,经验丰富了,但还是感到震惊。不仅是因为巴尔塔扎尔第一次忏悔时向他承认的那些重罪,仿佛在此之前一直都没有意识到,而是突然在面前发现了似的。更让他感到震撼的是这个人带着顺从或者说固执,不断重复说他是受到诅咒的。教区神父向他解释说,任何人也无权这么说,上帝的慈悲是无限的,只要为那些罪行悔恨就足以获得宽恕。而巴尔塔扎尔由衷而强烈地悔恨。如此强烈,以至于将自己的悔恨转向自己曾经的一切,毫不留情。他认真地听神父说话,过了半晌又突然打断他的话:"什么也帮不了我”,“他来了”。

因此,巴尔塔扎尔将过去出现在他面前的光明视为一个圆圈,周围环绕着黑暗,他来自那黑暗,又向黑暗走去。他已经沉迷于等待花样翻新的阴谋,让他遭受同样的痛苦。他的“他来了”听起来如此坚决,以至孟凯维奇神父不安地环顾了一下四周。

没有希望。他必须为那些犯有同样严重罪行的人提供赦免和最后的圣礼。教区神父从来没有遇到过这种情况,他顾忌重重,甚至试图从巴尔塔扎尔身上剥去信任的外表,以便自己与自己的良心和谐相处。他明白了病人不再否认,况且是因为他明显地虚弱了。和他在一起的整个过程都让孟凯维奇紧张不安,仿佛他即将治疗的疾病具有传染性,仿佛他对邪恶无能为力,同时又拒绝承认这一点。

由于力量不足或者意愿不足,在其他人进来的时候,巴尔塔扎尔没有表现出意识到他们的存在。他盯着一个点,就像盯着整个空间,他说:

“橡树。”

它指的是橡树里的枪,这出于临终前惯常的本能反应,或者表达了一些想法。他立刻又失去了知觉。

科恩医生是深夜到达的。他解释道,也许,假如能够进行手术……但为此必须先用马车运送,然后再乘火车去一家大医院,剩下的就是等待,而不是不必要地打扰自己。巴尔塔扎尔只活到了天亮。向日葵从雾中探出自己的黑色盾牌,母鸡困倦地咯咯叫着,抖下翅膀上的露水,这时他又一次用目光环顾了头顶的梁柱,人们的脸,这一切对他来说可能都很奇怪。

“小伙子们,一起。”

这是他最后的令人难以理解的话,几分钟之后他就死了。

早上,已经没有必要再去那里看什么了。对于托马什来说,活的巴尔塔扎尔的形象并没有被死寂的面具所掩盖。上唇微微上翘,像个男孩,圆圆的脸上闪过阴影和笑容,总是年轻的状态,在托马什心里,这就是他。

“怎么样?我是不是说过?喝死了,这混蛋。”米霞外婆画了个十字,补充道:“上帝呀,照耀他的灵魂吧。”

安东尼娜叹了口气,为一个今天活着,明天腐烂的人续说命运。至于海伦娜,她完全忘记了自己有让巴尔塔扎尔搬家、搬进护林员小屋的打算。她痛心的只是这么多好东西烟消云散了,她的痛心不是出于自私,而是出于对人类劳动一切成果的关心。

庄园的所有人都参加了葬礼。那时正在下雨,托马什搂着米霞外婆,在她头顶撑开一把伞。牧师的洒水器里洒出的圣水消失在倾盆大雨中,雨水打在橡树叶上发出响声。

教区神父思考着巴尔塔扎尔这件案子,迷失在复杂的事物中。他得出的结论,只有在他习惯了大声说出这些结论,并通过重复多次来确认自己的观点时,才能给自己增添自信。他谈到那些拒绝接近圣灵的人:人的意志是自由的,但按照安排,它既可以接受,也可以拒绝馈赠。他把它比作山顶泉水——水先溢出来,然后寻找道路,最后不得不流向一个或两个方向。

孟凯维奇既不是特别优秀的传教士,也不是神学家,他试图在巴尔塔扎尔死后给他的听众留下深刻印象,这得益于听众和他之间的某种默契——他们总是知道他引用的例子说的是谁。巴尔塔扎尔在大家的记忆中有相当长的一段时间占据重要位置。如果男人们喝得太多,女人喜欢用他来吓唬自己的丈夫。

托马什的外公为护林员的灵魂买了几次弥撒。教区神父接过钱,礼貌地致谢。他对自己毫无必要的礼貌感到恼怒,他从未摆脱对绅士们的这种礼貌。但这也不过是想想罢了。他可能近似于认为,巴尔塔扎尔部分是庄园的受害者,部分是,是的,但是,然而。

所以没有巴尔塔扎尔了,很难想象,当他们的嘴巴说出"没有了"这个词几分钟或几年后,他们自己也会"没有了"。然而巴尔塔扎尔违法酿造伏特加的大锅无疑是可以触碰的。波吉里的人们将它们移到靠村子较近的地方,并有效地加以利用。这些锅成了他们之间争吵的起因,也被死者家属指控为盗窃。而巴尔塔扎尔的花园则被野猪利用起来。

## 六五

五月的白桦林是浅绿色的,在深色云杉林的背景上,它们呈现浅绿色的与金星更相称的光带。在秋天,它们呈现亮黄色,闪耀着阳光的碎片。欧洲山杨像巨大的烛台,顶端闪耀着红色。十月的森林还有成熟的花楸的颜色,灰黄色的植物毛皮,还有落在小路上的树叶。

他们在山丘向沼泽地下降的地方狩猎,面前看到了山坡上层层叠叠的美景。那天早上的空气凉爽而清澈。罗穆阿德把双手围拢成一个喇叭,对着狗喊道:

"哈……利……!托……利……!哈……利……!托……利……!"

"哦利……"的回声飘向远方。

托马什站在他旁边。他的怀疑和自我折磨已消失无踪迹了,当巴尔巴卡在弥撒后告诉他,罗穆阿德下个星期天等他时,因为他们要带着猎犬去狩猎,他觉得这一切似乎是不真实的。对于巴尔巴卡,他不太知道,在获得那个关于他们婚期临近的消息后该怎么与她相处,听到这个消息家里人的反应是耸耸肩,作了些不太讨人喜欢的评论。但事实上,他从来不知道该怎么与她相处。最重要的是,罗穆阿德叫了他。所以也许根本没有什么轻视,只是他这么认为而已。事实上,罗穆阿德很惊讶地向他打招呼,说他已经很久没出现了,问他在做什么。

托马什很高兴。他吸进了一些刺鼻的气味,肺部扩张让他感到力量增强。他把双臂往后一甩,可以跳起来,用脚弹跳,能飞一百或两百米,落在他想去的地方。他把手放在嘴边,模仿罗穆阿德:

"哈利!托利!"

"咕咕,咕咕。"维克托嘴里轻声叫着。"咕咕",他用手指着。

猎犬跑过下面的草地。前边是鲁特尼亚,杜那伊和扎戈拉伊紧随其后。它们在那儿什么也没找到,需要驱赶它们去另一块阵地。

世界在托马什面前显得明亮而简单，与深陷于各种想法中的自己的关系断裂了。向前！猎枪的枪栓在他后背摩擦，那冰凉的感觉令他欣喜。任何注定在今天发生的事都一定是好事。

未来一直是为他准备的各种事物的仓库，都在等待着实现。你对未来有一种预感，因为它以某种方式存在于身体中。一些生物也充当了未来的代表——例如猫，如果它跑过一条路。但最重要的是，必须倾听内心的声音，那声音要么是快乐的，要么是沉闷的。如果未来是给定的，而不是随时创造出来，它可以在每一刻是这样或那样的，那我们的意志和努力是什么？这个托马什无法跟自己解释，他知道自己应该服从自己的判断，所以他迈出的每一步都既是属于它的，同时又是不属于它的。

他放弃了。充满欢乐的嗓音，像水晶的脆响。脚踩在一层腐烂的树叶上，霰弹枪的金属撞击着腰间的圆环，冷杉树林一片寂静，星鸦斑驳的脖子闪烁着光芒，在没有活动迹象的巨大蚁丘中，在某处，在那些正在陷入冬眠的国家内部，正在发生着什么。托马什会走几个小时，但罗穆阿德停下来抚摸着脸颊，思考着哪条路最好。三条小路在这里交汇，他们选了一条比较陡峭的斜坡路。在某些地方，他们能俯视云杉的树梢，那些树梢在他们脚下，而有的地方，森林缓缓降低，山谷在半光秃的榛树周围将森林截断，树下绿草如茵。在这样一个峡谷边，罗穆阿德留下托马什。他指示托马什保持警惕，注意小路和底部的小道。托马什不舍地看着罗穆阿德和维克托渐渐离去的背影：那些继续前行的人似乎总会收获更好的。

他靠在一根松树干上。然后坐下，把步枪放在腿上。眼前一阵窸窸窣窣的声音，他看着一只老鼠从扁平的树根下的空洞里探出头来。它在用鼻子嗅，鼻子可笑地翘着。它认定没有危险就跑了，在褪色的树叶中看不见了。

树枝上某处发出的另一种沙沙声引起了他的注意。他站起身来，抬头看去，松果的鳞片从那里倾泻而下，那棵云杉很大，一些小鸟在上面拍打着翅膀，阳光从翅膀间照射下来，然而除了拍打翅膀，他分辨不出是什么鸟。他绕着树转了一圈，但毫无用处。他被诱惑了，因为他不知道它们的名字，从这么远的地方，他认不出它们，而且分辨这些个头较小的小鸟他一直不在行。例如，罗穆阿德被问及它们的物种时，也只是挥挥手说："这个谁认识！"

他颤抖了一下，回过神来，因为突然听到从森林深处传来的追击声。仿佛教堂里的风琴突然隆隆作响。不是单独的声音，而是强烈踩踏的踏板，从最初的小节发展成上升和下降的合唱。回声使他更加兴奋，他紧抓着步枪，眼睛紧盯着砖红色的小路，然后又盯着峡谷的底部。因为他不知道狗往哪边走，追击一会儿加剧，一会儿沉寂，整个密林渐渐变成一个发出深沉咕噜声的胸膛，对他产生了如此大的影响，他甚至不再寻找声音的来源。如果他和罗穆阿德在一起，他会知道，那演奏在表达什么，他会很兴奋，但这语言对他来说毫无意义，只能是自我欣赏了。

似乎正在远去。他已经不再相信，在这里，在他面前有动物出现，就像我们在数数时，发现一切都正确时，或者当我们排除了各种意外情况时，我们就不再有兴趣继续检查下去，我们就会屈服于我们的懒惰,他现在就是如此。峡谷底部的绿色植物,道路通过自己那些茂密的绿色存在,否定了任何不同于它们的东西出现的可能性。况且托马什没有搞错,罗穆阿德对他的枪法不太有信心,所以把他安排在一个可能性很小的地方——这条小路很少有野兔出没。

因为无须回应森林的呼唤,托马什陷入天马行空的幻想,他不必承担任何责任,他四处闲荡,抛撒覆盖在地面上的枯枝腐叶玩,并用鞋底的边缘在土里挖坑。一些完全不符合他年龄的画面——这个坑是一条运河,这里是一条河流,现在再挖另一条运河。而捕猎在远处继续与空间对话,回声之上的簌簌声在树林的顶端移动。

托马什没有集中精力,狗的追逐方式与平时不同,它们的声音里发出的信息是:当心!当心!不,他正在异想天开,或者说什么也没想,只不过是失神了。没有想到,错误的判断正在降临,一场悲剧正在逼近。

因为一切都已经为最痛苦的打击做好了准备。英雄的信任。他长期培养的恐惧,后来放下恐惧,即那个弱点,爱的、欲望的弱点,没有它,人永远不会成为雷击的目标,还有欺骗性的快乐和过去所经历的痛苦再也不会重演的承诺。没有无知,大概就没有真正的悲剧,现在光柱直指他,已经包裹在其中的他,在屏住呼吸的观者的注视下移动,一个疯子,什么都不期待,被声音的魔力所诱惑,在地上挖可能给他带来不幸的小坑。

猎犬们追着山羊。它们循着它的足迹奔跑过去,跑成一道大弧,他们狂乱的叫声从山谷某处传到托马什耳中,听到狂吠声,他抬起头,心不在焉地将目光投向远方。就在这时,在他下边,突然一道闪电,击中他的不是看到它,他的整个身体感受到山谷里的物质喷射成某种未知的新东西。一切同时发生:惊讶、枪上肩、射击和闪过的念头:“是只山羊。”但在慌乱中,带着按下扳机时的绝望,他已经意识到,打空了。

托马什的嘴巴是张开的。他还没有意识到发生了什么。然后一声呻吟从他的嘴里逸出,托马什愤怒地将步枪扔在地上,周围的一切都被掏空了,他坐下,抽泣着,被命运的残酷刺穿。

微风吹过他头顶上蓬松的松木枝杈。猎犬们沉默了。所以他的轻快心情只是一个陷阱。为什么,为什么那个内心的声音给了他信心?他现在怎么能忍受这造成无限屈辱的一切?现在,只有那只山羊存活在他那压住眼皮的手指下,凝固在跳跃中,前腿弯曲,脖子向后仰。假如只提前一瞬间,一瞬间。但是他被拒绝了。

灌木丛沙沙作响,鲁特尼亚从那里跑出来,呜咽着,将目光转向他,另外两个跟着它,不明就里。猎狗们的失望情绪更是雪上加霜,他开了枪,但这一枪让他颜面尽失。他一动不动地坐在树墩上,双手捂着灼热的脸颊。一根树枝在靴子下折断——法官们来了。

罗穆阿德站在他身前。

“山羊在哪儿,托马什?”

他没有动,也没有看他。

“我射空了。”

“可它直接向你跑过来。我本可以打的,但我想,让托马什打吧。”他对走过来的维克托怒气冲冲地说：

“托马什放跑了山羊。”

每个字都像冷冰冰的匕首扎入托马什身体里。无可挽回。他害怕看他们的脸。他被挤压在自我的内心里，挤进自己的监狱，自己的身体，那个让他失望的身体和无法摆脱的身体。他咬紧了牙关。

回去的路上一片沉默。同样那些不久前还让人赏心悦目的岔路和拐弯，现在是毫无色彩的枯骨。他做了什么，何至于此？远超羞耻，还有对自己或上帝的抱怨，因为幸福的期许毫无意义。

在他们应该转往博尔库内的草地上，他借口说家里人在等他，然后跟他们道了别。

“托马什！猎枪！”他们在他身后喊道。

猎枪留在了他们那儿，靠在赤杨上。他没有回头，把手揣进口袋，试图吹口哨。

## 六六

托马什即将过完十三岁的时候有个发现：在真正的绝望之后随之而来的通常是真正的快乐，此时就能忘掉这快乐不存在时世界是什么样子。

白霜在紫菀上。树梢黏着白色的珠子，随着山雀飞走而摇晃。在迪尔比诺娃奶奶之前住过的房间的窗户对面，他站在一棵梨树下,呼吸着地上枯萎的棕色梨子的香味,这是一个枯萎的花园。他看着百叶窗。不,可能为时过早。她还在睡觉。还是她已经醒了?他走到窗前,小心地拿起钩子,然后收回手。

他的新焦虑:在他内心深处,他觉得自己真的配不上她。如果他们之间有一个水果篮,他会选择最坏的苹果,这样她就不会不小心拿走了。在摆桌子的时候,他确保她面前的盘子不会有任何裂缝(因为几乎所有的盘子都有裂纹了),放叉子时他会想,在他看来,他给自己的太好了,而给她的有点破旧了,并迅速换过来。叫醒她,是的,他想叫醒她,但那是自私。

从池塘后面传来脱粒机不均匀的隆隆声。他绕着房子转了一圈,然后跑到门廊,那里正在晾晒旱金莲的种子,他在厨房里与安东尼娜相撞。走廊地板上的木地板因多年践踏而轻轻凹陷。他看了看更衣室。例如,他会称一捆羊毛的重量,然后在她门口倾听片刻。他从墙上取下秤,将厚布料的角钩到钩子上,然后推动黄铜秤砣。他的注意力一时蒙蔽了,但突然间他放下了一切。把耳朵贴在门上。他再也忍不住了,按下了门把手,轻轻地,以便从缝隙里窥视而不发出吱扭声。但还是发出了吱扭声,她的声音从里面传来:——托马什!

那次打猎回来他病倒了。走路时就已经浑身颤抖,回到家里牙齿打战,他迅速脱掉衣服,钻进冰冷的被窝。米霞外婆给了他干覆盆子发汗。他已经患上了这种病,早晨开始出现混乱的臆想,预示着发烧,或者他需要这样一场病。他的下巴抵在弯曲的膝盖上,浑身被唯一一种欲望笼罩,就是躲进洞穴并感受被子和羊皮大衣的重量。那是几周前的事了,但感觉已经很久了。

当托马什在暮色中接近枕头时，搁在枕头上的栗色头发被编成辫子，他坐在镜子前，把头偏向一边。但首先，他用嘴唇碰她的脸颊，然后在她的床上坐下，坐在床垫边坚硬的边缘上。桌子上的一根别针，或其他难以区分的东西，神秘地闪烁着。然后百叶窗打开了，托马什从后面看着她，看着她镜子里的眼睛，有点翘，灰色，或者因为闪光，而不知道实际是什么颜色。笑的时候浓眉低垂，让她的眼睛隐藏在眉毛和脸颊之间的缝隙里。

他从小只从各种讲述中知道关于母亲的两个事实，并且多次思考它们，直到他觉得自己已记住各种细节，不过他记不住，因为他当时还很小。

伊萨河边的“浴场”是一排树木中的空隙，总是有树荫，人们总是从田野去那里乘凉。他的母亲把他放在小路上，她已经在水里了，这时她看到一条狗在收割过的田里朝他们跑来，舌头垂着，尾巴卷起来（该地区有很多狂犬病例）。她跳了出来，抓起托马什，赤身裸体地跑上山去公园里。托马什自己也不知道那条毛巾是从哪里弄来的，她盲目地捡起来裹在身上，所以毛巾在她身后晃来晃去，他似乎感受到了她的恐惧，她的嘴巴喘着粗气，心脏跳动。他还看到了那条狗：姜黄色的，两边下陷，他能听到它身后的呼吸声。这场景也许是来自梦境，因为这种逃跑的梦经常困扰着他。他是完全被动的，只靠她的速度，他吓得僵住了，直到她再也跑不动了，眼看着要摔倒。而且，“她”不过是一个符号，甚至不同于她的照片，也和现在他每天能够触摸到的真实不同。在与她的谈话中，他固执地反复提到那件事，当她把一切都告诉他，他会问："但是毛巾。毕竟，有一条毛巾。""什么毛巾？"

第二件事他完全没有向她提及。那时他一岁半，患上了白喉。他已经快要死了，而他的母亲，正如安东尼娜所详述的那样，正用头撞墙，跪着穿过房间，尖叫着求饶。她双手握紧举起发誓，如果托马什能够康复，她将徒步前往维尔诺黎明门圣母像去朝圣。立马有了好转。当大人们被问及那个誓言，他们全都环顾左右而言他："嗯，你知道的，那样的时代，战争，那样的混乱，谁还能想到这个。"因此，托马什不得不接受她没去朝圣这一事实。现在这与她、海伦娜和米霞的谈话联系在一起，她们通常在她的房间里谈话。母亲动人地描绘了她的战争之旅，靠近前线，或者她越过边境的经历——在荒野的森林里，夜晚，自己和给她指路的走私者，但天太黑了，她迷路了，不敢动，为了不撞到守卫，她就躲在灌木丛里等天亮。海伦娜插话道："真的吗？！泰克拉，真的吗？！"语气里带着惊叹。但如果她单独和米霞在一起，她会以宽容的口吻说："好吧，泰克拉总是……"这意味着，她善变、鲁莽，经历过美妙的冒险，但从来没有钱，等等。米霞总是站在炉子边鼓动海伦娜，让她多发泄一些甜蜜的不满，而海伦娜太傻，不明白她在取笑自己。然而姨妈的这些话却让托马什很受伤，他从未忘记母亲那个未履行的誓言。她也许真的很鲁莽？在某个地方，在内心深处，出现了对她将他独自留下的些许怨恨。当他发现自己有这个苗头时，他立即意识到了自己的严重错误。他寻找给自己的惩罚，他选了最严厉的一个——禁止自己在三个早上来找她说早安：最严厉的，正是因为这可能看起来是他不在意她,忙于其他的事。如果有别的什么诱惑他来评判她,他会闭上眼睛,让自己想想她是多么美丽和勇敢。

树叶变成暗红色,伊萨河在锈色的菖蒲之间烟雾缭绕。有时,他们骑上一匹马,到村子里去拜访母亲少女时代的朋友们。桌上放着啤酒壶,烟斗喷云吐雾,频频举杯,孩子们,狗,绿色的木箱上画着花朵,从门厅飘来奶酪、乳清、苹果的香气,母鸡在梯子上拍打着翅膀调整身姿,一年中这个时候,田间的工作已经完成,农场退回到四方形的圣所;路上的泥泞在车轮的辐条上发出轻柔的嘶嘶声。炉火在燃烧,在灰色的时刻,看着火焰而不想什么是好的。粉红色的光,让它持续下去,但慢慢地火焰熄灭了,不再一样了,黑暗,不想动弹。

灯罩一侧为白色,另一侧为绿色,灯芯需要用剪刀长时间修剪,以免黑须留在玻璃灯罩上。托马什在做作业,母亲把还在编织的毛衣放在一边,舔湿铅笔笔尖修改他的作业。她把椅子拉到他的椅子边,胳膊互相靠着,灯的光环,他们在这里,猫头鹰在窗外的果园里鸣叫。

然而已经发生的事,并不容易抹掉。她问他想成为什么样的人。

他脸红了,低下头。

"我……大概当个神父吧。"

她注视着他,面有嘲讽之色。

"你说什么傻话。为什么要当神父?"

"因为我……因为我……"

他咽下眼泪,他没能驯服它们。他不能说:"因为我放掉了一只山羊,还担心你不记得自己的誓言了。”况且这不是全部真相。

“因为我……我比别人差。”

神父因为穿着神职服,就有了不同于他人的权利,对他人的要求可以不约束他。他想表达的是这个。

她脸上的表情使得他必须说:

“我确实差。”

“你根本不知道你是什么样的。”

他扭过头,从咬紧的牙关中挤出一句话:

“我不想独自一人。”

门只有一次这样开,一张灰色毛衣上边的脸,不认识,散发光芒,呼唤,期待,鼓励,他,一动不动,不理解,突然叫起来,跳起来,双臂抱住他,她。不,再也不会。

睡眠很平静。她将被子裹在他身上,她的吻轻轻地将他带入夜的灌木丛中。她的脚步移开,托马什将鼻子埋进枕头里,寻找他能给她的东西。画着鸟的本子?不,是别的。“但我爱她。”

## 六七

在圣安杰伊节前夕,他们滴蜡,他的母亲在墙上投映出的是一顶花冠或者荆棘冠,没人知道,他滴出的是一片扁平叶子,从阴影看类似非洲大陆,上面还有一个十字架。然后雪花落下,从屋外进来的人嘴里冒出一团蒸汽,他们用力跺着脚后跟,想去掉鞋跟上晶莹的物质，伊萨河上嘎吱作响着移动的雪泥凝固成冰。圣诞节临近，不同于往年：圣诞夜家里预留给旅人的空盘子，现在注定要给一个真正不为人知的人，而不是像往年那样，默默地希望母亲会突然到来。不是安东尼娜，她现在正在准备圣诞节，托马什协助着她。她自己煮了香菇罗宋汤，烘焙圣诞饼（ślizyki）。圣诞饼是将面团揉成长条状，烘烤直至硬化成鹅卵石状。把它们放在一个盘子里，上面撒上蜜汁——装蜜汁的壶放在桌子上。蜜汁由水、蜂蜜和碾碎的罂粟籽组成。托马什并没有真正关心罗宋汤和甜点之间的菜肴。他往自己的深盘子里放上蔓越莓果冻，这是他最喜欢的食物，吃撑了，在他因暴食而撑得不行之时，为了纪念小耶稣在马槽里降生而放在桌布下的干草，为他的肘部做了一个柔软的垫子。然后，在圣诞树下，他们和母亲一起唱圣诞颂歌，她教给他那些他不会唱的。他们点燃马灯，踏着碎雪，去参加午夜弥撒。

托马什的妈妈很务实，他们决定留在吉涅过冬。严寒季节过境实在是太难了，而且还有其他等待的理由。托马什的父亲情况很复杂，但大多数情况下都很糟糕。在经历了各种失去职位的磨难之后，他作为当地的政府职员陷入贫困。海伦娜分得一块土地，所以她也有权分到一些东西，但是为了有余钱换成美元，她得等待价格好的时候，把粮食磨好卖掉。一个大胆的想法浮现在她的脑海中，海伦娜对着这个想法大喊："你疯了！"偷运两匹马过境，因为像立陶宛这种矮小、粗壮的马种别的地方哪儿也没有，所以作为礼物送给丈夫。但她自己是勉强混过去的，马怎么办呢？荒唐，必须成功。

这个边界只对走私者、狼和狐狸开放,因为波兰人认为维尔诺是他们的财产,而立陶宛人认为这是他们的首都,是被波兰人非法掠夺的,这对许多人来说是一种烦扰。母亲选择了四岁的马匹,两匹的背上都有一道深色条纹。马匹本应该送他们俩回家的,但她还是指望着自己的运气,如果附近没有警官的话,那些守卫可能会松动,如果不行,就想办法不让他们看见。

窗台变白了,寂静,只有欧亚莺吃丁香种子的壳发出的单调声音。即将到来的旅行引起了托马什对地理的兴趣。他们使用的是一本出版日期为一八五二年的德国地图集。母亲用铅笔在上面更正了国家,因为其中许多国家现在有不同的形状。地图集上既没有标记吉涅,也没有标记邻近的城镇,对此也没什么好抱怨的,但他想到了一般的地图,想到用手指按一个点,手指下有森林,田野,道路,村庄,有很多人在移动,其中每个人都很特别,与众不同,而抬起手指,又什么都没有了。就像在教堂里他很想飞起来从上面观察跪着的人一样,在这里他想要一个神奇的放大镜,可以从纸上看到隐藏在那里的一切。越是关注这个空间连同这里的轮廓、圆圈和线条,它就越吸引人。这就像取两个数字:一和二,并想象它们之间有什么。假如可以绘制一张地图,在上面标明所有的房子和所有的人,无论是站立或是行走——那还有马匹、牛、狗、猫、各种鸟,伊萨河里的鱼,而假如把这些也画出来,那还有狗身上的跳蚤,草丛里闪亮的甲虫和蚂蚁等。所以地图总是不准确的。在地图上追踪的同时,又做了另一个观察:我在这里坐在椅子上,在那里,我的手指下一个空白的地方,吉涅应该在的地方,有另一个我。我的手指指着缩小的我。那里的另一个我跟这里的我不一样,只是平等的,跟其他人混杂在一起。

白天变得越来越长了。外公谈事情回来,心情非常好,因为他的努力终于得到了回报。他得到承诺,当局会承认他和海伦娜之间分割吉涅。约瑟夫的告密最终没有损害任何东西。尤赫涅维奇一家将在圣乔治日之后搬进来。那个地产真的被分掉了。

已经是棕榈主日了,虽然柳树还没有发芽,在霜雪中,今年的春天迟到了。然后蓝色的三角草从腐烂的树叶和松针中间探出头来,他怀疑这是不是最后一个春天,也许他永远不会再回来了。他在公园里转悠了许久,终于在一块方形的林间空地中间的一个斜坡上,看中了一个地方,他挖出一棵小栗树,把它移到那里栽了下去。如果他再次回到吉涅,第一件事就是跑到这片空地来看看他的树长了多高。

伊萨河里的水还是冰冷的,只有最初的浅绿色叶卷在靠近岸边的地方从水里探出头,在倒映于水中的翻腾的云影里。有一天,在河边的灌木丛中的小径上,他遇到了从前的玩伴奥努泰。他时不时从远处看她,但这次不像往常了。她站住了,盯着他看了片刻,似乎很好奇,但更确切地说,是带着一种奇怪的表情。她已经是个大姑娘了。她低下头,而托马什感觉到衣领下和脸颊上的热度,他从她身旁绕过,神色凝重。严厉的表情掩盖了颤抖,但奥努泰可能认为他鄙视她,因为他几乎已经是主人了。托马什这么想的时候已经太晚了,在他已经远离危险的时候,他感到很遗憾。

## 六八

罗穆阿德与巴尔巴卡结婚六个月后,生下一个儿子。那时,在融化的雪下,裸露的黑色鼓包在田野中突出,但是,尽管已经是四月初,又来了一波冰冻,他们用雪橇把小儿子送到了教堂。小孩受洗,取名为维托尔德。

天空乌云密布,乌鸦在柳树上发出呱呱叫声,罗穆阿德的鞭子,那是外出巡游时的鞭子,带着红色的鞭穗,漫不经心地抽打着马背。巴尔巴卡敞开方格围巾往里看,婴儿睡着了。他们就这样走着,完全不知道时间,时间不仅意味着春天的回归和冬天的离去,成熟谷物的摇摆,鸟儿的到来和离开。漆成绿色的雪橇滑行的土地没有躁动不安,没有喷火的火山,这里没有人想到过人类历史上的那些火灾和洪水。

维托尔德在屋前大声哭叫,巴尔巴卡把他放在摇篮里,一边摇晃,一边看着准备接待的桌子。在自己家里做主妇是件幸福的事。当她打开碗柜门,散发着烤圆面包的味道,她在里面放了很多甜品。我的面包。我的老公。我的儿子。最后但并非最不重要的一点是,我的地板,系带鞋让木板条发出吱吱声。于是她满脸喜色,客人进来了,罗穆阿德搓着手说:“来吧,巴尔巴卡,来吧,我来接。”

老迈的布考夫斯卡看着她的孙子说,他很像自己的儿子,而不像儿媳。她必须这样安慰自己,于是一杯接着一杯喝。然后窗外的夜色渐浓,解冻的风在树枝间呼啸而过,如果有人被光线吸引而走近，他会看到他们在笑，略显呆滞地靠在椅子上，还有狗（冬天，由于外面很冷，允许它们待在家里）在房间中间抓挠。一只狗用后腿挠脖子，敲打着地板，但玻璃窗阻止了声音通过。

朝着黑暗中亮着的窗户，一匹在森林边缘的狼转过头，追踪着人类难以捉摸的栖息地，人类与狼能够理解的生活是永远分离的。其他更狡猾的动物可能也会被这片灯火通明的阵地所吸引。只是，比如说是穿着燕尾服的恶魔，那他们很快就会因为对人类房屋内部感兴趣而受到惩罚。他们太重视小事，他们绝不能在一个要求分寸感的时代存活下来。很快，伊萨河两岸就再也没有人会说，看到其中一个在磨坊的横梁上摆动双腿，或者听到他们在跳舞。如果有人讲，你不必相信。

解冻的风是西风，来自大海。在瑞典和芬兰海岸之间的水域，在汉萨同盟城市里加和汉萨同盟城市但泽之间，船只在雾中摇晃，嗡嗡作响。巴尔巴卡正在给婴儿换尿布，擎着他的双脚，轻轻抬起那让她心生柔情的小屁股。当她解开上衣的扣子，递给儿子一只乳房，胸口有一条蓝色的静脉穿过她的皮肤时，这种温柔，以及她的感情，不应该转移到他们的经验范围之外。我们应该在介乎动物和人类之间的边界上生活，这样很好。

## 六 九

差不多在同一个时候，罗穆阿德雇了一个新的长工，多米尼克·马利诺夫斯基。这个人如果是有生以来第一次离开吉涅，那一定是出于很重大的理由。

他和主人站在谷仓里用连枷脱谷粒，这个冬天他曾在那个主人那里工作过。或许这场冲突是可以避免的，尽管从早上开始，一切都在向这个方向发展。多姆乔知道如何刹车。他的嘴巴总是很严，把自己想说但又说不出来的东西憋在心里。随着进入成熟期，他越来越像一只瘦削的猛禽。他抑制不住自己一遍遍想掐住这个混蛋的喉咙，但他知道，屈服于自己的意志是危险的。啪，老人的连枷激起回响，砰，多姆乔的连枷回应了他，于是，两个声音接连不断，活像二重奏。只有一次他们停了下来，因为老人不得不对自己家里的某人大喊大叫。那正是事情的开始。

这个"某人"是女仆，跟多姆乔年龄相仿，他觉得她很傻，让别人推来搡去。说他喜欢上了她恐怕言过其实，事实是，他为她辩护了几句。然后，老人固执、迂腐的自尊心尝到了多姆乔的拳头，他抓住老人，用手指掐住他的喉咙，把他举在空中片刻，然后扔在地上，直到他发出呻吟。他走出大门，身后传来大叫声。

胜利的一刻。"你别想骑在我头上。"但当他靠近渡口的小屋时，他已经开始思考会发生什么。结果真的是这样。那个人纠集了其他富有的人反对他，他们团结在一起，多姆乔不能再指望从他们那里赚钱了。他只得去别处找活儿干，这才来到了博尔库内。

在这期间，多姆乔待在家里打磨勺子、做糕点的木槽、木鞋，每天挣点小钱。有时，母亲坐在对面的长凳上，看着他灵巧的双手。她说"土地"，然后他会抬头看着那张布满皱纹的脸，嘴巴两边的皱纹很深。始终都是同样的话：这是她要求从改革中得到土地的申请。“约瑟夫说过。”“已经到处都在分地了……”

多姆乔什么也没说。他低下头，使出比平时更大的力将刀子插进椴木。他沉思着，将刀刃慢慢向自己拉，划出一道长长的沟槽。

## 七〇

托马什与母亲离开的日子拖延到了六月。她吩咐在榛木大车上装上座位，在座位上方装上棚子，就像吉卜赛人的大车一样。他们离边境还有一百公里，另一边还有差不多四十公里，所以得防备下雨，而且这样在旅途中还能睡觉。她还准备了一堆香芹干酪、香肠和烟熏火腿，这些都是托马什父亲喜欢吃的。

在前一天，外公带托马什进了自己的房间，随手关上门，坐下来清了清嗓子，然后开始说城里人都被搞坏了，要小心，不要和坏人做朋友，但随后他又擤了擤鼻涕，看起来好像在为什么感到羞耻，因为托马什问，怎么才能分辨哪些是坏朋友圈子。“你知道，伏特加，打牌……”他把托马什拉到身边，托马什在他胡须扎人的脸颊上亲了一口，一股强烈的感动渗入托马什体内，直到外公突然推开他，开始在口袋里找手帕。

那天吃早饭，托马什只是抿了口茶就起身了，留下没有喝完的茶水放在桌上。在窗前，可以看到白色的马车棚，所有的东西都已装好，最后是一些匆忙的谈话，所以他跳到门廊前，沿着草坪的斜坡，经过一排盛开的芍药。山谷的边缘在公园树木之间的晨雾中清晰可见，在露水之上开始了晴朗、玫瑰色的一天，鸟儿歌唱。他想在记忆里紧紧抓住这一切。“你会忘记我们的，哦，你会忘记的。”安东尼娜，当他们聚集在台阶上时，她双手捧着他的脸，神情悲伤。米霞的脸颊散发着湿润的青苹果味道。

卢克抽泣着，亲吻，拥抱。还有祝福，在空中画着十字。“好啦，托马什！”妈妈认真地说道。他们互相告了别。他抓住坚硬的皮缰绳。在这样的分手时刻，总得有一个人打断它，最好是出乎意料地。他挥动鞭子，车轮嘎吱作响，他们听到尖叫声，回头看，车棚后边的开口里，林荫道在视野中逐渐缩为一条绿色隧道，手帕在挥舞，双手高高举起。

缰绳已拉紧，他们小心翼翼地沿着被雨水冲刷的道路行驶，驶过树叶间表情忧郁的基督。后面是粮仓的白墙。托马什让马小跑起来，他们经过了墓地的橡树，玛格达莱娜、祖母和巴尔塔扎尔都永远留在了那些橡树下。吉涅在拐弯处消失了，他们的前面是未知。

后来，随着马匹向上奔跑，伊萨河最后一次闪烁它的光芒，在草地上围成一个纽带。故乡的河，它的水是甜蜜的回忆。马的毛发之下，肌肉在抖动，它们走在一个斜坡上。在平坦的路上，托马什挥了一鞭，并威胁道：“呃，比尔尼克，我给你一下！”

两匹将要远离出生地到国外去的马名叫斯米尔佳和比尔尼克，两个名字是为纪念它们的主人而起的。斯米尔佳以拉车时诚实、勤奋、努力著称，因此从来没有肥胖过。而比尔尼克对抽打不敏感,像黄瓜般滚圆,只是假装在拉车,而把所有的劳累都推给同伴。上坡的时候,比尔尼克努力往上拉,山就是障碍,是对它懒惰天性的冒犯,必须尽快克服。

妈妈的花围巾和麻袋里的干草,压出一个小坑,旅行才刚刚开始,而用来饮马的桶虽然绑得很紧,但仍嗡嗡作响,是拉绳有些不对劲。他们穿过森林空地,在那里马甩着尾巴驱赶牛虻,他们朝着大湖前进,沿着马格达莱娜躺在棺材里经过的同一条路。那里有一棵橡树,中午时分他们在树下驻足,在草地上铺上桌布。傍晚时分,从高处望去,一个新的国家展现在他们面前,所见之处,水面多于陆地,一个湖接着一个湖,半岛与将一个湖和另一个湖分开的水道无法区分,成片成片的绿色岛屿。然后向下,沿着山丘,在石头之间,有些巨大的、直立的,像是石化了的动物。草地上,正是割草的季节,一排排的小人儿随着规律的运动摇摆不定。夜宿渔村;寂静,船散发着焦油味,马在院子里发出吃草料的声响。

只剩下祝你好运了,托马什。你接下来的命运如何只能猜测了,没人会猜出世界会把你变成什么样,你将奔向何方。伊萨河边的恶魔已尽其所能塑造了你,而剩下的就不是他们力所能及的了。现在要留意比尔尼克。它又睡着了,对一切漠不关心,它不知道多亏你,终有一天它会被提及。你举起鞭子——故事到此结束。

# 跋：少年托马什

马莱克·扎莱斯基[①]

他被选中：魔鬼造访了他，而地球的力量使他成了自己的工具。在被占领的华沙，天使用羽翼包裹住他：否则在这恶的圆圈里不会产生世界轮回（幼稚的史诗），一九四三年这座城市连同硝烟散尽的犹太人隔离区就是那恶之圈。然而，在接下来的岁月里，切斯瓦夫·米沃什的诗歌被展示于巨大的危险前。这危险就是有毒的历史必然性的逻辑。他这样对其进行阐释：西方没有学会任何东西，它应对东欧的被奴役和第二次世界大战的惨绝人寰负责，共产主义将在欧洲获胜，除非发生新的战争；在一九五一年脱离波兰驻法国使馆（他在使馆里任文化随员）和申请政治避难的决定表明，作为作家他将保持自尊和独立，但他降落在"历史的垃圾堆"上。历史承认胜利者的道理，而共产党人看上去是胜利者。历史的灵魂随着红军的队伍漫游。多年以后，当传奇经历有了自己幸福的结尾，他将自己比作斯塔尼斯瓦夫·伊格纳奇·维特凯维奇的长篇小说《告别秋

---

① 马莱克·扎莱斯基（Marek Zaleski，1952— ），波兰文学评论家、随笔作家。此文收录于切斯瓦夫·米沃什，《伊萨谷，和马莱克·扎莱斯基一起上文学课》。

天》中灾难性的主人公，对这个话题如此打趣说：

> 其实我应该成为那个阿塔纳奇·巴扎克巴尔[①]，他听到经济和社会统一化支持者在波兰发动革命的消息，便动身从印度回国，以便以个体的行动来反对“正确性”。我在波兰出版的《道德论》后来拓展为《被禁锢的头脑》，这恰恰就是巴扎克巴尔写来反对“无情的发展法则”的作品。

他自己作为维特凯维奇作品主人公的新化身？只是现在作为哲学家在巴黎咖啡馆里宣扬的榜样，他们在所有情况下都把“参与”一词变成新的诅咒？这对他来说不太适合。他选择了新的解决方案，尽管它也有其缺点。一九五三年出版的《被禁锢的头脑》和长篇小说《权力的攫取》被译成多种语言。在波兰语版出现之前，这些作品已为他带来国际声誉，但给他赢得了“共产主义专家”的名号，而他自己认为，他只是“被抛入奇怪水井的诗人，正尽其所能从里边爬出来”，他给贡布罗维奇写了一封公开信，发表在巴黎《文化》杂志上，在信里他这样抱怨道。

他落入井中，亦即置身罗网，那罗网就是历史的试验场。为了公平，这里应该补充的一点是，他是自愿置身于那口井中的。历史必然性的形而上学在当时让很多人痴迷。也成了他的痴迷对象。正如他向贡布罗维奇吐露心声时所说，被抛弃的阿卡迪亚花园诱惑着他，但更吸引他的是参加另一次寻找金羊毛之旅

---

① 即《告别秋天》的主人公。

的冒险者们的传奇经历，也就是找到一个新社会和历史终结点的希望。伴随希望的是恐惧，害怕因为缺乏谨慎而被在沿途抛弃，抛弃在历史的死亡边缘。这个困境没有好的解决方案。对历史，即政治的痴迷导致“心脏和肝脏的无感”（如他所说，循着古人和他们的气质理论前行）。

这似乎是虚无主义的战利品，倾向于藐视感情的纽带，把一切都视作辩证法学派中没有成型的理智的幻觉。况且，抛弃这种想法似乎是对想法本身的冒犯，所以那是一种愚蠢的罪恶，是反对圣灵之罪，此外，它还被判处不合时宜，并被排除在关于未来的游戏之外——充其量被判处与圣三位一体要塞的保卫者们在一起。

这种困境，加上他在一九五一年二月一日选择作为政治避难者留在西方之后的麻烦，导致了一场严重危机。作为为波兰政权工作的外交官，他成为一些移民有组织的诽谤对象。同样，作为在西方出版书籍、揭示政治奴役机制的作者，他被当时颇有影响的法国左翼文坛所排斥。他在波兰被当作叛徒而遭到尖锐批判，同时作为移民、逃亡者以及签署了作为诗人和知识分子的死刑判决书的人，成为轻蔑的怜悯对象。历史的审判似乎落在了铁幕东侧，这里也似乎产生了一种能够应对时代挑战的思考。他也把理解他的读者留在了这里。多年后，在与亚历山大·福特和艾娃·查尔内茨卡（莱娜塔·高尔琴斯卡）的谈话中，在采访和文章中，他回忆起那段时期是他一生中最严重的精神和思想危机，而且伴随着一种诗歌上的无力和难产的感觉。

一九五三年秋天，在莱芒湖畔的邦镇，在他的朋友、居住在阿尔卑斯山脚下的拉孔布的斯塔尼斯瓦夫·文森兹的影响下，他开始写一部小说。小说于一九五五年五月由耶日·盖德罗伊奇[①]在文化出版社出版。这就是《伊萨谷》。《伊萨谷》的创作于次年六月在巴黎附近的布里孔德罗伯特完成，他与从美国带来的家人住在那里，多年后他将其描述为一种疗法，而这本书本身就是为自己写的，出于内在需要。这本书的写作帮助他克服了心理僵局和创作危机。

如果说文森兹建议了什么，那可能是遵循着一种知识，即隐形之手最强有力的引导。对一位"生命之旅处于半途"的四十岁诗人，最强有力的诉说者是个人的神话，自己基因的神话。然而他必须摆脱限制性的原则，作为知识分子，必须不靠理性去思考，而是用灵魂。那时他喜欢的哲学家和行动崇拜者是以弗所的赫拉克利特，后者建议说"干燥的火苗是最好最智慧的"，但同时又告诫说"变得潮湿对灵魂来说是一种快感"。因此，为了平衡，他必须遵循情绪的指导，但也必须从遗忘和无知的河流中畅饮："当丈夫喝醉时，一个未成年的男孩领着他，而他自己脚步踉跄，不知道该往哪儿走，因为他的灵魂是潮湿的。"这种精神状态，与迄今为止人们珍视的如此不同，被当作一种疗法来使用。而孩子呢？孩子作为向导经常出现在诗人们的视野中，就像建议本身，或者是梦想，为了在我们的认知中获得孩子视角的新鲜感和强度。但是，有一个文本结合了这两个观点。米沃什在被占领的华沙首次翻译了这段文字（但译文遗失了）。这是

---

① 耶日·盖德罗伊奇（Jerzy Giedroyc, 1906–2000），波兰作家、政治活动家。

一八六三年波德莱尔写康斯坦丁·居伊的《现代生活的画家》，作者在文章中把真正的艺术家比作一个孩子和康复者：

> 身体康复就像回归童年。康复者像个孩子，对表面看最寻常的事物有着最大的兴趣。[……]对孩子来说，一切都是新鲜的；而他总是醉醺醺的。[……]天才是刻意找回的童年，为了能用身体和心灵的成熟来表达，现在童年被赋予了分析能力，允许对无意中搜集的所有材料进行整理。

对自己起源故事的讲述，具有恢复生命圣礼的价值。的确，在小说中以及其他几首在小说创作期间写作的诗歌和散文中，作者都做出了根本性的抉择，为之前谈到的智识困境找到了自己的解决办法。他归结为在时间的河流和现象的变幻中找到一个固定点，这会让人想到，生命不仅仅是电子的随机运动。换句话说，解决困境是一个关于超历史意义的存在问题，因此实际上是一个关于超越的问题。在他同时代的世界里，一个绝望者，一个在与他认为的智者如爱因斯坦、加缪、雅斯贝尔斯、文森兹等人的交谈中寻找内心秩序的人有机会吗？为了回答这个问题，首先应该找到其他几个问题的答案：正如他在一九五四年发表在《文化》上的文章《在布鲁嫩的星期天》中所写到的那样，有可能找到一个支点，允许我们"承认，我们彼此属于对方"，在"每一刻都是运动之源，感受，接下来的运动是由我们的行动决定的"，在内心找到"绝对粒子"，也就是找到我们对虔诚的需要所能够寄托的东西，他这样写道。在《伊萨谷》中，这种解决冲突的尝试是如何进行的呢?

《伊萨谷》不是自传小说,但同时又是自传小说:在另外的不太显眼的层面上,在对作者来说非常重要的抉择的层面。这里很多材料有自传性质。托马什独自住在外公苏尔孔特家,父母不在身边:父亲是俄国军队里的工程师,而在波兰重新获得独立后,他留在了军队,因为波兰与布尔什维克的战争正在进行;母亲在边境另一侧。男孩由外婆和姨妈抚养——这些情况都与小米沃什的境遇非常相像。阿尔图尔祖父,布罗尼斯瓦娃·迪尔比诺娃祖母的丈夫,与作者真正的祖父有诸多相似之处,甚至名字都一样。其他几个人物在现实中也有原型:不幸而内心疯狂的巴尔塔扎尔,小贵族农夫和猎人罗穆阿德·布考夫斯基。

地点也相似。伊萨河畔的风光是内韦日斯河谷的景色,狩猎的地方来自维尔诺附近的拉冬采。小说中的一些情节也来自现实,例如立陶宛民族主义者在夜间将手榴弹从窗户扔进房子的情节就确实发生过。小说中的庄园立于谢泰伊涅,也是如实描述。然而,米沃什始终强调,《伊萨谷》不是童年的回忆,所有真实的现实都被转化到小说的视野中。它们不是用于描述。然而事实是,故事是由记忆中的图景驱动的,那些图景强烈地标记了余生,印象,通常非常普通的细节,当它们从遗忘的记忆中恢复过来时,给人入木三分的印象。这些图像和感觉有着更新经验的价值的那一刻,现在的东西总与昨天和明天相关。在文学换位中,这一刻往往以远离真实的事物的形式出现:图像、隐喻或幻想。小说中一个很好的例子是托马什梦中玛格达莱娜躺在坟墓里的形象,一个乡村牧师的已故情人,一个罪人,“谁不知道瑕疵”，既是活的也是死的——一个暴虐和感性的图景在男孩内心激起恐惧，还有强烈的情色诱惑。在与莱娜塔·高尔琴斯卡交谈时，作者说：

> 我那时大概有十岁。我在我姨妈那里，在考纳斯附近，内韦日斯河岸边。在十字路口有一个小礼拜堂。那里有一些红砖，入口被埋住了，但我爬了进去。我看见里面有一口破棺材，里面是一件绸缎长裙，还有一双鞋子，属于躺在里边的年轻女士。然后我整晚都在做梦。

如果正如作者在与亚历山大·福特交谈时所宣称的那样，《伊萨谷》里有一把非常私人的钥匙，那是因为写这本书类似于一个治疗过程。这个想法是回归自我，使自己能够重新属于自己，在这方面，来自过去的图景是有帮助的。饱受折磨的灵魂回到它曾在天堂中沉思的世界。这个天堂就是童年的世界。一个天堂——我还将在这里写——一个可疑的、被污染的天堂，是在最初的父母陨落之后出生的众生的天堂。我们在《世界》系列（《天真的诗》）中找到的视角并不多，在该系列中服从于理性必然法则并被慈悲照射的现实，作为信仰世界秩序的客体而存在。在这里，现实既令人欣喜又令人恐惧。在解读《伊萨谷》中主人公的童年时，圣奥古斯丁、波德莱尔、弗洛伊德或乔治·巴塔耶给我们的工具不亚于十七世纪英国“玄学派诗人”托马斯·特拉赫恩的天堂视角的托马斯主义钥匙。米沃什在战前曾翻译过托马斯·特拉赫恩。

因此,对作者来说,这是一本关于他自己的书:托马什的痴迷和挣扎就是米沃什自己的痴迷和挣扎。在这个意义上,这部小说是精神自传体小说的典型,是一种回归运动,通过写作重新确立受到威胁的身份认同范式。它应该是对运动在其庸俗化和政治变体中的神化的解毒剂,即,使其对历史时刻的偶像崇拜产生免疫力。

因此,小说的主人公是一个成长期的孩子(小说结尾托马什十三岁),故事发生在一个半真实半童话的湖区,一个保留了异教时代的时光的山谷。“伊萨谷的奇特之处在于这里的魔鬼比别处多得多”,我们阅读时立刻便能了解,周围的小树林和沼泽地中栖息着什么样的魔鬼。无形的“力量”协助小说中人物的行为,就像从波利尼西亚群岛返回的人类学家的论文中描述的神秘力量。森林里住着巫师马修利斯,制作着魔法药草。

尸体在这里被白杨轮刺穿,这样它就不会回到活人中间……这个世界为何如此?异教徒神迹的光环环绕一切又是为何?为什么一个民俗学家涉足作家的游行,命他记下那些古老的传说、故事、咒语和民间小调?《伊萨谷》与克劳德·列维-施特劳斯的《忧郁的热带》在同一年出版。尽管有很大的不同,但这两本书有一个共同点:都是为了更好地了解自己,此时此地,今天,沉浸在自己的当下中的自己。

只有将自己置身于某种文明之外,你才能发现由其外衣所决定的手势。这并不意味着应该逃跑。斯威夫特在他的《格列佛游记》中找到距离(也就是活力)的同时并没有逃跑。许多其他人也没有逃脱,米沃什于一九五四年在笔记中记录了“几个个人问题”，那篇笔记后来被重印在《大洲》一书中。小说中呈现的山谷一会儿是天堂山谷，一会儿又是斯威夫特笔下的大人国土地或拉普塔群岛，在那里停留是用来讲述自己的状况以及他和同时代人此时此地遇到的问题。

小说作者想通过自己内心的孩子来接触自己，这有什么奇怪的？毕竟，孩子有时是成人的父亲。“儿童是成人的父亲”，英国浪漫主义诗人威廉·华兹华斯在《不朽颂》中写道，他说出的真理由此开启了自己的文学之旅。毕竟，小说的作者想要恢复孩子的敏感性，而这敏感性在许多方面类似于诗人的敏感。识别不同的意义秩序的原则，或者仅仅是识别的形象，构成了诗意隐喻的基础，其对应物是儿童的无知，天真的无知，它能让人与世界合一，就像哲学家所说，让一切变得神奇。感知世界的强度和与周围万物的统一感，感受时间无限持续的能力是孩子特有的不朽感的基础。托马什——我们读到——生活在“兴奋”中，在现实中，对他来说，幸福意味着简单地存在，体验日常生活的普通奥秘。他的肉身参与了普遍的和共同的事物，因此未来似乎也完全确定，似乎没有限制。“对未来有一种预感，因为它以某种方式存在于身体中。”我们在书中读到。因此，它被某个处于中心的人看到，他具有强烈的物质存在感。

在许多情况下，叙述的方式是为了拉近托马什和叙述者的观点，以强调他们共同的感受世界的方式。当叙述者谈到托马什对鸟的温柔迷恋时，他立刻会问：为什么我们看它们时，“爱的暖流将我们渗透”？同样，在外公苏尔孔特向托马什介绍给人根系感的谱系世界时，叙述者称赞给人力量和宁静的意识，说人只是链条中的一环，他指出，外公抛给托马什的话使得他将在未来获得幸福，使他与那些“因距离而被压制的声音变得珍贵”的人获得联系。我们读到：“就这样抛下一颗种子，外公不知道，这颗种子在所有种子的植物梦里埋藏多久，那些种子都在等待着自己的时间。”这难道不直接将我们引到被催眠者那里——根据圣奥古斯丁的说法——在世界上和我们内心，理智的力量萌芽并结出果实，在历史中，在我们私人的历史中。

这一切意味着什么？大概是说我们面对的是作者替身的故事，而且他知道自己的想法和追求——毕竟这是关于为自己寻找基本问题的答案。因此在读者和主人公之间，作者被推入一个被展现的世界，不许读者完全爱上自己的主人公，或者至少与他面对面独处，发现他既是自己的孩子，又是读者的另一个自我。

不可能是别的样子。关键不仅在于，童年的田园诗要求有成年人已经武装的眼睛。作者在自己的小说中写入困扰他的焦虑，那是成年人的知识所导致的。难怪这所谓的童话从第一页开始就是“蒙了面纱的神学论文”——正如米沃什喜欢说的。托马什表面上生活在善恶之外，与世界紧密相连，但是在这个契约中，每一页都是皱纹和裂缝，小说本身就成了关于人性的论文。

如果说多姆乔——托马什讽刺的老师、一个因为世界的不公安排“而对上帝心怀抱怨”的牧羊人，在小说中——正如我们所读的——是一个被伤害者和被侮辱者正在成长的“伪装的国王”，那么更何况托马什，被选中的人，出生在世界的中心，在一座被神圣橡树覆盖的山上的房子里，两次奇迹般地从死亡中逃脱，是一个伪装的王子——有点像从莎士比亚的戏剧——在魔法森林里被隔离学习的人，到最终踏上这伟大的世界，掌握他应享有的权力。就像在教育小说中一样，托马什处于小说世界的中心，受到他人的塑造。小说中的所有形象都是他可能命运的人物。受疾病折磨的不幸护林员巴尔塔扎尔也许最让托马什着迷，同时也让他内心充满恐惧。

因此，托马什抵达各种各样的解密和成人礼。什么样的？那些向他的灵魂中注入怀疑，也许我们生活的不是最好的世界，尽管我们生活在神奇的土地上。他了解到，爱想要通过欲望得以实现，而这意味着拥有的需要。爱欲需要绝对权力，即使这意味着为爱而死。现实的奇怪多重性在他面前展开，破坏了他与体验到的现实作为统一体的感受：这是为什么？同一个乡村的男孩既是牧羊人又是教堂里的神父助祭？为什么男人在女人的陪伴下会发生这样大的变化，反之亦然？为什么认同自己这么难？发生了什么，让你成为你？为什么我们所爱的恰恰难以言说？“如果每个人真的完全不同，那为什么所有人都在演喜剧，做鬼脸，相互模仿？”我们的双重性从何而来，我们为什么自相矛盾，总是选择与我们珍视的事物背道而驰的东西？“实际上他渴望与万物沟通，但这种沟通并不存在。为什么会有这样的隔阂，既然人热爱自然，为什么要当猎人？”

然而最重要的是，托马什发现了邪恶的存在，那邪恶就是死亡和苦难，作为属于自然的一切秩序的永久元素。这是小说的关键问题。作为读者，我们在这里目睹了各种死亡。每次它都被呈现为一个令人着迷和恐怖的谜团，与世界秩序和谐相处，同时引发暴力。此外,托马什也成为小说中人与动物死亡的见证人。他本人也带来死亡。但只有当他意识到他在狩猎中杀死的松鼠——正是为了爱——不会复活时,他才认为世界的安排是不公平的。从那时起,托马什开始在自己的世界里感觉像个陌生人。与松鼠相关的片段是关于不存在慈悲的微型论文,其中基督教对摩尼教范式的团结原则延伸到所有生物。托马什的祖先中有谢罗尼姆·苏尔孔特并非毫无缘由。他是关于人-神的本质和救赎本身的本质的反三位一体教义的异端邪说的追随者。虽然托马什的个人经验已经与此相矛盾,但他想相信没有死亡:他并非白白地以圣经中多疑使徒的名字命名[①]。

小伙子经历的成年礼使他明白,恶不仅栖居于自然秩序中,也存在于社会生活里,而成人的生活有很大的残酷性。托马什为松鼠悲伤,在狩猎时放走一只野鸭,但他必须像其他人一样。

他哀叹死亡和痛苦,但这是他所处的秩序的一个特征。既然这不取决于他的意志,他就必须照顾好自己在人们中间的位置,而这位置是通过杀戮技巧获得的。

作者命令托马什离开山谷,走向外部世界。青春期虽有种种痛苦和折磨,但在其他任何地方,任何时候他都不会感觉这么好了……那是为什么?或许是因为他身上种下的"理性种子"已经发挥了作用,现在他必须走得更远,才能揭开自己未来命运的底牌。托马什不得不离开,甚至暂时忘记山谷。"你会忘记我们的,哦,你会忘记的。"女仆安东尼娜在告别时这样对他说。

---

① 指圣经中记载的耶稣门徒"怀疑者多马"。

他必须,因为需要这样,他的精神传记计划必须完成。

“是的,我是个孩子……”在已经引用过的写给贡布罗维奇的公开信中米沃什承认。但在几乎同一时期写成的散文《在布鲁嫩的星期天》中,他写到成年的必要性……一条有趣的推理路线,值得驻足思考。在文章结尾,米沃什写道,作为一个在立陶宛度过童年时期的小男孩——让我们补充一下,就像托马什一样——他想成为博物学家并发誓:“永远不要变得像成年人一样。因为成年人的生活是愚蠢的。”他的理解和尊重只有博物学家才能引发——“他们是自己狂热的苦行者,早上四点起来看鸟,或者带着捕虫网走过草地”。与他们在一起,“火热的心灵在一起跳动”,因为他也被“纯粹的激情”所统治——他们以儿童的方式生活。他在文学中为自己找到了相似的热情。“文学,通过它对运动的发现,后来为我提供了对抗惰性的武器,让我能够期待永葆青春。”

然而必须长大。因为成年是应对困难的能力,是活在危机中的能力。不仅如此。对于时间之外的东西,这也是一种艰难的自由和忠诚。这是对我们的行动有其终极意义、每个事物都有其存在理由的信仰。因此,托马什必须离开。托马什因此必须找到一种方式,比如他自己的无知和对自然的归属感,使他成为肉体的囚徒和以自己肉体的无知的自私为食的人,锻造力量,也就是如何生活在历史的世界里,但对历史的理解是这样的——就像当时对许多幼稚的成年人来说,历史没有变成图腾神,没有变成受神秘的历史必然性支配的命运。所以他必须学会如何以现实原则而不是快乐原则为指导,如何将必然性变为自由,如何用流逝战胜流逝,如何超越历史以便成为历史。因为我们存在的领域,我们被写入沉默的、对我们漠不关心的自然秩序中:一切都在我们的下半场得到拯救——在作为人造领域,也就是作为我们的自由的产物的历史中。这样只能摆脱非人类的必然性。然而这知识在山谷中已经能够为人们所获得。当巫师马修利斯说"人就像一只羔羊,上帝在他头顶用空气造了另一只羊,而那只真正的羊无论如何都不想做自己,而只想做那另一只",这就是他所说的人超越自身本性的自然需求,不断将自己置于人造世界,即历时性中。

因此,托马什离开山谷,因为没有归途,尽管梦想归来还是可能的。

我可以就此结束,我清楚,当我出于对这本小说的爱而揭示它的足迹,实乃破坏他人的阅读……因此最后只有一个问题。令人气恼的,同样也是根本性的,就像这部小说中的一切。

在与莱娜塔·高尔琴斯卡的对话中,米沃什谈到自己不喜欢文学虚构。"在小说中,"他指出,"唯一本分的任务就是描写事实如何。"而要知道,《伊萨谷》是一种嘲讽的视角,我们从中获得的是由成人建构的童年视角。然而相似的手法,理想化的"童年国度",在别处米沃什则认为是优点:这种状态注定了《塔杜施先生》的诱人之处与魅力所在。也许因此对小说虚构的反感来源于过度的自我认知,是对逃往标准化,逃往仿照前人说话的反感,而与此同时激励我们的是对渴望手臂自由运动的怀念。作者可以跟着主人公重复:"这种基于演谁就是谁,而与此同时,自己的另一部分确信又并不完全是那个谁的演技由何而来？”在《伊萨谷》无所不知的叙述者的讲述中，我们多次遇到对讲述过程的干涉，这些干涉同时构成了非幻觉的情节。文学隐喻的游戏同样如此。例如《伊萨谷》的最后一句话里，作者向书中的主人公提及当下，将他像照片上一样定格——令人想起《诗篇》的最后一句和歌德的真理，还有他对《魔山》结尾的释义，如托马斯·曼在某处称呼他的主人公那样，讲述一个作为“渴望生命魅力的青春的化身”的某人。也许这里还有另一个原因：诗人用神秘的绘画节奏思考，散文挤进争论，也就是挤进标准和计算的世界。关于湿润的灵魂，散文家比诗人更难。有趣的是，在写这本小说时写的，前面已经提到的文章《几个个人问题》中，米沃什写到了一次失败，结果证明，这是一次成功的满足写作技巧要求的尝试，他遗憾地承认：“而我，在出发踏上自己的旅途时，我希望能找到隐藏的公式，使我能进入不再需要游戏规则的现实花园。”但是，也许，就像没有回头路，也无法重获失去的纯真，同样无法挤入文学中的现实。以及具有将“曾经是”变为“现在是”的神奇能力，但文学特有的延迟（因为记录需要时间和思考）以及意识到语言给我们设置的修辞陷阱的存在，产生了距离，令人疏离，令人怀疑地思考，在文学展示中什么是虚幻的形象，但是如何解释神秘而令人力量倍增的确定性，即从这本小说中我不仅了解更多的现实，而且更加深入地了解了它，即小说中展现在我面前的现实比我每天沉浸其中的现实程度更高吗？我想作为自己的现实去经历它吗？

（一九九八，二〇〇九）